격변의 시대의 문학

푸른사상 비평선 6

격변의 시대의 문학

민 영

Literature of the Era of Upheaval

이 평론집에 수록된 서평은 1987년 가을에 『창작과비평』 편집위원으로 계신 백낙청 선생의 권유로 쓰기 시작한 글이다. 그 이전에 나는 시 쓰는 것은 내 천직이므로 청탁이 오는 대로 정성껏 써 보냈지만, 남이 쓴 시를 평하는 것은 내 소임이 아닌 것 같아서 쓰고 싶은 마음이 없었다. 그런데 갑자기 계간지 가을호에 서평을 쓰지 않겠느냐는 청을 받고 뭐라고 대답해야 할지 망설이고 있었는데, "너무 걱정하지 말고 한 번 써보시오" 하는 말을 듣고는 더 이상 물러서지 못하고 붓을 들었다. 그것이 1987년 가을호 『창작과비평』에 게재된 문익환 목사의 시집 『꿈을 비는 마음』과 장이두, 김기종 두 불교 시인의 시를 비교하면서 쓴 「詩와 인간의 救濟」라는 시평이다.

이 평론집의 제목을 『격변의 시대의 문학』이라고 한 것은 바로 그때가 우리 사회가 크게 달라지며 요동치던 '격변기' 였기 때문이다. 1960년 5월의 쿠데타 이후 정권을 잡고 무소불위의 권력을 휘두르던 박정희 대통령이 1979년 10월에 자신이 거느리던 중앙정보부장의 손에 암살되고, 잠시 동안의 '서울의 봄' 을 거쳐 1980년 5월 광주에서 일어난 민주화 운동을 전두환 군사집단이 그곳까지 몰려가서 무자비하게 탄압했다. 그것이 바로 5 · 18 광주항쟁의 시작이었다. 그 불법적인 군사 권력은 수많은 시민들의 데먼스트레이션에도 불구하고 그 후 10년 동안 계속되있으며, 1990년에 들어서야 후계자에게 징권을 물러주고 권좌에서 내려왔다. 바로 이때가 『창작과비평』에 내가 서평을 쓸 때이므로 그런 제목을 붙인 것이다. 때가 때인 만큼 우리가 놓인 시대적 상황과 내 눈에 비친 것을 노골적으로 다 표현할 순 없었지만 서평을 무엇에 초점을 두고 써야 하는지를 늘 잊지 않으려고 힘썼다. 독자들의 거침없는 질정(叱正)을 바라는 바이다.

2012년 5월에

민영

■ 머리말 • 5

제1부

제1부

시와 인간의 구제

문익환 시집 『꿈을 비는 마음』, 백범사상연구소, 1978.
장이두 시집 『겨울 빗소리』, 월간문학사, 1978.
김기종 시집 『겨울 과수밭에서』, 시문학사, 1977.

1

> 너희는 이웃을 억압하거나 약탈하지 말며, 날품팔이의 품삯을 밤새도록 가지고 있지 말라.
>
> —「레위기」 19:13

동반구의 여러 나라보다 일찍이 과학문명을 발달시킨 서반구의 기독교 국가들의 세력이 서세동점(西勢東漸)의 흐름을 타고 동양에 진출했을 때, 그들이 보인 행위는 그 종교적 교의(敎義)가 가리키듯이 사랑과 선의에 넘친 것은 결코 아니었다.

선교사들은 입으로는 하느님의 복음과 영혼의 구제를 전파했으나, 현실에 있어서는 해외 식민지 획득에 혈안이 된 서구 제국주의자들의 첨병(尖兵)이 되어 있었다. 16세기로 거슬러 올라가는 영국의 인도 침략은 말할 것도 없고 네덜란드의 인도네시아 점령, 프랑스의 인도차이나 지배 등은 모두가 양두구육(羊頭狗肉)의 송교적 날 밑에서 자행된 서구 기독교도들의 만행이었다. 그 한 예로, 베트남에서의 기독교 선교사가 개입된 기만적인 침략 행위를 들어보기로 하자.

18세기 후반부터 19세기 초에 걸쳐서 프랑스의 선교사 다드랑은 인도차이나에서 구엔 왕조의 성립을 도왔다. 그러나 이것이 계기가 되어 나폴레옹 3세는 베트남의 6개 성(省)의 할양을 요구했고, 베트남의 곡창인 메콩강 델타 지대가 이때 모두 프랑스의 손에 들어갔다. 그러나 이것으로도 만족하지 못한 침략자는 1883년에 다시 막강한 군사력으로 구엔 왕조에 위협을 가했으며, 견디다 못한 베트남은 아르망조약을 맺고 프랑스의 보호국(식민지)이 되었다.

이것이 모두 성서와 십자가를 손에 든 성직자를 앞세우고 자행된 일이었으며, 저들은 불행한 이웃을 구제하기는커녕 억눌린 자들이 가진 영세한 품삯마저 앗아갔던 것이다.

그러나 이와 같은 서구 기독교 세력의 호전적인 침략성도 19세기 말엽부터 일대 전환을 하지 않을 수 없었다. 극도로 발달한 과학문명은 세계를 좁혀서 하나로 묶어 더 이상 정복할 땅을 찾아볼 수 없게 만들었고, 3세기에 걸친 식민지 수탈로 서구 여러 나라들은 막대한 부를 축적했으나, 자국 내에서의 소득 분배의 불공평으로 가진 자와 못 가진 자 사이에 심각한 계급투쟁이 일어났다. 이러한 틈새기는 날이 갈수록 벌어져 드디어 혁명의 불길이 치솟았으니, 프랑스혁명과 러시아혁명은 그 대표적인 예이다.

급기야는 가진 자끼리의 세력 다툼인 세계대전을 일으켜서 저들은 전 세계의 무고한 인민을 전쟁의 포화 속으로 밀어 넣었고, 유구한 인류의 문명을 멸망 직전으로까지 휘몰아 갔다. 침략자의 첨병으로까지 타락했던 기독교가 지난날의 행위에 회의를 느끼고 성서 본연의 자세, 즉 가난하고 핍박받는 자의 신앙으로 돌아가고자 눈뜬 것도 바로 이때부터인데, 이것은 그동안 억눌려 지내오던 후진국 국민들이 일어나 자유와 독립을 부르짖은 것과 거의 때를 같이하고 있다.

2

그 직업이 목사이기도 한 문익환(文益煥) 시인의 시는 이와 같은 기독교의 '원죄' 위에 서 있다. 이 원죄는 구약에서 인류의 조상이 조물주에게 진 원죄가 아니라, 사람이 사람을 억압하고 약탈하는 일에 가담했던 세속적인 기독교가 진 죄악을 뜻한다. 즉 전시대의 기독교가 지녔던 호전적인 침략성·배타적인 선민의식·이기주의·기만·위선·잔학 등에 대한, 한 양심적인 기독교인의 뉘우침 위에 서 있다는 말이다.

그러기에 문익환은 민중을 한낱 정치적 이용물로 타락시키고, 억압하고, 착취하려는 자들에게 강력히 항의하고 있으며, 「계란으로 바위를 치는 무모한 투쟁」(이하 「 」로 묶은 글은 문호근이 기록한 『아버님 문익환 목사의 단식』에서 따온 것임)인 줄 알면서도 「후퇴할 다리를 끊고」 자신을 내던져 불사르는 것조차 주저하지 않았다. 왜냐하면, 이 투쟁이야말로 "너희는 먼저 그의 나라와 그 의를 구하라"는 성서의 가르침과 일치하고 있기 때문이다.

그는 감옥에서 단식으로 맞설 때 이런 시까지 썼다.

나는 죽는다.
나는 이 겨레의 허기진 역사에 묻혀야 한다.
두 동강 난 이 땅에 묻히기 전에
나의 스승은 죽어서 산다고 그러셨지.
아!
그 말만 생각하자.
그 말만 믿자, 그리고
동주와 같이 별을 노래하면서

이 밤에도

죽음을 살자.

— 「마지막 시」 전문

이런 의미에서 문익환은 윤동주(尹東柱)의 순교자적 정신과 일맥을 상통하고 있다. 두 사람이 어렸을 때 북간도에서 같은 학교를 다녔대서가 아니라, 그 시대의 악을 물리치고 올바른 것을 위해서는 제 한 몸을 제단에 바치는 것조차 망설이지 않았기 때문이다. "……괴로왔던 사나이/행복한 예수 그리스도에게/처럼/십자가가 허락된다면//모가지를 드리우고/꽃처럼 피어나는 피를/어두워가는 하늘 밑에/조용히 흘리겠읍니다."(윤동주, 「十字架」 후반)

그러기에 문익환은 모든 인간이 하느님 앞에서 평등하다는 것을 믿으며, 남을 억압하는 교만한 자를 미워하고, 가난한 자의 아픔에 동참하고 있다. 또한 이 나라의 조임 당한 민주주의를 소생시키기 위해서 「땅에 떨어지는 한 알의 밀알」이 되기를 자청했던 것이다.

특히 그는 이와 같은 자신의 행위를 "일제에 항거하다가 죽은 윤동주의 원한, 이 나라의 자유와 민주주의를 위해서 죽은 창필이와 상진이의 원한, 수탈당하는 직공들의 권익을 위해서 죽은 전태일의 원한, 이 나라의 민주 회복과 통일을 위해서 죽은 장준하의 원한을 풀어주기 위한 것"이라 말하고 있으며, 특히 고(故) 장준하의 사상적 영향을 강조하고 있다.

그러나 문익환은 우리 앞에 가로놓인 어둠의 힘이 아무리 질기고 막강한 것일지라도 결코 낙망하거나 슬퍼하지 않는다. 그는 스스로를 '낙천주의자'라고 표현하고 있듯이, 주어진 시련을 너그럽게 받아들이고 극복하려는 의지적인 여유를 지니고 있다. 그의 투쟁의 원동력도 이와 같은 새벽을 믿는 신념에서 우러나온 것인데, 이것은 우리 모두의 신념이기도 하다.

> 이제 저는 몸 없는 그림자로 남아
> 밤 오기만을 기다리고 있읍니다.
> 하느님!
> 그 허전한 마음 거두고
> 앞산 뒷산을 쳐다보아라
> 이제 곧 한낮이 되면
> 제 그림자를 삼킨 바위들이
> 우뚝우뚝 일어설 게다.

—「나의 첫 기도」 부분

가끔 시 쓰는 친구들끼리 모이면, 문익환의 시의 기교적인 미숙을 거론하는 일이 있다. 그의 결곡하고 치열한 감정(사상이라고 해도 좋다)이 앞뒤가 딱 짜인 기교로써 표현됐다면 얼마나 좋겠느냐는 것이다. 필자도 그 의견에는 어느 정도 생각이 같다. 그러나 한편으로는 이런 생각도 해본다.

문익환은 자신을 '순수 예술론자'로 자처하면서도 그 순수가 "모든 비순수와 담을 쌓고 지내는 빛바랜 순수가 아니라, 모든 불순한 것을 불살라 버리는 불길의 순수"(이상 「후기」에서)임을 주장하고 있는데, 사실이지 그는 시의 언어적 조탁(雕琢) 하나에만 몸을 바치기에는 너무나도 벅찬 사명, 즉 이 나라의 억눌린 민주주의와 민중을 행동으로써 구제하기 위한 속죄양(贖罪羊)과 같은 사명을 띤 시인이라고—.

시는 말로써 씌어지는 것이지만, 말로 쓰여진 것 모두가 시는 아니다. 허식하는 말에 사로잡힌 직업적인 시인들에게는 그의 피로써 쓴 소박한 시가 상처를 우비는 날카로운 칼날일 수도 있다.

3

어느 날 세존께서는 지옥이 내려다보이는 연못가를 거닐고 계셨다. 거닐다가 언뜻 지옥을 굽어보니, 포악한 도둑 하나가 괴로워하는 모습이 보였다. 그리고 그 도둑이 위치한 바로 위 연못에서는 거미 한 마리가 꽃 위에 앉아 황금빛 실을 잣고 있었다. 그때 세존께서는, 언젠가 그 도둑이 이 거미를 숲길에서 만나 밟아 죽이려다가 무슨 마음에선지 그만둔 일을 생각했다. 그래서 그때의 인연을 회상하고, 세존은 거미줄 한 가닥을 지옥 속으로 넣어주셨다. 도둑이 업화에 시달리다가 고개를 들어본즉, 위에서 금빛 찬란한 줄 하나가 내려오는 게 아닌가! 「옳지, 이 줄을 타고 올라가면 지옥을 빠져 극락에 오를 수 있으리라.」 그리하여 도둑은 그 줄을 타고 위로 올라갔다. 얼마쯤 올라가다가 뒤돌아보니, 도둑은 제가 탄 줄에 자기 이외에도 수많은 사람들이 매달려 올라오는 것을 보았다. 깜짝 놀란 그는, 이렇게 많은 사람들이 매달리면 자기가 위에 도착하기도 전에 줄이 끊어질지도 모른다는 생각이 들어서 외쳤다. 「이놈들아, 매달리지 마라!」 그럼에도 사람들은 도둑의 말에는 귀도 안 기울이고 계속 따라 올라왔다. 도둑은 조바심이 났다. 그래서 생각다 못해 제 발밑까지 바싹 뒤쫓아온 자를 냅다 걷어차 떨어뜨렸다. 그 순간, 단단하던 줄이 뚝 끊어지면서 도둑은 다시 지옥으로 굴러 떨어졌다. 모든 사람과 함께. 이 광경을 지켜보시던 세존은 쓸쓸히 웃으시고 그 자리를 떠났다.

— 「불교 설화」에서

장이두(張二斗)의 시집 『겨울 빗소리』와 김기종(金奇鍾)의 시집 『겨울 과수(果樹)밭에서』를 읽고 필자가 문득 이 불교 설화(어렸을 때 읽은 것이므로 그 출처가 생각나지 않는다)를 머리에 떠올린 것은, 두 분이 모두 불교 시인이기 때문만은 아니다. 이 설화 속에는 인간에 대한 근원적인 구제의 문제가 상징적으로 요약되어 있기 때문이다.

다른 이야기를 하기 전에 우선 두 시인의 작품 한 편씩을 보기로 하자.

구름은 돌아가고
홀로 남은 가을에

따라오는 강물소리.

쌓이는 잎새 밟으면 되살아나는 누님의 목소리
오오
떠오르는 山河여!

추억을 끝내고
비로소 맞는 가을 낮에
산너머 마을에서는
弔鐘이 운다.

넘어오다가
숲에서 부서지는 종소리.

— 장이두, 「晩秋」 전문

눈이 오네.
눈 속에 五百 아기 부처님들이 소리 없이 놀고 있네.

눈이 오네.
눈 속에 어디선가 산등성이 올라 보았던 산골 마을이 있네.
마을 가운데 예쁜 딸 7형제 사는
꽃 잘 키우는 꽃집이 환하네.

눈이 오네.
꽃집에 끝에서 둘째 딸은 내 첫사랑.
그중에도 제일 예쁜 꽃같은 내 사랑.

눈이 오네.
눈 속에, 흰눈 속에
가는 듯 멈춘 듯 꽃집같은 꽃상여가 가네.
생시인 듯 꿈인 듯 요령 소리두 들리네.

눈이 오네.
꽃집에 끝에서 둘째 딸은 시집가서 죽었지.
죽은 혼이 새가 되어
첫눈 오는 이 저녁 눈 쌓이는 가지에 와
울어쌓네, 아프게 에후리며 울어쌓네.

눈이 오네, 날 저물어도 눈이 오네.
에후리는 새소리는 아기 부처님이 데려가고
꽃상여 산마을도 요령 소리 따라
沈淸이 빠져 죽은 인당수 용궁으로 가라앉고
가라앉은 빈 터전에
흰눈이 오네,
흰눈이 오네.

— 김기종, 「눈」 전문

장이두의 시들은 거의가 고향을 잃은 자가 고향을 찾아가는 귀향자의 모습을 띠고 있다. 이것은 그의 고향이 한때 38선 이북이었던 강원도 금화(金化)요, 해방 후에 남하하여 동란 직후 불문에 귀의해서 교계의 여러 요직을 거쳐 속리산 법주사의 주지로 있었다는 시집 뒤의 약력만 보고도 대략 짐작이 가지만, 작품 속에 회령(會寧) · 남양(南陽) · 진주(晋州) · 노령(蘆嶺) · 부여(扶餘) 등 이 나라의 남북에 걸친 수많은 지명들이 나오는 것만 보아도 그가 먼 길을 걸어온 구도적(求道的)인 여행자임을 짐작할 수 있다.

이와 같은 고향을 그리는 실향자의 슬픔은 "싸리울 나의 집에는/석유등(石油燈)불이 조을고/창문에는 아직 달빛이 남았으리//머언 돌아갈 길이 남는데/마지막 새가 우는구나"(「歸家」)라든가, "창문을 울리면 여수(旅愁)는 깨어나고/돌아온 나그네 길을 잊고 나면/끝없이 떠오르는 행로(行路)를/빗소리여.//끝없이 따라오는가"(「겨울 빗소리」) 등에서 잔

잔한 감동을 불러 일으키며 선연히 떠오른다. 고향이란 것을 따로 느껴보지 못하는 메마른 현대인의 마음에 그의 시는 촉촉한 이슬비가 되어, 옛 향가의 가락과도 같은 여운을 안겨주기도 한다.

특히 앞에서 전문을 인용한 「만추(晚秋)」는 죽은 "누님의 목소리"가 "넘어오다가/숲에서 부서지는 종소리"로 맺어짐으로써 분단된 국토 속에서 일어난 한 토막의 슬픈 드라마를 암시하고 있어, 이 시인의 경험 내용과 솜씨가 범상하지 않음을 보여준다.

장이두의 시가 온갖 고초를 겪으면서 오랜 길을 걸어온 행자(行者)의 그것이라면, 김기종의 시는 이제 막 눈뜬 아기 부처님, 즉 청정보살(淸淨菩薩)의 그것이다. 시인 나태주(羅泰柱)는 『겨울 과수밭에서』의 「발문」에서 "열 일곱부터 설흔이 넘도록 절을 찾아다니던 나날에 체험적으로 습득한 불교적 교양이 받침이 되어 실로 무형식과 무작위의 시를 쓴다"고 김기종의 시를 평한 바 있지만, 참으로 그의 시는 불교적 심성의 천의무봉(天衣無縫)한 표현이란 한마디로 족할 만큼 활달하고 자재롭다.

요즘 발표되는 시에서 더러 보이는 일부러 꾸민 듯한 거짓된 몸짓에 진저리가 난 독자라면, 이 첫사랑의 슬픔조차 골짜기의 시냇물처럼 낭랑하게 울리는, 그러면서도 "죽은 혼이 새가 되어" 돌아와 운다는 믿음 앞에서 더럽혀진 귀를 씻어야 할 것이다.

4

그러나 이처럼 아름답고 절실한 시임에도 불구하고, 읽는 이에 따라서는 뭔가 아쉬운 점이 남는다는 것을 두 시인은 기억해야 할 줄로 믿는다. 그것은 두 시인의 시가 오늘 이 시대를 사는 우리의 아픔을 노래했다기보다는, 지나간 과거의 슬픔 쪽에 많이 기울어지고 있다는 점이다.

하기야 불교에서는 시공(時空)을 초월한다는 말로써 시간과 공간을 하나로 보아 과거와 현재와 미래가 하나로 조응(照應)한다고 들은 적이 있지만, 오늘의 슬픔을 바로 보지 못하는 눈에 어찌 어제의 슬픔이 바로 보이며, 항차 앞으로 다가올 미래의 슬픈 일이 보이겠는가.

그러기에 오늘의 슬픔을 바로 보지 못하는 이들은 발벗고 나서서 제도(濟度)해야 할 대중을 옆에 두고도 '염불에는 마음이 없고 잿밥에만 마음을 둔' 종단의 주도권 싸움에나 열을 올리고, 이 나라 불교의 전통인 호국(護國)이 수많은 민중의 현실은 도외시하고 그 시대의 권력자의 고갯짓에만 순응하는 것으로 여기고 있는 것이나 아닌지 모르겠다.

필자는 어렸을 때, 왜적에게 유린당한 이 나라 삼천리와 백성들의 참상을 보다 못해 응징의 칼을 든 서산(西山)·사명(四溟) 두 대사의 이야기를 들은 적이 있다. 그들은 살생을 첫째가는 금기로 여기는 승려의 몸이면서도 나라와 겨레가 도탄에 빠지자, 의거의 기치를 높이 들고 피 흘려 싸웠다고 한다.

"오늘의 세계는 과거의 세계가 아니며, 미래의 세계도 아닌 현재의 세계이다. 어찌하여 과거 천만 년 전의 일을 연구하며 미래 천만 년 후의 일을 연구한단 말인가. 하늘과 땅의 중간에서 형이상·형이하인 것을 막론하고 모두 다 연구하며 (중략) 지금 유신하기도 하고, 앞으로도 유신하려는 기세가 높아가고 있는데…… 조선 불교만은 고요히 아무 소리가 없으니 과연 무슨 징조인가. 조선 불교는 과연 유신할 것이 없어서 그런 것이냐, 또는 유신할 필요가 없어서 그런 것이냐. 한두 번 생각해보아도 그 까닭을 알 수 없다."

이것은 지금으로부터 70년 전에 만해 한용운(韓龍雲) 선생이 저술한 『조선불교유신론』의 한 대목이거니와, 참으로 오늘의 한국 불교는 유신할 것이 없어서 그러는 것인가?

이 글 첫머리에 든 불교 설화는, 인간의 구제란 결코 자기 혼자서만 이루어지는 것이 아님을 가리키고 있다. 들에는 버림받은 억울한 자의 울음이 낭자한데, 우리의 잠이 평안하기를 바라는 사람은 행복하다.

안으로 닫힌 시정신

김종삼 시집 『북치는 소년』, 민음사, 1979.

자기에게 주어진 한 생애를 오직 하나의 일에만 바치며 살아온 사람
은 존경할 만하다. 그가 이룩한 일이 어떠한 것일지라도……

1

김종삼 시집 『북치는 소년』을 읽고 언뜻 머리에 떠오른 것은, 그의
작품들이 곁을 주지 않는다는 것이었다. 그의 대부분의 시는 기교적으
로 잘 다듬어진 독특한 풍모를 보이고 있으나, 그 빈틈없는 짜임새 때
문인지 닫힌 문처럼 읽는 이의 인간적인 접근을 좀처럼 허용하지 않았
다. 마치 적에게 쫓긴 거북이 머리와 꼬리를 감추고 거부하는 몸짓으
로 등만 내보이듯, 김종삼의 시에서는 작자의 얼굴을 찾아볼 수 없었
다. 특히 이것은 그의 초기시(시작 연대가 적혀 있지 않아 자세한 것은
알 수 없으나)에서 두드러졌는데, 거기서는 정감 있는 따뜻한 언어 대
신 싸늘한 무기질 같은 감각만이 지배하고 있었다.

"

　　　　廣漠한地帶이다기울기
　　　　시작했다잠시꺼밋했다
　　　　十字型의칼이바로꼽혔
　　　　다堅固하고자그마했다
　　　　흰옷포기가포겨놓였다
　　　　돌담이무너졌다다시쌓
　　　　았다쌓았다쌓았다돌각
　　　　담이쌓이고바람이자고
　　　　틈을타凍昏이잦아들었
　　　　다포겨놓이던세번째가
　　　　비었다.

—「돌각담」 전문

　　그럼에도 불구하고 김종삼의 시는 이상한 매력으로 우리의 시선을 사로잡는다. 배우는 보이지 않고 금속성 목소리만 낮게 울려오는 텅 빈 무대 같다. 어디선가 길 잃은 망령이라도 뛰쳐나올 듯한 공포가 서려 있다. 구경꾼들은 흔히 무대에 배우가 등장하지 않으면 않을수록 조바심을 치는 심리를 가지고 있는데, 김종삼의 시적 공간은 그와 같은 효과를 노리고 연출된 것이 아닐까?

　　사실 이 시에 대한 우리의 이해는 극히 제한되어 있다. 황동규(黃東奎)는 이 시가 "'광막한 지대'의 수평선과 '기울기 시작했다'의 사선, '십자형 칼'의 수평선과 수직의 포개짐, 그 행위의 반복 등이 골격을 이루고 있다"고 해설하면서 시인의 '부재의식'과 관련되어 있다고 지적했지만, 그것만으로 이 시를 납득하기에는 미흡하다. 차라리 이경수(李京洙)가 말한 "해체된 형상들을 형태상의 완벽성으로 다시 구축해 보려는 의지" 쪽이 가까운 것 같지만, 그것 역시 주관에 의한 하나의 시도일 뿐 이 시를 이해하는 결정적인 열쇠는 주지 못하고 있다.

　　이와 같은 김종삼의 시적 착종(錯綜)은 「돌각담」보다 후에 발표된 「십이음계(十二音階)의 층층대(層層臺)」에서도 여전하며, 그의 초기시는 독자를 위해서가 아니라 자신의 폐쇄적 고독에서 오는 내적인 독백이 아닌가 하는 생각마저 들게 한다.

> 石膏를 뒤집어쓴 얼굴은
> 어두운 晝間.
> 罘魅을 만난 구름일수록
> 움직이는 나의 하루살이 떼들의 市場.
> 짙은 煙氣가 나는 뒷간.
> 주검 一步直前에 無辜한 마네킹들이 化粧한 陳列窓.
> 死産.
> 소리 나지 않는 完璧.
>
> —「십이음계의 층층대」 전문

그런데 이처럼 난해하고 폐쇄적인 시가 전에는 없었을까? 아니다. 김종삼 이전에도 이상(李箱)은 이미 1930년대의 시대적인 제약 속에서 나갈 길 없는 인간의 고뇌를 「오감도(烏瞰圖)」를 비롯한 일련의 시편들 속에서 표출하고 있다. 이상의 시에서 느껴지는 폐쇄된 불안과 공포, 부재의식(나는 차라리 그것을 隔絶意識이라 부르고 싶다)도 김종삼의 「돌각담」에서 느껴지는 여러 상념과 거의 비슷한데, 특히 내리닫이 줄글로 된 이상의 「절벽」, 「꽃나무」 등은 형태면에 있어서도 김종삼의 「돌각담」과 매우 흡사하다. 지금은 세월이 이상의 시의 난해성을 많이 벗겨주고 있지만, 그 속에 담긴 상황은 김종삼에게 그대로 계승된 듯한 느낌이 없지 않다.

그렇다면 이상의 시와 김종삼의 시 사이에는 본질적으로 어떤 연관이 있는 것일까? 이것은 어디까지나 비교문학적 연구과제이겠으나 우선 시대적인 유사성을 들 수 있을 것 같다. 즉 일제의 한반도 침략이 점차 자리잡아 가고 있던 1930년대는 그들이 내세운 소위 '문화정치'

에도 불구하고 이 땅의 각성된 지식인들에게는 가장 견디기 어려운 시대였는데, 거기서 오는 중압감이 이상의 시에 나타나 있다고 보아도 지나친 말이 아닐 것이다.[1]—물론 이상의 시에서 제1차 세계대전 이후 유럽에서 일어나 일본을 거쳐서 우리나라에 들어온 쉬르레알리슴의 영향을 간과할 수 없지만.

이상이 이처럼 시대적 중압감으로 고민해야 했던 1930년대는 한국동란 이후 폐허가 된 국토에서 이 나라의 지식인이 고민해야 했던 1950년대와 대단히 비슷하며, 이와 같은 주위의 정세가 시인의 예민한 감각에 은연중 작용하여 「돌각담」이나 「십이음계의 층층대」와 같은 안으로 닫힌 난해한 시를 쓰게 하였는지도 모른다. (그 시대에 활약한 '후반기' 동인들의 시에서도 그러한 경향이 보이고 있다.)

그런데 여기서 문제가 되는 것은 그처럼 의미 불명의 시를 쓴 시인에게 있는 것이 아니라, 그러한 시를 아무런 거부반응 없이 받아들일 수 있었던 사회(또는 독자)에 있을 듯하다. 이상은 1934년에 「오감도」를 발표하고 독자들로부터 호된 항의를 받은 바 있지만, 1950년대에 나온 「돌각담」에 대해 어떠한 반응을 보였는지는 들은 바가 없다. 독자들 중에는 이 시의 난해를 비판 없이 받아들일 수 있는 아량을 가진 사람이 있을지도 모르나, 애써 작품을 쓴 시인을 위해서라도 어떤 반응을 보이는 게 예절이 아니었을까? 만약 당시에 이 시를 아무 반응 없이 받아들였다면, 모르는 것도 아는 체하고 수용한 독자들의 정신 상태에 문제가 있을 것이다.

---

1 1930년대에 일제가 이 나라에서 시행한 문화정치가 본질적으로 무단정치와 다름이 없었다는 것은 그들의 역사학자 야마베(山邊健太郎)도 시인한 바 있다.

2

그러나 김종삼의 시 모두가 이처럼 우리의 이해를 거부하는 것은 아니다. "소리 나지 않는 완벽"으로 표현된 마네킹의 얼굴(그것은 남에게 자기를 드러내 보이지 않으려는 이 시인의 의식과도 관계가 있을 듯하다)같이 쓰여진 시들은 시집 중에서도 초기의 것 몇 편에 지나지 않으며, 대부분은 어려운 대로나마 읽는 이에게 모종의 공감과 미묘한 아름다움을 감지시켜 주고 있다.

특히 이러한 경향은 그의 후기시에 올수록 두드러지는데, 나이가 듦에 따라 지금까지 격절되었던 상황에서 벗어나 독자와의 친화를 회복하려는 의지를 보이고 있는 듯하다. 이 시집의 표제가 되어 있는 「북치는 소년」도 그중의 하나인데, 거기에서 우리는 유년의 꿈과 같은 한 폭의 아름다운 풍경을 만난다.

> 내용 없는 아름다움처럼
>
> 가난한 아희에게 온
> 서양 나라에서 온
> 아름다운 크리스마스 카드처럼
>
> 어린 羊들의 등성이에 반짝이는
> 진눈깨비처럼
>
> —「북치는 소년」 전문

어느 한 구절도 완결된 문장으로 끝나지 않은 이 시에서 우리는 눈앞에 보이는 사상(事象)을 있는 그대로 묘사하지 않고 시인의 영혼을 통해 재구성해 보이려 하는 성실한 예술가 정신과 맞닥뜨린다. 물구나무 서서 두 팔 사이로 내다보이는 어린 날의 도착(倒錯)된 풍경처럼, 이 압

축된 시어들 속에는 김종삼의 시적 비밀이 숨겨져 있다.

그러고 보니, 1966년에 나온 한 사화집에 김종삼이 「의미의 백서(白書)」라는 산문을 실은 기억이 난다. 산문을 쓰기 싫어한다는 그가 쓴 이 산문에서 우리는 그의 시에 깃든 난해성을 푸는 열쇠를 찾아볼 수 있을 것도 같다.

> 멀리 아물거리는 아지랑이, 자라나는 꽃순들, 바람이 일지 않는 봄의 갈앉은 속삭임들. 그러한 자연의 온갖 사상(事象)들은 나의 안막(眼幕)에 와닿는다. 나는 사진사처럼 그러한 아무도 봐주지 않는 토막풍경들의 '샷터'를 눌러서 마구 팔아먹는 요새 시인들의 그릇된 버릇들을 노상 고약하게 생각해 내려오는 터이나 (중략) 어쨌든 나는 자연을 복사해버리는 낡은 사진사들의 틈바구니에 끼어 그래도 시(詩)랍시고 몇 줄의 글을 써 왔던 경력을 몹시 부끄럽게 생각하고 있다.
>
> —『한국전후문제시집』, 신구문화사, 1960, 360쪽

다시 말하면, 김종삼은 이 글에서 자기가 이미지스트임을 선언하고 있는 것이다. 자연을 있는 그대로 복사해서 팔아먹는 낡은 사진사인 종래의 서정시인들의 수법을 못마땅하게 여기고, 지적(知的) 관조를 통한 '이미지의 방적(紡績)'을 주장하고 있다.

몇 그루의 소나무가
얕이한 언덕엔
배가 다니지 않는 바다,
구름 바다가 언제나 내다보였다

나비가 걸어오고 있었다

줄여야만 하는 생각들이 다가오고 대낮이 되었다.
어제의 나를 만나지 않는 날이 계속되었다.

골짜구니 大學建物은
귀가 먼 늙은 石殿은
언제 보아도 말이 없었다.

어느 位置엔
누가 그린지 모를
風景의 背音이 있으므로,
나는 세상에 나오지 않은
樂器를 가진 아이와
손쥐고 가고 있었다.

—「背音」 전문

언뜻 보기에 풍경을 묘사한 시 같지만, 단순한 사경(寫景)이 아니라 풍경 뒤에 숨은 이미지를 형상화하고 있다. "배가 다니지 않는 바다"로 그려진 하늘이며 걸어오는 "나비", "골짜구니"의 "귀가 먼 늙은 석전(石殿)"으로 표현된 대학 건물 등이 상상의 비약 속에서 이상한 실재로 존재하고, 그것이 "세상에 나오지 않은/악기를 가진 아이와/손쥐고 가고 있"는 시인의 비현실적인 의식과 연결됨으로써 풍경의 배음(背音)인 신비스러운 이미지를 나타내고 있다.

그러나 우리의 관심을 끄는 것은 그의 이런 이미지즘에 대한 집요한 미련이 아니라, 노경에 접어든 시인의 놀랄 만한 시적 변모이다. 가난과 고독, 병으로 찌든 김종삼은 늦게나마 폐쇄적인 세계에서 벗어나 인간이 없던 무대에 인간을 등장시키는 예지를 보이고 있다.

조선총독부가 있을 때
청계川邊 一〇錢均 ·床밥집 문턱엔
거지소녀가 거지장님 어버이를
이끌고 와 서 있었다
주인 영감이 소리를 질렀으나

태연하였다
어린 소녀는 어버이의 생일이라고
—〇錢짜리 두 개를 보였다.

—「掌篇 · 2」 전문

　비록 낡은 영사기에 낡은 필름을 돌리듯 하는 짧은 정경이지만 작자의 인간에 대한 애정이 절제된 말 속에 감동적으로 표현되어 있으며, 이 시에서는 난해의 그림자라곤 찾아볼 수 없다.

　김종삼의 이와 같은 시적 친화력의 회복은 그가 근래에 발표한 여러 편의 시 속에서도 보편적으로 드러나고 있는데, 그동안 안으로 닫혔던 시인의 정신이 차츰 밖으로 열리면서 원숙한 경지에 접어들고 있는 증거일 것이다. 특히 그것은 시인이 늙음을 뼈저리게 느끼고 죽음을 관조하는 시일 때, 비장한 아름다움으로 우리의 마음을 휘어잡는다.

새 한 마린 날마다 그맘때
한 나무에서만 지저귀고 있었다

어제처럼
세 개의 가시덤불이 찬연하다
하나는
어머니 무덤
하나는
아우의 무덤

새 한 마린 날마다 그맘때
한 나무에서만 지저귀고 있었다.

—「한 마리의 새」 전문

그러나 이러한 시적 친화력의 회복에도 불구하고 김종삼의 시에 아직도 문제가 없는 것은 아니다. 시 속에 나오는 수많은 외국 인명과 지명의 남용이다. 물론 시인은 이러한 낯선 이름들을 자기 나름의 어떤 시적 계산 아래 사용했을 테지만, 심한 경우에는 그것이 외국인이 쓴 작품을 우리말로 번역해서 읽는 것 같은 생소함을 줄 때가 있다.

> 나의 無知는 어제 속에 잠든 亡骸 쎄자아르 프랑크가 살던 寺院 주변에 머물렀다.
> 나의 無知는 스떼판 말라르메가 살던 本家에 머물렀다.
>
> 그가 태던 곰방댈 훔쳐내었다.
> 훔쳐낸 곰방댈 물고서
> 나의 하잘것이 없는 無知는
> 방 고호가 다니던 가을의 近郊 길바닥에 머물렀다.
> 그의 발바닥만한 낙엽이 흩어졌다.
> 어느 곳은 쌓이었다.
>
> 나의 하잘것이 없는 無知는
> 쟝 뽈 싸르트르가 經營하는 煙炭工場의 職工이 되었다.
> 罷免되었다.
>
> ——「앙포르멜」 전문

시의 내용은 놔두고라도 이 짤막한 작품 속에 "쎄자아르 프랑크", "스떼판 말라르메", "방 고호", "쟝 뽈 싸르트르" 등 4개의 서양 인명이 등장하고 있다. 이것은 물론 작자의 예술적 교양의 바탕이 서구에서 왔음을 뜻하는 것일 테지만, 이런 양상은 「앙포르멜」 이외의 시편에서도 빈번히 나타나고 있다.

물론 이러한 외국어의 사용이 때로는 적절한 효과를 얻어 시에 미묘한 이국적인 정취를 깃들이게도 하나, 그것이 지나쳤을 때는 읽는 이에게 불쾌감을 준다는 것을 시인은 감안해야 될 것이다.

그리고 또 하나 지적할 것은, 김종삼 시의 지나친 소품적인 구성이다. 이것 역시 우리의 시를 퇴영적인 것에서 진취적인 것으로 발전시키려는 입장에서 볼 때는 문제가 된다. 한 시인의 예술적 가치를 후대의 시인들에게 미칠 영향만으로 가늠할 수는 없지만, 이 극도로 축소된 기교적인 작품들은 새로 시를 쓰려는 젊은 시인들에게 힘찬 시정신보다도 지엽적인 기교를 먼저 가르쳐준다는 뜻에서 우려하지 않을 수 없다.

그러나 이와 같은 문제점에도 불구하고 김종삼의 최근의 변모는 우리에게 든든한 신뢰를 주고 있다. 가난과 병고, 고독 속에서 다져진 그의 시정신이 다가오는 노경과 더불어 더욱 우람하게 꽃피기를 빌어마지 않는다.

생활 속에서 찾아낸 삶의 진실

양정자 시집 『아내 일기』, 정민, 1990.
박남준 시집 『세상의 길가에 나무가 되어』, 황토, 1990.
강세환 시집 『월동추』, 창작과비평사, 1990.

찌는 듯이 무덥고 지루한 한여름 장마철인데도 새로운 시인들의 새 시집이 비 온 뒤의 죽순처럼 지각을 뚫고 솟아나오고 있는 것을 보면 기쁘고 신기하다. 1988년의 대선 실패 이후 세상사는 또다시 보수 반동, 보수 야합체제로 돌아가 백성들의 염원인 민주주의의 확립과 통일 염원을 외면한 채 장차는 이 구멍 뚫린 배가 어디로 표류할지 그 방향조차 가늠할 길 없는 때인데도 밤에도 자지 않고 귀를 세운 시인들의 각성된 정신이 청렬한 시의 물줄기를 메마른 세상을 행해서 시원히 내뿜어주고 있으니, 믿음직스럽고 대견하지 않을 수 없다.

특히 이번에 서평의 대상으로 선정된 세 권의 처녀시집은 요즘 유행하는 경직된 관념의 쇠사슬에 얽매이지 않고, 각자가 겪고 누리는 생활 속에서 진실을 찾아내어 순도 높은 서정으로 노래하고 있다는 데서 평자의 마음을 끌었다. 그 흐뭇함을 되새기며 서평의 붓을 든다.

1

　양정자 시집 『아내 일기』를 읽고 평자가 느낀 것은 종래 우리나라의 여성시(여류시)와 이 시인의 시세계는 어떻게 다른가 하는 점이었다. 독자들 가운데는 더러 "시면 시지, 남성의 세계를 그린 남성시와 여성의 세계를 노래한 여성시가 따로 있느냐"고 강한 의문을 제기할 분이 계실지도 모르나, 남성들이 이제까지 즐겨 다룬 시제가 가정과 가족에 대한 사랑이나 정한(情恨)이었기보다는 사회적 부조리에 대한 관심이나 정치적 · 경제적 불평등에 대한 저항, 민족의 공통된 염원인 통일 등으로 기울어져왔음을 생각할 때 남편과 아이들에 대한 사랑과 미움, 밥하고 빨래하고 계모임 · 동창모임에 나가서 위대한 폭군인 남편을 도마 위에 올려놓고 난도질하는 기쁨으로 스트레스를 푸는 여성들의 시세계가 따로 있음을 부정할 순 없을 것이다.

　물론 남성 중에도 여성 못지않게 가정과 가족에 대한 생활적인 애환을 노래한 시인이 없는 것은 아니다. 한 예로, 현관에 놓인 문수가 다른 신발을 보고 아이들의 장래와 생활 걱정을 하는 박목월 같은 분의 시세계도 있으나 이것은 어디까지나 한정된 현상이고, 여성만이 느낄 수 있는 생활적인 감정은 여성 시인들에 의해서 많이 노래되어 왔다. 그런 뜻에서 박완서가 이 시집 머리글에서 저자에 대해 '여편네 시인'이란 색다른 이름을 붙여주고 "이 여편네 시인이 즐겨 다루는 건 빨래, 연탄구멍, 발 고린내, 무말랭이, 보통의 아이들, 못나고 위대한 남편, 죽여주는 잠자리 등 아주 구질구질하고 일상적인 것들"이라고 지적한 것은 매우 적절한 표현이라 하겠다.

　그러나 이러한 지적에도 불구하고 평자는 이 시집에, 평자가 이제까지 읽어온 여러 다른 여성시들에 비해 뭔가 다른 점이 있음을 놓칠 수 없었다. 그것은 가정이란 인습의 울타리 속에서 겪는 한 시어미의 울분과 질곡을 솔직 대담하게, 폭로적이라고 할 만큼 생동하는 언어로 보여준다는 점이었다. 그런 뜻에서 양정자의 시는 우리나라 여성시의 대표라고 할 노천명, 허영자, 유안진 등의 세계와는 또 다른데, 그것은 후자들이 이런 문제를 노래할 때는 절제된 서정으로 조심스러운 우회적인 표현방법을 쓰고 있는 데 비해서 양정자는 간단없이 떨어지는 폭포와 같은 힘찬 언어로 숨김없이 노래하고 있다는 점이었다.

오늘 아침 사소한 일로
그대와 망할 놈 망할 년
남녀평등하게 싸웠습니다
성난 파도 같은 그대 시퍼런 분노를 배경으로
얼핏 제주 사나운 바다 보았습니다
늘 구름 속에 잠겨 있는 한라
그 고뇌에 찬 높은 이마며
두 팔 들고 하늘로 타오르는 남총나무
가시 많은 그대의 긴 혀 용설란을

내 어찌 그대 훌륭한 지아비로 섬기지 않으리오
숱한 비극, 애사(哀史)로
쇠뭉치같이 단단히 뭉쳐졌으므로
더욱 비극적으로 아름다운
척박한 그대의 땅
제주가 낳고 키워낸 한 사내

부부 싸움 때마다 떠올리면서
스스로 늘 참패하리
일흔의 일곱 번이라도 용서하고 참패해주리
오, 내 사랑, 웬수같은 그대.

—「부부 싸움」 전문

다시 말하면 양정자는 '못나고 위대한 남편'을 둔 한 집안의 주부로서 어쩔 수 없는 숙명, 사랑의 거미줄에 칭칭 감겨버린 자신의 발버둥치는 슬픔과 안타까운 모습을 노래하고 있는 것이다. 그것은 흔히 보는 한 남자와 한 여자가 인연의 줄을 타고 만나 아들딸 낳고 오순도순 살아가는 단란함이 아니라 "일찍이 떠돌이 바람이었던 그대와／일찍이 꿈꾸는 구름이었던 나"가 "무모하게도 방랑의 피 서로 속인 채／……／원앙 같은 한 가정을 이룬"(「우리 가족」) 결합인데, 이 속에서 양정자는 그이 남편이 성(性)이 다른 남성일 뿐만 아니라 싸운 다음에도 용서하고 다시 합쳐져야 할 '웬수', 즉 사상적·투쟁적 동반자임을 노래하고 있는 것이다.

> 처음 접하던 날
> 그대 고향 제주 바다와
> 내 고향 한강물이 뒤섞이던 소리
> 남해 신선한 푸른 물결이
> 병들고 썩은 한강물을 싸워 넘어뜨리며
> 흘리게 한 피.
>
> —「첫날밤」 전문

이제 우리는 이 '여편네 시인'이 사랑과 투쟁의 동반자로 선택한 지아비가 누구인가를 어렴풋이 짐작할 수 있을 것이다. 그는 비극적인 제주의 근대사 속에서 그것을 증언해야 할 고뇌에 찬 짐을 지고 태어난 시대의 아들, 『순이 삼촌』과 『바람 타는 섬』의 작가 현기영이다.

양정자는 이러한 사내를 사랑하면서 "일흔의 일곱 번이라도 용서하고 참패해" 주지 않을 수 없는 여자인데, 활화산같은 이 애증(愛憎)의 갈등 속에는 요즘 안방극장에서 화제가 되고 있는 「배반의 장미」에서 펼쳐지는 비징상적인 말장난의 사랑놀이 따위는 끼여들 자리가 없으며, 남녀평등을 피상적 현상으로만 이해하는 일부 여권론자들의 자기 기만도 끼여들 자격이 없다. 왜냐하면 이 시집의 저자는 사랑을 영상의 마술이나 관념적 구호로써 하고 있는 게 아니라 온갖 생활의 질곡 속에서 직장까지 다녀가며 운명적으로 하고 있기 때문이다. 그런 슬픔, 희생을 모르는 '위대한 남편'이 밥투정, 옷투정에다 술주정까지 할 때는 이제까지 속고 짓뭉개지며 살아온 과거가 억울하고 분해서 "제 손으로 돈을 벌어 못나고 불쌍한 남편 쇠주값도 대주며 당당히 화풀이도 하면서 살아간다"는 '어느 파출부의 항변'을 부러워하기도 하지만, 나이 50이 되자 "젊은 날의 성욕, 성깔 다 가시고/……/술과 담배에 찌들은 저 낡은 몸둥이뿐"(「50대 남편」)인 지아비를 안쓰러워하며 빨래를 한다.

밥 끓듯
늘 가슴 속 부글부글 끓어오르는 주부들이여
그대들 머리가 아프고 가슴 답답할 때
빨래를 하자
문지르고 부비고 쥐어짜고
팔다리가 저리도록 찬물에 넣고
아픈 심신 썰썰 헹구어 내자
뼛속 번민 깊은 때도 씻어버리고
살속 슬픔 깊은 때도 씻어버리자
힘든 일은 정직하여 한 만큼 거두리니
보라!
그대 때 묻었던 누더기 마음
이제 희디희게 빛나기 시작한다.

—「빨래」 전문

남편에 대한 사랑도 이 정도에 이르면 처절하다고밖에 말할 길이 없는데, 이러한 전투적(?)인 사랑이 헛딛기 쉬운 지아비를 일으켜 세워서 본래의 모습으로 돌아가게 한다면 아내는 진정 '대지의 큰 어머니' 바로 그것일 터이다.

2

　첫 시집 『세상의 길가에 나무가 되어』를 선보인 박남준의 시에는 남도 소리 가락의 영혼이 깃들어 있다. 4부로 구성된 이 시집에서 평자의 눈길을 끈 것은 「법성포」 1~9 연작으로 이루어진 제2부와 「농부」 1~4 연작이 들어 있는 제3부인데, 바로 이 시편들 속에 반농·반어의 농어촌에서 자란 박남준의 시의 본향이 깃들어 있다고 믿어졌기 때문이다.

　　　　물이 들면 뻘밭의 부두로 서해의 물이 들면
　　　　땅 끝에 선 사람들은 만선의 기다림만이 남아
　　　　끼루룩 갈매기 울음 닮아가는데
　　　　어디로들 떠나갔을까
　　　　갈매기가 없는 바다 위로 지친 닻을 내리는
　　　　홍어의 목선들 잡치 몇 상자
　　　　돈이 될 만한 것은 없구나
　　　　낡은 갑판 위엔
　　　　깊고 검은 주름의 얼굴들 어깨를 늘이고
　　　　먼 바다를 보는 걸까
　　　　아니면 하늘
　　　　흰 구름 저 퍼어런 하늘

　　　　　　　　　　　　　　　　　　　　　— 「법성포 4」 전문

　「법성포」 연작에는 1을 제외한 각 편마다 '뱃놈' '풍어기' '부두' '홍이기' '굴 따는 아낙네' '겨울밤' '원사력발선소' '폐촌 전설' 따위 부제가 붙어 있는데, 앞에 든 4는 '부두'이다. 더 설명할 것도 없이 예전에는 시절 좋고 고기가 잘 잡혀서 흥청거리는 포구였는데, 이제는 소위 근대화(공업화) 때문에 바다가 썩고 메워져 고기도 안 잡히고 "한 집 건너 술집이 두 집 건너 다방이/당구장이 가라오케 룸싸롱이 병원들이/일터에서 돌아오는 사내들을 기다리"는 (「법성포 8 – 원자력발전소」) 폐선장의 황량한 풍경이 묘사되어 있다.

이처럼 날이 갈수록 황폐 일로를 걷는 어촌 또는 농촌의 모습이 법성포 하나만으로 국한된 것은 아니지만 칠산 앞바다의 황금어장을 끼고 영광굴비의 산지로 이름을 떨쳤던 법성포가 시인의 고향이고 보면 그대로 넘겨버릴 수 없는 슬픔이요, 이것은 곧 조국근대화란 미명 아래 성장의 몫도 나누어 받지 못하고 차별과 모멸의 세월을 살아가는 이 나라 농어촌 민초들의 공통된 울분일 것이다.

> 그리운 칠산바다
> 산란의 몸 풀지 못하고
> 눈 감지 못하고 눈 부릅뜨고
> 입 다물지 않고 혀 빼물며
> 죽어 남긴 너의 이름자
> 비겁하게 굴복할 수 없다
> 屈非
>
> —「영광굴비」 부분

> 추수 끝났다
> 쌀 한 가마 보이지 않고
> 빚잔치 끝에 남은 것
> 팔리지 않는 텅빈 집과
> 소처럼 일하고 등 굽은
> 맨몸뚱아리, 맨몸뚱아리뿐이구나
> 어찌 살까

죄없는 어린 새끼들
죽자 함께 죽자 몹쓸 놈의 세상

— 「농부 3-가을」 전문

    그러나 농어민들의 이러한 결의, 이러한 한탄에도 불구하고 우리의 농어촌이 정책의 부재와 개발이란 이름 아래 자행되는 도시자본의 침탈, 외국 농수산물의 무분별한 수입에 의해서 날이 갈수록 낙후의 늪으로 떨어지고 있음은 부정할 길이 없는 사실이고, 이러한 추세는 당분간 계속될 것으로 보여 우리의 마음을 어둡게 한다. 1984년에 『시인』 제2집을 통해서 데뷔한 박남준이 문인의 역할만으로는 만족하지 못하고 민주화운동에 뛰어들어 그 일선에 서게 된 것도 따지고 보면 날로 피폐해져가는 그의 고향에 대한 애정과 1980년 5월에 겪은 광주의 충격과 무관하지 않을 것이다.

    그런데 평자가 여기서 논하고 싶은 것은 그의 사회운동적 활약보다는 그의 시에 깃든 남도 가락의 영향과 사투리의 사용인데, 전문지식의 부족으로 상세한 논의는 뒤로 미루고 시 한 편을 분석하는 것으로 대신하겠다.

뻘밭에 서서
엄니는 떠날 줄 모르는구나
떠나지 말라고 가슴 조였는데
엄니는 꿈에서 찢긴 그물 봤다는데
아버지는 그여 뱃길 뜨더니
바람 잔 바다에 한숨만 남았지라
꿈이 있다면 고기 많이 잡는 거제
빚진 돈 갚아보고 맘 편안히 잠자는 거
보리밥에 흰쌀 놓아 배 든든히 채우는 거
무심헌 건 용왕님이 아니구라

징헌 바다가 아니구라
사람다이 살고지운 욕심이었응께

돌아오고 싶었겠지라
찢어진 옷가지만 뭍으로 보내온 날
참말로 참말로 기맥혔겄제
그렇게 울고나면 울 일 없는지 알았는데

앵앵 새끼들은 어찐답디요
배고픈 내 뱃속은 어찐답디요
막막허고 기맥혀서
아이고 어찌 산답디요
갈라요
나도 따라 갈라요
엄니의 절절한 울음만 남았지라

—「법성포 2-뱃놈」 부분

어느 시행도 '니다' '이다' '하다' 등 현행 문장법 어미인 '다'로 끝내지 않고 같은 어미 반복의 '는데' '는 거' '구라' '디요' '라요' '거제' '지라' 등으로 마무리 지은 것은 일종의 각운(脚韻)이라고 하겠는데, 그것이 이 시를 매우 독특한 부드러운 가락으로 읽게 하고 있다. 이와 같은 운율의 반복은 그 뒤에 이어지는 "눈물은 이제 보이지 않는구만/보이는 건 눈에 선한/그물 가득 고기잡자는 것이구만/불 밝혀 기다리는 동생년이구만"에도 계속되고 있는데, 이러한 현상은 그가 의식하고 썼든 의식하지 못하고 썼든 「법성포 2」 이외의 시에서도 나타나며, 이러한 실험은 '다' 자로만 끝나는 우리 시의 산문성을 벗어나게 하는 데도 좋은 공헌을 할 줄로 믿는다.

3

'월동추'는 겨울 들녘에 눈을 맞으며 자라다가 봄이 되면 제일 먼저 싹을 틔우는 풀(채소) 이름이라고 한다. 강세환이 이 풀 이름을 제 첫 시집의 제목으로 잡은 것은 오랫동안 문학적으로 소외된, 그리고 사회적으로도 소외된 길을 걸어오지 않을 수 없었던 자신의 삶을 확인하려는 소망 때문이었을 것이다.

시집 『월동추』는 5부로 나뉘어 있는데 대략 제1부에는 어려운 시대를 어렵게 살다가 숨진 '겨울꽃' 같은 사람들에 대한 애도를, 2부에는 정치적으로 배반당한 민중의 소망과 모순으로 가득한 이 사회의 풍경을, 3부는 가난한 이웃에 대한 연민과 그들의 삶의 애환을, 4부는 청순했던 젊은 날의 자화상과 살붙이들의 모습을, 5부는 고독하게 살다가 고독하게 죽은 예술가들에 대한 추모를 주제로 하여 엮어진 것 같다.

이 가운데서 평자의 마음을 끈 것은 제1부와 3부, 4부의 작품들인데, 너무나 문학적 기본이 잘 다져진 모범생의 시 같은 이 청순한 서정들은 시집 전체를 아무런 부담 없이 편하게 읽게 해주면서도 뭔가 좀 미흡한 아쉬움을 안겨주었다. 그 한 예로 조국의 민주주의와 자유를 지키려다가 죽은 영령들을 추모하기 위해서 쓰여진 시 한 편을 들어본다.

성안에 같이 살면서도
모르는 게 너무 많았다
답답한 게 참 많았다
떠나가는 너의 꽃상여를 보고서야
어렴풋이 알게 된 일들
너는 굳이 성분 밖에서 부활하리라

너를 품은 고향의 풀더미에서
사람들 때묻은 허리끈에서
당신의 부활은 비로소 은은하게 시작되리라
성안에서 살았던 지나간 날이
캄캄했던 무지의 세월이 이제야
밝아오기 시작한다
당신과 함께 살아 소리치고 싶다
당신의 죽음 헛되이 하지 않으리라
망월동의 바람이여 훠어이 훠어이
수유리의 바람이여 훠어이 훠어이
망우리의 바람이여 훠어이 훠어이

—「부활절」 전문

　　걸림돌 하나 없이 흘러내리는 시냇물 같은 이 서정 속에는 억울하고 비참하게 죽은 망월동, 수유리의 원통한 넋들이 성문 밖에서, 고향의 풀더미에서, 사람들 때 묻은 허리끈에서 '부활' 하리라고 노래되어 있는데, 그 역사적 비극을 슬퍼하는 대목들이 아무래도 구체적 체험이 결여된 채(또는 부족한 채) 상상에만 의존하여 노래 불려지고 있는 듯한 의혹을 지울 길이 없다.

　　이러한 현상은 박종철 열사의 죽음을 그 아버지의 시각으로 애도한 「다시 샛강에서」와 앞서 간 젊은 벗의 죽음을 애도하는 「겨울꽃」, 5월의 노동현장에서 죽은 동지의 묘비 앞에서 결의를 다지는 「5월, 꽃잎은 지고」 같은 시에서도 엿보이는데, 비극적 실체에는 육박하지 못하고 상투적 상상력에 의해서만 쓰여진 듯한 느낌이 없지 않다. 또 이 시들은 "죄 없는 자 이 땅에 살아서/부디 거룩한 꽃으로 다시 피어나라/우리 죽어서나 다시 만나리"(「겨울꽃」)라느니, "망월동의 바람이여 훠어이 훠어이/수유리의 바람이여 훠어이 훠어이"(「부활절」), 또는 "허기진 우리들의 참을성이여/우리들의 헐벗은 절망이여/부디, 순결한 당신

의 절망이여"(「이젠 아무도 기억하지 않아요」)와 같은 공소한 감동과
감탄사의 연발로 말미암아, 행사용 낭독시와 같은 소리의 메아리를 들
려주고 있다.

　이와 같은 추모시들에 비하면 긴급조치 9호가 내린 날 비겁하게 도
망다니는 자신을 부끄러워하며 패배의 슬픔을 곱씹는 「겨울강은 흘러
가고」가 훨씬 핍진한 아픔으로 다가오고, 배반당한 혁명에 대한 좌절
과 풍자로서 "혁명은 꿈도 꾸지 말게/집에 가서 마누라 궁둥이나 만지
게"하고 노래한 「허균에게」 같은 시편이 씁쓸하긴 하나 비극적인 감동
을 안겨준다.

　강세환은 자신이 쓴 이 시집 「후기」에서 "문학은 결코 허망한 것이
아니라 현실문제에 대한 순결한 고뇌이며 당대 인간의 총체적 삶에 관
한 탐색"이라고 정의를 내렸는데, 제3부에 실린 「유언」, 「첫눈」, 「눈 내
리는 밤」, 「맞벌이부부」, 「빈처 1989년」, 「검은 눈물」, 「구두닦이 남
매」, 「소란」 같은 여러 편의 시들은 그가 선언한 문학적 정의에 조금도
어긋남이 없는 작품이었다. 가난한 이웃과 자신의 삶을 꾸밈없는 가락
으로 엮어나간 이 시편들은 그 나직한 목소리에도 불구하고 읽는 이의
가슴을 찡하게 울려주는 힘을 가지고 있으며, 여기서는 제1부의 시에
서 나타난 공소한 감탄사의 연발도 보이지 않고 그 차분한 어조가 오
히려 시를 돋보이게 하고 있다.

　　　종암동에 가서 낯선 여자와 함께
　　　그해 첫눈을 바라보고 싶었다

　　　그해 첫눈은 맘 편하게 내렸고
　　　소리없이 내리는 눈을 맞으며
　　　나는 종암동에 갔었다
　　　낯선 여자와 함께 그해 첫눈을 바라보던 날

잔주름 많은 그녀의 일생 곁에는
그립던 눈이 평화롭게 내리고 있었다

—「첫눈」 부분

가는 곳마다 내 청춘을 실패로 끝이 나고
비 내리는 서울땅 이삿짐 꾸리던 날
부뚜막에 엎드려 울고 있는 아내를 달랠 수 없어
소리 내지도 못하고 나는 울어버렸다
5년 후에 다시 돌아오자 아내여 가자
밤길을 야반도주하듯 도주하듯 쫓기듯
강원도 탄광으로 기어들어갔지만
나의 어둠은 빗물에 떠내려가지 않는구나
작업복에 허리띠를 갈아 끼우고
검은 눈물을 몇 번이고 흘려야만
광부가 된다는 말을 지하 막장에서 배운다

—「검은 눈물」 부분

앞의 시는 첫눈 내리던 날 종암동 술집에 가서 낯선 여자와 함께 지내며 그녀가 끌러놓은 과거 얘기를 들으며 한숨 섞인 저금통장을 본다는 내용이고, 뒤의 것은 서울에서의 가난한 생활을 지탱하다 못해 이삿짐을 꾸리고 부뚜막에 엎드려 울고 있는 아내를 달래어 강원도 탄광으로 들어가 광부가 된다는 내용이다.

앞의 시는 자기 아닌 남(이웃)의 슬픔에 귀 기울이고 가슴 아파하는 데 비해, 뒤의 시는 시인 자신이 겪은 쓰라린 체험 한 토막을 극명히 그려 보이고 있다. 조금도 과장하지 않고 노래한 이 시편들 속에서 우리는 당대 민중들이 겪는 슬픈 삶을 엿보게 되는데, 이것이 곧 그 자신이 말한 "당대 인간의 총체적 삶에 관한 탐색"이 아닐까?

강세환은 아직 젊고 낭만적이라 할 만큼 청순한 정열로 넘쳐 있다.

그리고 『월동추』는 그의 첫 시집이다. 문학은 어차피 '약'이 아니면 '독'이 될 수밖에 없는 예술이므로 겸허하게 자신의 시세계를 넓혀 나간다면 대성할 수 있으리라고 본다. 축하한다.

두 권의 노동시와 두 권의 아리랑

정일남 시집 『들풀의 저항』, 명상, 1991.
김해화 시집 『우리들의 사랑가』, 창작과비평사, 1991.
박세현 시집 『정선 아리랑』, 문학과지성사, 1991.
박상률 시집 『진도 아리랑』, 한길사, 1991.

비평이란 무엇인가? 비평을 뜻하는 *critique*의 어원은 희랍어의 *krino*에서 유래한다. *krino*란 곧 '판단하다, 재판하다'라는 뜻이다. 또 *critique*란 단어 속에는 '위기'란 뜻도 들어 있다. 그러므로 비평의 기능과 위기 사이에는 유기적인 관련이 있다. 즉 비평 정신은 특정의 가치체계가 위기에 처했을 때 왕성해지므로, 비평의 역사는 곧 위기의 시대적 역사라고 할 수 있다. 인간의 정신과 실존이 위기에 처했을 때 비평도 활기를 띠기 때문이다.

오늘 우리가 살고 있는 시대는 비평의 시대다. 억압하는 자와 억압받는 자, 뺏는 자와 빼앗기는 자, 기능주의와 인간주의 등 모든 것이 대립구조 속에서만 작용하는 이 시대는 필연적으로 비평을 부추기고 있으며, 끝내는 비평이 비평을 낳아 '쟁의'의 시대로 바뀔 위험마저 내포하고 있다.

그러므로 나는 이 *critique*에 또 하나의 명제를 부여하고자 한다. 그것은 곧 현상(現象: 관찰할 수 있는 사물의 모양)에 대한 사랑이다. 문학에 있어서 그것은 작품과 작가에 대한 사랑이 되겠는데, 작품과 작가를 사랑하지 않는다면 비평자는 그것이 지닌 단점은 물론 장점에 대해서도 비평하지 않을 것이기 때문이다.

비평의 칼은 날카롭기가 얼음같아야 하고, 뜨겁기는 불같아야 한다. 그 칼에 베인 상처는 피 흘리게 되지만, 그 불에 데인 상처는 아물어서 새살을 돋게 한다. 시를 쓰던 입장에서 비평의 붓을 들고 잠시 자신을 돌아보며 떠올린 생각이다.

1

정일남의 첫 시집 『어느 갱(坑) 속에서』(혜진서관, 1985)를 읽은 것은 여러 해 전 겨울이었다. 그 시집에 수록된 광부들의 얘기를 읽으면서, 이것이 비록 지은이 자신의 생체험이 아닌 간접체험으로 쓰여진 작품이긴 하나, 이 나라의 어느 곳에는 아직도 이처럼 뜨거운 가슴과 맑은 눈을 가진 시인이 숨어 있었구나 하는 느낌을 받았었다. 그 시집에서 한 편을 들어본다.

바람은 스쳐가고 있었다.
철둑 너머 무덤 쪽으로
햇살은 몰려가 쌓이고
어둠을 찍어내는 연탄공장에
쉼없이 삽날은 번쩍거렸다.
모두가 한번은 꽃이 되려고
모두가 한번은 불이 되려고
아니 꼭 한번만은
古生代의 火山으로 돌아가려고
망우리 역두에 쌓이고 있었다.

— 「석탄 1」 전문

광부의 죽음을 딛고 갱 속에서 캐내어져 도시로 실려온 석탄의 애기
다. 어둠을 찍어내는 연탄공장에서 쉼없이 번쩍이는 '삽날'에 찍힌 석
탄, 그것은 어쩌면 광부 그 자체의 운명인지도 모른다. 사람이 살아가
려면 어쩔 수 없이 남의 희생 위에 생을 영위할 수밖에 없는데, 석탄을
캐다가 이름 없이 죽은 광부와 그것으로 불을 피우고 몸을 덥히는 도
시민의 생활 사이에도 그러한 관계가 성립되지 않을 수 없음을 암시하
고 있다.

표지 뒤에 실린 약력에 의하면 정일남은 이미 50이 넘은 결코 젊지
않은 시인으로, 6·25 후에 고등학교를 졸업하고 대학을 중퇴한 후 석
탄공사에 입사하여 근 20년 동안 광산에서 근무한 것으로 되어 있다.
비록 그가 탄차를 타고 막장에 들어가 석탄을 캐진 않았을지 모르지
만, 광부들의 비참한 현실이 그의 예리한 시심을 아프게 울린 것만은
틀림없다.

그런데 이번에 나온 시집 『들풀의 저항』에는 광부들의 삶 대신 목장
에서 소를 기르는 목부의 생활이 노래되어 있다. 그것도 목가적인 전
원생활이 아니라, 일그러진 농업정책 속에서 일방적으로 희생당하며
살아가지 않을 수 없는 병든 목부. 20년 동안의 광산생활을 무사히 마
친 시인은 이제 서울 근교에서 목장을 경영하는 목장주가 되어 있었던
것이다.

> 죽은 소를 땅을 파고 묻었다.
> 마을 사람들은 가죽을 벗겨 먹자고 하였다.
> 나는 차마 그렇게 할 수가 없어
> 진흙 땅에 진흙 소를 묻었다.
>
> ─「우화」 부분

그러나 '풍랑이 지겨워서 배 팔아 논을 산 사공'이 아닌 광산 출신의

이 목장주는 1980년 중반에 일어난 소 값 파동 때 홍역을 치렀던 것 같으며, 이제는 "몸이 아파 우는 게 아니네/배고파 우는 게 아니네/때만 되면 우루루/떼울음 우는 것은/딱한 주인의 처지 때문이네"(「소울음」) 하고 자기가 기르던 소한테까지 동정을 받아야 하는 처지로 전락하고 말았다.

그러나 이 시집에서 필자의 눈길을 끈 것은 목장주로서의 이런 체험보다도 시인 자신의 과거를 노래한 「풀의 저항」, 「초본경(草本莖)의 시」 연작 등이었다. 그 시편에서 필자는 이 나라 민초들의 끈질긴 생명력을 읽을 수 있었고, 어떠한 박해와 비극적인 상황 속에서도 결코 쓰러지지 않고 되살아나는 민중의 힘이 얼마나 모질고 강한 것인가를 확인할 수 있었다.

까마귀 우는 벌판 길이다.
북서쪽에서 침노하는 세한의 바람 속에
마적당의 함성이 가득하고
말발굽 소리도 자욱하다.

황토 먼지 날리며
겨울 보리밭 쳐들어오는 무리들
아무도 나서는 자 없고 대항할 자 없으니
풀이 대신 일어나고 있다.

—「풀의 저항」 부분

뜨기면 뜯길수록 희망이 보이고
뜯기지 않으면 불안하다.

누구든 낫을 들고 가까이 오면
잎과 줄기는 제물로 바치리.

아주 오랜 뒷날에 가서

당할 것은 또 당하더라도

안으로 갈무리한 혼의 뿌리

그것만은 뽑히지 말아야지.

—「초본경의 시 4」 부분

종살이가 싫어서 산으로 들어가 불을 놓아 밭을 일군 아버지의 아들, 산사람에게 내통했다는 죄로 뭇매를 맞고 피를 토하며 움막으로 돌아와 죽은 화전민의 아들인 시인은 자신의 과거를 회상하며 머리말(「궁핍시대의 봄」)에서 이렇게 서술하고 있다.

> 봄이면 산등에 불을 지르고 씨를 뿌려 곡식을 가꾸던 화전민의 새벽 골짜기. 비탈진 삶을 일으켜 꿈꾸며 꽃피웠던 사람들. 거칠고도 억센 그들의 노동과, 그 격동기에 나는 무덤 위에 올라앉아 노을 산을 바라보며 어린 시절을 보냈다. …이제 화전민은 어디로 갔는가. 그들의 후손은, 찢긴 상처와 영혼은 어디로 옮겨 가서 어떤 모습으로 살아가고 있는가.

2

화전민의 아들로 태어난 정일남이 목장주가 되었으나 '결국 도시에 뿌리 내리지 못한 채 한 마리 굴뚝새로 소외된 삶을 살아' 온 시인이라면, 김해화는 지금도 노동현장 한복판에서 문학과 노동 사이에 갈등을 겪으면서도 꿋꿋하게 살아가는 투사적인 젊은 시인이다.

이런 김해화와의 만남을 시인 김명환은 발문(「철근쟁이 해화형」)에서 다음과 같이 서술하고 있다.

> 1989년, 전국이 임투로 들끓고 있던 어느 봄날 마산에서 우리는 다시 만났다. 1984년 이후 시 쓰는 직업을 포기하고 문학을 빙자해서 사람들을 꼬시는

직업으로 전업한 나는 마창지역 임투지원 및 보고문학 작업을 하기 위한 현
지답사를 내려갔었고, 작업을 같이 할 수 있는 지역의 글쟁이들을 수소문하
고 다니다 그를 다시 만나게 된 것이다.

이어서 김명환은 김해화가 순하디 순한 눈매를 가진 노가다꾼이요,
철근쟁이이며 "변혁적 전망과 당당하게 진군해나가는 노동자들의 힘
찬 모습을 노래하고 싶어"하는 시인이라고 묘사하고 있다. 우선 김명
환의 우정이 깃든 증언을 믿고 시집을 펼치니 다음과 같은 시들이 눈
에 들어온다.

> 앞길이 캄캄한 노동판에서
> 두 눈에 불을 켜고
> 열두 시간
> 땀에 절은 노동을 끝마친 뒤
> 작업복 주머니에 소주 한 병을 찔러넣고
> 투망을 멘 친구와
> 저물어가는 강으로 간다.
>
> — 「우리들의 사랑가 15」 부분

> 혼인신고만 마쳐놓고 7년 만에
> 늦은 결혼식을 올리는 날
> 함께 가야 할 동지의 길 되새기기 위하여
> 신랑 신부 동시입장을 하자고 약속해놓고
> 대기실에서 함께 기다리는 시간
> 처음 입어보는 한복 두루마기 옷매무시를 다듬어주던
> 아내의 눈가에 눈물이 핑잉 돈다.
>
> — 「우리들의 사랑가 19」 부분

'저녁 강에서' 란 부제가 붙은 「우리들의 사랑가 15」는 "망치를 휘누

르고/일요일도 공휴일도 모르는”(「…사랑가 14」) 고된 노동을 마친 뒤, 친구들과 함께 저녁 강에 나가서 물고기를 잡아 소주를 마시며 어린 날의 추억과 아무리 일해도 가난을 벗지 못하는 쓰디쓴 노동의 삶을 얘기한다는 것이 그 내용이고, 「…사랑가 19」는 가난 때문에 뒤늦게 결혼식을 올리던 날 눈물지으며 옷매무시를 고쳐주는 아내에게 자신이 앞으로 걸어가야 할 길을 일러주는 것이 그 내용이다. 시인은 이 자리에서 철근 일 때문에 한쪽 어깨가 처졌다고 안쓰러워하는 아내를 보고 이렇게 말한다.

사랑하는 아내여
오늘은 참으로 경사스러운 날
눈물을 거두십시오.
처지지 않은 한쪽 어깨로
무겁게 지고 일어나야 할 임무가 내게 있습니다.
노동해방의 참세상
사람이 사람으로 일어나는
눈물겨운 사람의 세상
그런 세상을 이루기 위한
투쟁의 무거운 임무가 내게 있습니다.
그 무거운 짐을 지고 일어나기 위해
나는 이 어깨의 힘을 아껴둔 것이랍니다.

그런데 우리는 여기서 김해화의 이런 활달하게 터진 가락이 1986년에 나온 첫 시집 『인부 수첩』(실천문학사)의 그것과는 많이 다르다는 것을 느낀다. 『인부 수첩』에서는 짓밟히고 얻어맞고 약탈(착취)당하며 사는 노동자의 한과 분노가 한껏 고조되어 “교활한 총무를 묵사발 만들고/이 기술로 어디 가뜬 일 못헐지 아냐?”(「편지」)라든가, “빈 술잔을 타인들의 벽에 던져 깨뜨리고/피묻은 손으로 별들의 하늘을 지우며 주저앉곤 하지만"(「나의 슬픈 사촌에게」) 하는 투의 폭발적인 힘을 보여주지만, 『우리들의 사랑가』에 실린 시편들은 상황이 비슷하더라도 그 노래하는 품이 훨씬 넉넉하고 차분하다. '사랑을 묻는 아우에게'란 드림말이 붙은 시 한 부분을 들어보자.

> 온몸을 짓눌러 온 하루의 노동을
> 저무는 공사판에 부려놓고 돌아오는 길
> 허름한 술집 구석에서
> 독이 되는 강소주를 서투르게 마셔가며
> 술맛처럼 쓰디쓰게 우리들 가슴을 치면서
> 싸움을 묻는 아우야
> 사랑을 묻는 아우야
>
> 아우야
> 분노가 치밀거든 두려움을 떨쳐버리고
> 싸가지없는 조장새끼의
> 아구창을 돌려버리는 것부터 배워라.
>
> ──「우리들의 사랑가 13」 부분

분명한 것은 오늘의 노동조건이 1986년에 비해 결코 나아진 것이 없을 텐데도 김해화의 목소리가 이토록 넉넉해진 것은 나이에 따른 성숙 때문일까?

이렇든 김해화의 시에 깃든 현장노동자로서의 탄탄한 체험과 여유 있는 투쟁성, 또 「아파트 보고서」 연작 등에서 나타난 건강한 낙천성은 우리 모두에게 든든한 믿음을 주고 있다. 그러나, 한편으로는 그의 너무나 발빠른 문학적 성공이 시의 정련(精練)을 무시하는 방만한 자세로 흐르지 않을까 염려되는 바 없지도 않다. 거듭 정진하길 바란다.

박세현 시집 『정선 아리랑』은 상처 입은 고향에 대한 사랑으로부터 시작된다. 시인의 고향 정선은 산이 많기로 유명한 강원도에서도 손꼽히는 오지로, 강물이 패어들어 굽이진 좁은 땅에 조·옥수수·감자 따위를 심어 먹는 가난한 고장이다. 그러나 산수는 아름답고 인심은 순후하여 "앞산 뒷산에 빨랫줄을 매고"(「앞산뒷산」) 사는 동네이기도 하다.

시집 첫머리는 그러한 고향, 즉 "이 땅에서 느낀 소외와 수모와 순간순간의 절망감을/쓰러뜨릴 수 있는 땅", "피로하고 지친 육신과 마른 버짐 같은 꿈을 풀어놓"을 수 있는 고향으로 찾아가는 시인의 출발인 「정선 가는 길」로부터 시작된다.

조금은 겉멋이 들어서 건들거리는 시풍이 눈에 거슬리지 않는 것은 아니지만, 그래도 사람들로 붐비는 청량리역에서 '한 방울의 점'이 되어 "죽기 전에 가 보아야 할" 땅, "삭은 부처 토막" 같은 땅으로 떠나는 시인의 쇠락(衰落)한 모습이 우리의 눈길을 잡아당긴다. "떠나는 자가 남아 있는 자들을 전송하"고 "죽은 자가 산 자를 제사지내"는 박세현의 엑소더스는 그러기에 처음부터 비장한 빛깔을 띠지 않을 수 없다.

그는 떠난다. "버스와 승용차가 빨리 달리기 경주를 하고, 공장의 굴뚝이 구역질을 하고, 사람들은 주식 시세에만 귀기울이고, 머리띠를 바꿔 맨 시위대가 새로운 팀워크로 진출"하는 "빌어먹을 서울"을 뒤로 하고 "아직 꺼지지 않고 있을 등잔불의 마을을 향해"(이상 「정선 가는 길」에서 인용) 미련 없이 달려간다. 그러나 그렇게 달려간 고향에서 그가 본 것은 무엇이었을까?

앞산 뒷산에 빨랫줄을 거는 동네에도 하루 한번씩
자전거를 탄 우체부 아저씨 따릉따릉 지나가고 나면

감자밭 고랑에 엎어져 일없이 살아가는 우리네게도
눈에 삼삼 마음에 삼삼 밟혀오는 사람들이 있네요
하늘 한 평 땅 한 자락 없어
가난한 마음 잇대일 곳 아예 없어
맥없이 동네를 뜬 이웃사람들
벼름박에 붙은 농약 광고를 바라보다
농약병을 목구멍에 쏟아넣고 가버린 사람들
허망스레 마을 버린 사람들에게 말을 건넵니다
여직 우린 앞산뒷산에 빨랫줄을 매고
조랑조랑 흐르는 물소리에 젖으며 산다고
밤이면 꿈보다 밝은 마음에 기대어 잠들고 싶다고

―「앞산뒷산」 뒷부분

사실이지, 박세현의 이 시집은 여기까지만 읽고 더 이상은 읽지 않아도 될 그런 내용일지도 모른다. 시인의 엑소더스의 의미와 그 떠남의 결과로 발견하게 된 고향의 슬픈(차라리 처참한) 모습은 여기까지만 읽어도 불을 보듯, 아우라지 강물에 배를 띄우고 한 맺혀 울부짖는 '정선 아라리'를 듣듯 다 드러나 있기 때문이다. 그러나 우리는 슬픔에 대한 참을성을 좀 더 기르고 이 시집 도처에 차돌처럼 박힌 단장의 싯구들을 훑어보아야 한다.

쏟아질 듯 가파른 벼랑 아래
흰 거품을 물고 물살이 돌아간다
암갈색 벼랑 끝엔 꽃들이 매달려 눈짓하는데
예비군 바지를 입은 노인이 빈 지게를 지고
묵묵히 벼랑 밑을 지나간다
태초의 그날처럼 밝은 대낮이다.

―「벼랑 위의 꽃」 전문

왜정 때 징용나간 낭군은 여태 그만이구요
사변통에 군대나간 맏이도 여태 그만이지요
하나 남은 핏줄마저 탄굴에서 달랑 그만이랍니다
묵밭 같은 얼굴로 살아가는 마음을 뉘라 알리요
가을밭에 수숫잎처럼 와삭대는 마음을 뉘라 알리요.

— 「아라리」 전문

물살을 안고 돌던 물레방아
멈추어선 지 오래
의용군 나간 서방님 죽은 지도 오래
풀피리 불던 아이들
서울로 인천으로 제천으로
술집 멤버로 중국집 배달원으로
트럭 운전수로 3회전짜리 권투선수로 흘러가고
풀피리 소리 물레방아 소리 멎은 지도 오래
가슴엔 듯 눈물엔 듯 끊이지 않고 흐르던 강물 소리
뻐꾹새 울음에 흠칫흠칫 놀라더라.

— 「물레방아」 전문

그러기에 외지고 척박한 땅에서 뼈 빠지게 일하며 운명처럼 살아가는 고향 사람들에 대한 박세현의 사랑은 "이마 위로 나는 도끼날에 금 간 분노"로 이어지며, "더 더 더 세게 내리쳐라"(「벽탄(碧灘)」)고 외치게 만든다. 시집 뒷표지에 실린 글에서 시인의 회한(悔恨)을 읽어보자.

나는 정선에서 5년을 보냈다. 스물두 살이었다. 마늘밭을 건너 엷은 어둠 발을 타고 오던 여량천주교회의 쇠종소리를 기억한다. 안개에 흡인되던 창백한 광부의 얼굴을 나는 기억한다. 나의 정선 시절은 기소유예이다. 기억은 내 목을 쥔다. 기억은 창(槍)이다.

4

박세현의 시가 강원도 정선의 지정학적 구조와 직결된 비극적인 고향의 역사라면, 박상률의 시집 『진도 아리랑』에 수록된 시들은 그 고장의 민요답게 훨씬 밝고 활기찬 사향(思鄕)의 노래들이다. 박세현은 고향을 '피할 수 없는 지명방어전'을 치러야 하는 권투선수처럼 고개를 숙이고 찾아가지만, 박상률은 '생명의 뿌리'인 고향에 지금도 강한 유대가 남아 있어 공동체적인 끈끈한 삶을 영위하기 위해서 찾아간다.

> 물은 흘러가 버려도
> 땅은 떠나지 않고
> 바람은 불다 물러가도
> 하늘은
> 그대로 얹혀 있네.
>
> 그 땅 딛고 살던
> 고무신은
> 흰 코 앞세워 떠나고
> 그 하늘 이고 살던
> 보릿대 모자는
> 뒤꼭지 뚫린 채 떠나지만
> 누구라서
> 그 땅 그 하늘
> 끝내
> 버릴 수 있으랴.

―「그 땅 그 하늘」 부분

진도는 섬이다. 지금은 다리(연육교)로 뭍과 이어졌지만 예전에는 거센 물목(울돌목)을 배로 건너야만 갈 수 있던 곳이다. 또 진도는 삼별초의 항몽전쟁 이후 이순신의 명량해전의 승리까지 외세의 침략으로부터 국토를 지켜온 이 나라 민중세력의 전초기지였다. 그래서 시인은 '진도 아리랑 1'이란 연작번호가 붙은 「보배섬」에서 고향에 대한 그리움과 안타까움을 이렇게 노래하고 있다.

> 내친김에 달리면
> 후딱 건너뜀직한
> 거리를 두고
> 넌
> 섬으로 앉아 있다.
>
> (중략)
>
> 뭣땜시
> 눈물이 없어도
> 울음으로 살아야 하는지
> 혼자만 알고 있는
> 넌
> 가슴앓이마냥 간직된다
> 울돌목 넘나드는
> 우리에겐.

— 「보배섬」 부분

말하자면 시집 『진도 아리랑』은 박상률의 향토애가 빚어낸 한마당의 씻김굿 소리다. 그 소리가 울려퍼지면 가난이 지겨워서 고향을 떠난 사람들, 예컨대 서울 가서 몸 파는 색시가 된 소꿉친구 혜진이와 봉제 공장 여공이 된 누이, 한번 뜨면 일 년이 지나야 돌아오는 큰 배 타러 간 영민이도 다 돌아오길 바라는 것이다.

그러나 한번 떠난 사람들은 "꿈속의 들녘엔/삐비꽃 지천으로 피고/

보릿대로 피리 불며/지겟다리 장단에/육자배기 넘실대는데"(「기다림
4」)도 돌아오지 않고, "못생긴 소나무가/선산 지킨다더니" 그 못생긴
소나무마저 관상수 되어 도시로 팔려간 후 "낡은 뗏장 덮은/할아버지
들만/하루 종일 누워"(「기다림 3」)서 고향을 지키고 있다.

하지만 이런 이산의 슬픔 속에서도 시인은 결코 절망하지 않는다.
고향이 싫어, 가난이 싫어서 떠나는 사람도 있지만 고향을 잊지 못
해서 "아리랑 가락에/육자배기 지겟장단에/서울생활 청산하고/앞배
미 너 마지기 논에/비닐하우스를 세운"「준근이」 같은 친구도 있고,
젊었을 때 대처살이 떠났으나 서방 여의고 혼자되어 "내가 죽일년이
제/내가 미친년이제"하며 돌아온「아랫골 아짐씨」 같은 여인도 있으
니까.

그러기에 이 시집 끝머리인 '진도 아리랑 62'에서 시인은 언젠가는
자기도 돌아가야 할 고향의 부름 소리를 이렇게 노래하고 있다

어쩌다
들어 봐
하늘이 우는 소리를
어쩌다
들어 봐
바다가 우는 소리를

터진 귀가 아닌
열린 귀로
저 하늘 저 바다
우는 소리를
땅에서 들어 봐

(중략)

강강술래 혹은
아리 아리랑 스리 스리랑.

—「소리, 저 하늘 저 바다의」 부분

끝으로 한마디. 박상률은 고향의 풍물과 오늘의 실상을 '진도 아리랑'으로 대표되는 육자배기 가락에 실어서 넘실거리게 노래하는 데 어느 정도 성과를 거뒀으나, 그 아픔이 안으로 모아졌다가 터져 나온 것이라기보다는 있는 그대로를 풀어버린 듯한 느낌이 없지 않다. 그의 시가 재미있게 읽히면서도 편차가 심하고 새로워 보이지 않는 것도 바로 그 때문이다. 부디 뼈를 깎는 듯한 조탁의 공을 들이길 권한다.

시대를 초월하는 서정의 힘

이성선 시집 『절정의 노래』, 창작과비평사, 1991.
조정권 시집 『산정묘지』, 민음사, 1991.
호인수 시집 『백령도』, 실천문학사, 1991.

　우리가 살고 있는 이 시대를 사람들은 모든 가치가 전도된 불확실성의 시대라고 부른다. 이미 일터에서나 가정에서나 어른의 영(令)은 설 자리를 잃어버렸고, 오직 제 목소리만 높은 젊은이들의 주장이 크게 들린다고 개탄하는 사람도 있다.

　그러고 보니 신문의 사회면도 온통 젊은이들이 저지른 범죄로 얼룩져 있다. 강도, 강간, 유괴, 살인, 방화, 난폭운전, 마약복용 등 온갖 사회적 비행이 그들에 의해 저질러지고 있음을 부인할 길이 없다. 더욱 소름끼치는 것은 이 같은 죄를 짓고도 젊은이들이 전혀 양심에 가책을 느끼지 않음은 물론 반성할 기미조차 안 보인다는 것이다. 그러기에 나약한 부녀자들은 밤길 다니기가 무섭다 하고, 자녀를 둔 부모는 아이들이 밖에서 돌아올 때까지 가슴이 죄어 떨어야만 한다.

　왜 이렇게 무서운 세상이 되었을까? 한때는 시위현장에서 화염병을 던지는 자녀들 때문에, 진압경찰의 몽둥이를 맞고 쓰러지는 학생들 때문에 가슴이 오그라드는 느낌을 받았는데, 이제는 그와 비슷한 젊은이들의 무분별한 횡포 앞에서 기성세대는 넋 빠진 허수아비가 되고 말았다. 이 나라에 흠 없는 지도자와 의인의 씨가 말랐다는 것은 오래 전부터 들려온 소문이지만, 세상이 이처럼 무섭게 변하고 보니 아무래도 그 말이 사실인 것만 같아 암담한 느낌이 들 때가 있다.

그러나 과연 이 사회가 치유 불능의 골병이 들었다는 그 말은 사실일까? 백약이 무효한 고질병에 걸렸다는 것은 신조차 버린 땅이란 뜻인데, 우리 겨레가 무슨 잘못을 저질렀기에 이토록 혹독한 시련을 겪어야만 하는가? 일제 36년간의 종살이와 분단 46년 동안의 상잔, 그 사이사이에 자행된 군사독재의 피비린내 나는 억압 속에서도 꿋꿋이, 때로는 풀잎처럼 유연히 참고 견디면서 오늘의 번영을 이루어낸 것이 우리 국민이 아니던가.

하나, 우리는 더 이상 절망하기 전에 신문의 또 다른 면도 보아야 한다. 정치면과 경제면, 그리고 가끔은 교육계와 문화계의 비리가 실린 면도 훑어보아야 한다. 재벌과 공직자가 한통속이 되어 저지른 온갖 부정사건과 뇌물수수사건, 각급 의원들의 파렴치한 행위와 배신, 국민의 의사와는 멀리 떨어진 대권경쟁과 대학의 부정입학사건, 투기와 과소비와 퇴폐적 향락만을 일삼는 졸부와 문화귀족들의 눈뜨고 볼 수 없는 추행이 날이 갈수록 피폐해지는 농촌공동체와 공해로 파괴된 자연을 배경으로 하여 난지도의 쓰레기더미처럼 악취를 내뿜고 있는 것이다. 소위 '어른'이라고 하는 기성세대들의 모습이 이렇게 일그러져 있는데도 그들이 낳은 자식들이 악의 구렁텅이에 빠지지 않았다면 그것이야말로 기적과도 같은 일일 것이다.

신의 은총과 자연의 섭리가 아름다운 조화를 이루어 찬란한 문화를 꽃피운 고대 희랍을 그리워한 독일의 시인 횔덜린(1770~1843)은, 그 이상적인 낮의 세계가 저물고 슬픔과 침묵만이 지배하는 밤의 세계가 돌아왔을 때 "이 궁핍한 시대에 시인은 무엇 때문에 태어나느냐"고 물은 바 있지만, 도덕과 권위가 무너지고 철학이 상실된 이 패악의 시대에 나는 '시인은 무엇 때문에 존재하느냐' 고 다시 묻고 싶다.

1

시인 이성선(李聖善)과 평자와의 만남은 꽤 오래다. 1970년대 중반의 가을에 강릉 바닷가에서 그를 처음 만났을 때, 그 기름기 없는 해맑은 얼굴과 투명하게 빛나는 온화한 눈을 바라보며, '아, 이 사람이야말로 설악에서 흐르는 물과 같이 깨끗한 영혼을 지닌 시인이로구나' 하는 느낌을 받았었다.

이성선은 그날 동행한 최명길 시인과 함께 시골에 묻혀서 시 쓰는 일의 어려움을 말해주었고, 어떠한 어려움이 있더라도 고향에 살면서 오직 시인의 길만을 걷겠노라는 결의를 들려주었다. 이미 『시인의 병풍』(현대문학사, 1974)이란 첫 시집을 내어 '불교적 해탈의 심성으로 화엄을 노래했다' 는 평을 받은 바 있지만, 그 후에도 이성선의 정신은 날로 갈고 다듬어져서 『하늘 문을 두드리며』(전예원, 1977), 『몸은 지상에 묶여도』(시인사, 1979), 장시 『밧줄』(창원사, 1982) 같은 시집을 거의 신들린 것처럼 써서는 묶어냈다. 우선 손에 닿는 대로 그 무렵의 시 한 편을 들어 본다.

문을 두드립니다. 한밤 조용히 문을 두드립니다. 두려움에 오슬오슬 떨고 있는 나의 문빗장이 벗겨집니다. 문이 열립니다. 문밖 어두운 밤하늘이 눈빛을 번뜩이며 한 그림자가 다가섭니다. 외투 벗어 하늘에 걸어두시고 나를 열고 내리십니다. 그분이 밟고 오신 물소리가 밤하늘에 아름답게 피어납니다. 허공은 향기로 가득합니다. 갑자기 가지에 선율이 빛나고 밤의 살빛이 비늘을 번뜩이며 나를 감쌉니다. 알 수 없는 비밀이 내 몸에 스밉니다.
그분은 내리셨습니다. 형체도 없이 내리셨습니다. 무섭도록 헐벗은 나를 깨워주시고 비로소 이 영혼을 눈뜨게 하십니다.
　　　　— 「하늘 문을 두드리며 1」 전문(『하늘 문을 두드리며』, 전예원, 1977)

　이 한용운적인 어법으로 노래된 작품에는 이성선의 시를 이해하는 열쇠가 들어있다. 그가 두려움에 떨면서 맞아들인 그림자는 "외투를 하늘에 걸어두고" 내려온 존재이며, "무섭도록 헐벗은 나의 영혼을 눈뜨게 한" 존재이다. 이것은 어쩌면 고독한 영혼이 골방에 갇혀서 꿈꾼 환영(幻影)에 불과한 것일지도 모르나, 시인이 그것을 꿈꾸고 실재하는 존재로 받아들였을 때(또는 인정했을 때) 그 환영은 시인에게 무한한 시의 원천이 되어 드디어는 "한 시대에 속하지 말라. 한 예언에 속하지 말라. 그대가 예언을 지배하라. 세계를 지배하라"(「하늘 문을 두드리며 101」)고 권유하는 '초월자'의 모습을 띠기에 이른다. 말하자면 이성선의 시는 이 범신론적인 초월자의 명령에 의해서 창조된 노래이고, 인간의 업(業)에 의해 윤회하는 현실세계와 범아일여(梵我一如)의 깨달음에 의한 해탈을 노래한 『우파니샤드(Upanishad)』의 사상에 그 맥이 닿아 있다.

　그러나 이성선의 눈과 마음이 아무리 인간의 모순이 존재하지 않는 하늘을 향해 열려 있다고 하더라도 그의 육체가 이 지상에 묶인 몸임에는 틀림없고, 이 이상과 현실 사이에서 겪는 고뇌가 이번에 나온 시집의 주제가 되어 있는 것 같다. 그가 비록 오늘의 우리 모두가 겪는 정치적 현실과 사회적 질곡으로부터는 얼마간 비켜선 자리에서 노래하고 있지만 이것은 서울에서 대학을 나온 후 오직 시인이 되기 위해 예정된 자리(직장)를 사양하고 시골로 내려간 그의 자기유배에서 얻어진 정복(淨福)일 뿐이고, 그가 살고 있는 강원도 바닷가 마을에도 사람들의 신음은 거친 물소리처럼 들려오고 있다. 그런 사람들을 위해서 이성선은 자기가 배운 진리의 목소리로 다음과 같이 위로의 말들을 들려주고 있는 것이다.

영혼이 깨끗한 사람은
눈동자가 따뜻하다.
늦은 별이 혼자 풀밭에 자듯
그의 발은 외롭지만
가슴은 보석으로
세상을 찬란히 껴안는다.

─「깨끗한 영혼」 부분

내가 최후에 닿을 곳은
외로운 설산이어야 하리.
얼음과 백색의 눈보라
험한 구름 끝을 떠돌아야 하리.
　　(중략)
산이 받으려 하지 않아도
목숨을 요구하지 않아도
기꺼이 거기 몸을 묻으리.
영혼은 바람으로 며돌며
孤絕을 노래하리.

─「절정의 노래 1」 부분

고절(孤絕), 이것은 외따로 떨어져서 절대적인 고독에 몸을 맡긴다는 뜻이다. 사람이 사람 곁을 떠나 영원히 이렇게 살 수는 없는 노릇이지만, 우리가 뒤틀린 세상의 썩은 인연의 줄을 끊고 본디의 모습을 되찾으려면 가끔은 이렇게 고절의 외로움 속에 제 몸을 맡겨볼 필요가 있지 않을까? 이성선이 노래한 깨끗한 영혼의 세계, 외롭지만 보석 같은 가슴으로 세상을 껴안는 마음은 바로 여기에서 나온 것이다. 그의 시가 소승적인 자기구원에만 머물지 말고 대승적인 중생의 구제로 줄기차게 뻗어나가기를 기대해본다.

2

  평생을 두고 시를 쓴다는 것은 무엇을 뜻하는 말일까? 그것은 어쩌면 세속적인 명리나 물질의 부와는 무관한, 오직 자기만의 길[道]을 걷는다는 뜻이 될지도 모른다. 조정권 시집 『산정묘지』를 읽고 문득 이러한 생각이 떠오른 것은, 약간은 멋스럽고 약간은 표피적인 감각체험에 의존하던 (그의 첫 시집 『비를 바라보는 일곱 가지 마음의 형태』를 두고 하는 말) 그의 시가 마침내 동양적 정관(靜觀)의 세계인 『虛心頌』을 거쳐서 이 고독한 산정(山頂), "무수한 사람들이 헝겊으로 눈을 가리운 채/까마득한 낭떠러지 밑의 어둠 속으로 인도되"는(「산정묘지 3」) 벼랑 끝까지 이르렀구나 하는 감회에서 온 것일 듯하다.
  여러 말을 하기 전에 우선 그의 시 몇 줄을 읽어보자.

> 겨울 산을 오르면서 나는 본다.
> 가장 높은 것들은 추운 곳에서
> 얼음처럼 빛나고,
> 얼어붙은 폭포의 단호한 침묵.
> 가장 높은 정신은
> 추운 곳에서 살아 움직이며
> 허옇게 얼어터진 계곡과 계곡 사이
> 바위와 바위의 결빙을 노래한다.
>
> —「산정묘지 1」 부분

  이러한 자연은, 그것이 비록 실재하는 자연이 아니라 시인이 상상 속에서 설정한 배경이라 하더라도 인간의 더럽혀진 발자국을 절대로 용납하지 않는 준엄한 자연이다. 인간이 여기까지 도달하려면 그가 걸친 때 묻은 옷(허영)과 더러운 짐(욕심)을 다 버려야 하고, "태초의 원형(原形)"인 본연의 모습으로 돌아가야 한다. 즉 "폭포를 거슬러 타고

오르며/상류의 출생지를 찾아가 필사적으로 알을 낳고 죽는/연어"(「산
정묘지 2」)처럼 본연 회귀의 과정을 거쳐야 하는 것이다.

그러기에 조정권은 「선정묘지 18」에서 "늙어갈수록/누추하게 살아
가는 목숨에게는/죽을 용기도 없다"고 비속(卑俗)한 늙음을 질타하고,
가혹하고 격렬한 생존조건 속에서도 "얼음 속에서 피어난 흰꽃 한 송
이"(「산정묘지 16」)를 찾기 위해 다음과 같이 노래한다.

> 갈가마귀 울음 자욱이 잦아가는
> 언 하늘에
> 온통 시퍼런 靑竹을 치겠다.
> 삭풍이여, 삭풍이여,
> 우리를 다시 한 몸으로 묶으라.
> 또 한 차례 땅속 깊은 뿌리들을 출렁이게 하고
> 우리들을 다시 한 뿌리로 묶으라.
> 그리고 지상에 홀로 남아
> 칼을 입에 물고 노래하는 歌人을
> 오래 머물게 하라.
> 切腹의 시대가 온다
>
> ─「산정묘지 5」 부분

이것은 분명히 하나의 예인이다. 그 예언이 반드시 현실적인 사상(事
象)과 일치됨을 뜻하는 것은 아니라 할지라도 시인은 그 선험적인 상상
력 속에서 멀지 않아 삭풍이 휘몰아치는 시대를 거쳐 뿌리를 하나로
묶는 시대가 돌아오고, 그러기 위해서는 이 도덕과 인성(人性)이 파괴된
황량한 터전에 "칼을 입에 물고 노래하는 가인(시인)을/오래 머물게 해
야 한"다고 외치는 것이다. 여기서 잠시 책 뒤에 실린 유종호의 해설
한 대목을 빌린다.

모든 사람들이 다투어 일용할 양식을 도모해 탐욕의 저자로 몰려갈 때 조
정권은 역부러 삭풍을 맞으려 산정(山頂)을 향해 갔다. 얼음과 만년설과 한
기(寒氣)의 벼랑에서 그는 견인주의의 기개를 길렀고 비속한 시대를 질타했
다. 그리고 미래의 '가인(歌人)'을 기다리며 '절복(切腹)' 시대의 도래를 예고
했다.

끝으로 군말 한마디. 조정권과 평자와의 만남도 20년을 바라본다.
1970년에 그가 「바다」와 「흑판(黑板)」으로 『현대시학』의 추천을 받고 시
단에 나왔을 때 나는 그의 참신하면서도 깨끗한 서정에 호감이 갔고,
이후 그가 시만 그렇게 쓰는 것이 아니라 살아가는 모습도 개결하다는
점에서 서구의 어떤 시인, 예컨대 슈테판 게오르게(Stefan George, 1868
~1933)의 모습을 연상했었다. 게오르게는 고귀한 형식 속에 잘 단련된
언어를 담아 천박하고 경솔한 현대문명에 경종을 울린 에언자적인 독
일의 시인인데, 그 격조 높은 비가(悲歌)의 여운이 시대와 국경을 초월
하여 조정권의 연작시 「산정묘지」 속에서도 들려오고 있음을 감지했을
때 나는 말로는 다할 수 없는 전율을 느꼈던 것이다.
부디 조정권의 시가 눈에 거슬리는 몇 가지 부자연스러운 표현(예:
消去, 打鍵, 苦辭, 切腹 등. 이것들은 다 우리말이 아니다)을 극복하고
한 시대의 벼랑 위에서 힘차게 날아오르는 독수리의 기상을 닮기를 바
란다.

3

시집 『백령도』를 낸 호인수의 직업은 사제(司祭)라고 한다. 그러나 표
지에 찍힌 웃는 얼굴이 저 근엄한, 소태 씹은 표정을 짓는 일반적인 통
념의 사제의 얼굴과는 영 다르다. 마치 개구쟁이 같다. 하기야 발문을
쓴 오용호 신부도 그를 가리켜 '신부 티라곤 찾아볼 수 없는 고무신 신

부'라고 했고, 함께 어울려서 먹고 마시며 흥겹게 놀아주는 그를 보고 교구민들도 '따봉신부'라고 부르면서 따랐다지만, 정말이지 그의 얼굴에서 풍기는 인상은 토종의 멋이요 소박함이다.

그러나 이처럼 소박한 외모와는 달리 그가 쓴 시 속에 담긴 현실인식은 의외로 단단하고 야무지다. 백령도라는 특수한 지역(그곳은 휴전선 바로 남쪽 38도선 밑에 위치한 섬으로, 소리치면 들릴 듯한 거리에 북한의 황해남도 장산곶이 있다)의 성당 신부로 부임한 탓도 있지만, 이 조국분단의 상처가 소금에 절인 살코기처럼 드러난 곳에서 그는 이데올로기의 대립으로 말미암은 외세의 간섭과 반통일, 반민주, 군사독재의 아픔까지도 뼈저리게 느끼며 고뇌하고 있는 것이다.

섬은
4월이 되어도 봄이 오지 않았다.
민둥산마다 진달래가
수유리처럼 온통 핏빛이어도
칼바람은 여전히 가슴을 후비고
사람들은 투박스런 내의를
벗지 않는다.

—「백령도 6」부분

장작불 피워 구워 먹으면
기막히게 맛좋은 홍합을 따러
우리들은 배를 타고 고봉포를 떠나
물개바위로 간다.

바다는 한강처럼
우리들의 강북과 강남을 갈라 흐르는데
가르는 것은 정녕 바다뿐인가
몸을 웅크리고 서로를 노리면서

집단학살을 음모하는 흉측스런 포신은
우리들의 것이 아니다.

— 「백령도 11」 부분

그뿐인가, 백령도는 이제 도시자본의 침탈로부터도 자유롭지 않다. 지금은 남쪽과 북쪽이 날카롭게 대치하고 있지만 멀지 않은 장래에 화해의 날이 오면 이 바다 위에 뜬 금강산 같은 천혜의 명승지에 별장이나 호텔을 지어 왕창 한밑천 잡으려고 돈 가진 투기꾼들이 눈독을 들이고 있으며, 6천여 명의 주민이 사는데도 재수없이 불평분자로 몰릴까봐 입을 다물고 눈치만 살피고 있는 곳이다.

겨울이려면 아직 먼
하늘 높은 시월 상달에
사방이 온통 살얼음판이니 웬일인가
이제 세상 달라졌다고
백두산이 성큼 다가왔다고
그 때문에 이 척박한 섬에도 눈독들이는 사람들 있어
하루하루 땅값이 오른다고
슬며시 입가에 미소짓는 사람들아
속이는 것은 천벌받아 마땅하지만
속는 것 또한 착한 일 아니다.

— 「백령도 14」 부분

그러기에 호인수는 유아세례를 주면서도 부끄럽고 고해성사를 보면서도 외로우며, 드디어는 "섬은/빙 둘러 겹겹 철조망으로 싸인/수용소다/삼옥이다"(「백령도 12」)라고 외친다. 또 자기 자신이 남에게 뭔가를 베풀 수 있는 성직자이기 이전에 "거짓과 탐욕과 미움으로 오염된 몸"(「유아세례를 주며」)임을 깨닫고 "그 거친 두 손에는/죄가 묻어 있지 않았다/대답하라 교회여/죄란 무엇인가/고해야 할 것은 무엇이며/풀어야 할 것은 무엇인가"(「고해성사」)하고 자책하는 것이다.

이 아우구스티누스적 참회 앞에서 우리는 호인수의 신앙의 길이 단순하지 않음을 느끼지만, 부디 그가 경직된 도그마에 얽매이지 않는 양심적인 사제로서, 또 힘없고 가난한 사람들을 사랑하는 시인으로서 그 고된 길을 꿋꿋하게 걸어가 주길 바란다. 통일이 되는 그날까지.

삶의 진실과 시의 진실

김남주 시집 『사상의 거처』, 창작과비평사, 1991.
마종기 시집 『그 나라 하늘빛』, 문학과지성사, 1991.
김명수 시집 『침엽수 지대』, 창작과비평사, 1991.

1

어느 시대에나 그 시대를 밝혀주는 횃불이 있었다. 고대 희랍에는 자신의 철학적 신념을 굽히지 않으려다가 독배를 마시고 죽은 철학자가 있었고, 중세 유럽에는 종교적 편견으로 왜곡된 과학의 진실을 밝히려다 재판에 회부되어 화형에 처해진 철학자도 있었다. 이와같이 신념을 가지고 진실을 밝히려는 싸움에는 언제나 무고한 희생이 따랐으며, 그 전통은 후세에 와서도 '위기의 시대'가 다가올 때마다 반복되어 하나의 비극적인 드라마를 연출하곤 했었다. 달라진 것이 있다면 이제는 그 희생의 역할을 철학자가 아닌 시인들이 하고 있다는 것인데, 스페인 내란 때 프랑코 정권에 의해서 처형된 가르샤 로르까(Garcia Lorca, 1899~1936)의 죽음과 미국 CIA의 조종을 받고 칠레의 아옌데 정부를 전복시킨 피노체트 군사정권에 항의하다가 분사한 파블로 네루다(Pablo Neruda, 1904~1973)의 죽음이 그 두드러진 예라고 하겠다.

신념을 가지고 진실을 밝히려는 그 시인의 정신은 일본 제국주의자들의 강점 이후 '격동의 시대'를 살아온 이 땅의 시인들의 핏속에도 살아있다. 일제 때 항일 독립운동을 하다가 탄압받은 만해 한용운 선생과 옥사한 이육사, 윤동주 시인, 보수반동세력의 남한 단정 수립 이후 민족분열에 항의하며 지리산으로 들어가서 싸우다가 처형된 유진오(俞鎭五) 시인, 두 차례에 걸친 군사독재정권의 통치하에서 민주주의 수호와 통일의 당위성을 외치다가 투옥된 수많은 젊은 시인들의 핏속에도 그 진실 규명의 자유정신은 뜨겁게 용솟음치고 있었던 것이다.

김남주(金南柱)의 새로운 시집 『사상의 거처』를 읽으면서 제일 먼저 느낀 것도 바로 그 점이었다. 가진 것이라곤 펜과 종이밖에 없는 한 시인이 진실과 신념을 지키려면 얼마나 고통스러운 희생을 감내해야 했던가 하는 점이었다. 온갖 물리적 강압수단을 보유한 독재정권의 하수인들에 의해 "제대로 팔다리를 뻗을 수 없는/0.7평짜리"(「다시 그 방에 와서」) 독방에 갇혀서 15년 징역을 언도받고 살아야 했던 죽음의 세월들은 "총구가 나의 머리숲을 헤치는 순간/나의 양심은 혀가 되었다/허공에서 헐떡거렸다 똥개가 되라면/기꺼이 똥개가 되어 당신의/똥구멍이라도 싹싹 핥아주겠노라"고 고백한 「진혼가」(『사랑의 무기』, 창작과비평사, 1989)는 극한상황에서의 생명욕과 고통을 여실히 보여주고 있는데, 이것은 겪어보지 않은 사람들로서는 상상할 수도 없는 일이었을 것이다.

그러나 김남주는 이런 고통 속에서도 굴복하지 않았다. 그가 이룩하려던 혁명은 패배로 끝나고 34세에서 43세 되는 해까지 9년 3개월 동안 아까운 청춘을 묶인 몸으로 살아왔으나 그는 '불만이 없다'고 말했고, "자본과의 싸움에서 내가 이겨/(중략)/혁명의 과일을 따먹으리라고는/꿈에도 생시에도 상상한 적 없"(「혁명은 패배로 끝나고」)다고 노래했다. 그러므로 「진혼가」에서 노래한 고통의 시어들은 김남주의 의식의 회로 속에서 순간적으로 맴돌다가 사라진 허상일 뿐, 그의 심중에서 타오르던 투쟁의지는 어떠한 고문, 어떠한 악형으로도 꺾이지 않았다. 여기서 잠시 "죽으면 내 무덤에 잣나무나 한 그루 심어다오"라고 말한 다음 앞서 간 동지(신향식)의 무덤을 "어엿하게 장성한 그의 아들과 함께/소복을 입은 그의 부인과 함께" 찾아가서 못다 이룬 혁명에 대한 결의를 새롭게 다지는 김남주의 시 한 편을 보기로 하자.

내 안에 비수 하나 있었다 그걸 꺼내
독점과 폭정의 심장을 찾아
밤의 거리를 헤매었던 시절이 있었다
나에게는 한때나마 그런 시절이 있었다!
아 그 무렵 내 나이는 팔팔한 나이
조국과 전선의 이름으로 내 모든 것을 바쳐
싸워야 한다고 다짐할 줄 알았던 좋은 때였으니
그날 밤 나는 얼마나 벅찬 가슴이었던가!

그것은 그러나 벌써 십여 년 전의 일이다
그날 밤 나와 함께 밀폐된 방에서 투쟁의 칼을 세워놓고
승리 아니면 죽음을! 맹세했던 동지는
이제 이 세상 사람이 아니고
승리도 아니고 죽음도 아닌 나는
그를 찾아 지금 무덤으로 가고 있다 그와 나란히
비수를 품고 밤길을 걸었던 그 길을 따라

—「잣나무나 한 그루」 부분

그러나 김남주의 시는 이처럼 비통의 추억에만 매달려 있는 것이 아니다. 그 자신과 동지들이 겪은 고통의 목표가 궁극적으로는 독재로부터의 민족해방과 자본의 독점으로부터의 노동해방(밥의 자유)임을 자각하고 있기에 개인적인 추억을 뛰어넘어 계급적으로 차별받고 억압

당하는 사람들을 위해서 복무하고, 그들을 착취하는 '배부른 자'를 응징하는 무기가 되기를 바란다. 김남주는 자기 시에 대한 이러한 결의를 최근에 나온 산문집 『시와 혁명』(나루, 1991) 속에서 "시에 있어서 대중성이란 시가 혁명의 편에 서서 대중의 이익을 옹호한다는 뜻입니다. 그것은 대중의 생활현실과 투쟁을 당파성의 원리에 입각해서 표현함으로써 가능합니다."라고 단적으로 표현하고 있는데, 이번 시집에 수록된 다음과 같은 작품이 그것을 더욱 극명하게 보여준다.

> 나는 나의 시가
> 오가는 이들의 눈길이나 끌기 위해
> 최신 유행의 의상 걸치기에 급급해하는 것을 바라지 않는다
> 나는 바라지 않는다 나의 시가
> 생활의 현실에서 눈을 돌리고
> 순수의 꽃으로 서가에 꽂혀
> 호사가의 장식품이 되는 것을
>   (중략)
> 나는 바란다 총검의 그늘에 가위 눌린
> 한낮의 태양 아래서 나의 시가
> 탄압의 눈을 피해 손에서 손으로 건네지기를
> 미처 먹지도 마시지도 못하고
> 배부른 자들의 도구가 되어 혹사당하는 이들의 손에 건네져
> 깊은 밤 노동의 피곤한 눈들에서 빛나기를
>
> ─「나는 나의 시가」 부분

김남주의 시적 결의에 대한 논의는 이 정도만으로도 충분할 것이다. 그런 뜻에서 『사상의 거처』는 그가 출옥을 전후하여 낸 세 권의 시집 [『진혼가』(청사, 1984), 『나의 칼 나의 피』(인동, 1987), 『조국은 하나다』(남풍, 1988)]과 내용면에서 변화가 없는 소위 '강성 이미지'의 것이라고 몰아붙일 사람이 있을지도 모르나, 예민한 시의 독자라면 그의

일관된 지향에도 불구하고 이 시집 곳곳에 뿌리박혀 있는 좀 더 따뜻한, 이념의 강조만이 아닌 인간적이고 생활적인 시를 발견하게 될 것이다. 특히 그것은 오랜 감옥살이를 마치고 44세라는 결코 젊다고 할 수 없는 나이에 갖게 된 아내와 아기에 대한 사랑을 통해서 김남주가 그토록 경계하고 멀리하려던 가족정서 쪽으로 조금씩 다가서고 있음을 보여준다.

제비꽃을 만지작거리는 아기의 손가락
봄바람에 한들한들 춤추는 고사리 같고

장다리밭에서 나비를 좇는 아기의 눈동자
초롱초롱 빛나는 것이 초저녁의 샛별 같고

하늘 향해 두 팔 벌리고 기지개를 켜는 품은
비 온 뒤 쑤욱쑤욱 자라나는 죽순 같네.

─「아기를 보면서」 부분

잡아보라고
손목 한번 주지 않던 사람이
그 손으로 편지를 써서 보냈다오
옥바라지를 해주고 싶어요 허락해 주세요

이리 꼬시고 저리 꼬시고
별의별 수작을 다해도
입술 한번 주지 않던 사람이
그 입으로 속삭였다오 면회장에 와서
기다리겠어요 건강을 소홀히 하지 마세요

15년 징역살이를 다하고 나면
내 나이 마흔아홉 살
이런 사람 기다려 무엇에 쓰겠다는 것일까

5년 살고 벌써
반백이 다 된 머리를 철창에 기대고
사내는 후회하고 있다오
어쩌자고 여자 부탁 선뜻 받아들였던고.

─「철창에 기대어」 전문

이 시집에는 또 출옥 후에 견문한 도시생활의 퇴폐적인 단면을 슬픔과 혐오를 섞어서 노래한 「별유천지비인간」 같은 시편과 패배로 끝난 혁명 뒤에 살아남은 자신에 대한 연민을 그린 「내 나이 벌써」 등이 있어 눈길을 끈다. 그러나 평자는 '김남주답지 않다' 고도 여겨질 수 있는 이러한 현상을 결코 부정하는 눈으로만 보지 않는다. 혁명이든 시든 모두 사람이 하는 일이기에 자연의 추이를 무시하지 못하며, 오히려 그러한 변모를 겪어야만 혁명과 시에 대한 생각이 더욱 깊어져서 이념의 틀에 얽매이지 않는 좀 더 큰 사상의 지평을 내다볼 수 있을 것으로 믿기 때문이다. 혁명이란 하루아침에 이루어지는 것도 하루저녁에 끝나는 것도 아니기에.

2

시집 『그 나라 하늘빛』의 저자 마종기(馬鍾基)는 미국에 있는 시인이다. 1966년 도미하여 오하이오 의과대학의 교수를 역임하고 톨레도시에서 방사선과 의사로 근무하고 있으니 고국을 떠난 지 26년이나 된다. 26년이란 기간은 흔히 말하듯 4반세기, 결코 짧은 세월이 아니다. 그런 장구한 나날을 보내면서도 고국에 대한 사념을 줄기차게 이어오면서 『변경(邊境)의 꽃』(지식산업사, 1976), 『안 보이는 사랑의 나라』(문학과지성사, 1980), 『모여서 사는 것이 어디 갈대들뿐이랴』(문학과지성사, 1986)에다 이번에 다시 새로운 시집을 냈다. 그 집념도 놀라우려니와 26년 동안에 낸 4권의 시집들이 한결같은 수준을 유지하고 있다는 것도 놀랍다.

마종기의 시의 소재는 다양한 듯 싶으면서도 단순하다. 대략 세 가지로 나눌 수 있는데, 그 첫째는 의사로서의 체험을 인간을 통찰하는 세계로 넓혀서 그 매정한 작업을 인간미가 깃든 서정으로 승화시켜 보여준 작품들(「정신과 병동」1 · 2, 「해부학 교실」1 · 2, 「證例」1~6 등)이고, 둘째는 소년시절에 겪은 전쟁의 추억과 고국과 가족들에 대한 사랑을 담담하게 서술한 시편들 (「善終 以後」1~4, 「안 보이는 사랑의 나라」 등)이다. 특히 그가 미국으로 가던 해에 작고한 선친(마해송 선생)의 이미지는 마종기가 외국에서 고국을 생각할 때마다 끊을 수 없는 회상의 고리가 되어 아프게 나타난다. 셋째는 어려서부터 예술 애호가였던 그의 딜레탕티슴을 반영한 시편들인데, 미술 · 음악 · 무용 등 다방면에서 섭렵한 이미지를 경묘한 터치로 그려낸 스케치풍의 작품들이다. 「무용」1~5, 「첼리스트」1 · 2, 「미술관에서」 등이 이 범주에 속하는데, 결코 여기(餘技)로만 쓴 것이 아닐 만큼 짜임새가 단아하다.

그러므로 마종기 시의 소재는 거의가 그 개인의 추억과 경험에 의존하고 있다. 평론가 김주연은 그것을 '사적(私的)'이란 말로 표현했는데, 마종기의 시가 '그 자신만의 이야기'로부터 비롯되고 있음은 분명하지만 이러한 '사적' 소재들이 시로 구성될 때 그 카테고리를 벗어나서 우리 모두의 이야기로 탈바꿈하는 데 그의 만만치 않은 장인적 기량이 숨어 있다. 다시 말하면 보편성을 갖게 된다는 뜻인데, 그것이 바로 마종기 작품의 미덕이다.

경학원 자리, 마른 소나무에 동여매고 애매한 洞長 아저씨를 총살시켰지. 눈을 뜬 채 이마에서 피가 뻗더군. 사람이 사람을 죽이는 것을 처음 지켜본 초등학교 육학년 6 · 25사변 때였지만.

— 「經學院 자리」 부분

경학원은 명륜동에 있는 성균관(대학)의 또 다른 이름이다. 마종기의 집은 사변 때 그 근처에 있었던 것 같으며, 이것은 열두 살짜리 소년의 눈으로 본 전쟁의 참혹한 모습이다. 그러나 사건을 보는 눈이 단순한 반면, 감정을 유입시키지 않고 견자(見者)의 거리를 유지하고 있어서 오히려 그 비극성이 도드라지는 효과를 거두고 있다. 마치 카메라 앵글에 잡힌 풍경(또는 보도사진)처럼 선명하고 평이한데, 자세히 살펴보면 의외로 구조가 단단하고 속이 깊음을 알 수 있다.

이러한 마종기 시의 특징은 그의 체질(도회적인 세련미를 갖추었으면서도 매우 이지적인)에서 온 것이기도 하나, 인간의 생명을 다루는 의사라는 직업의 치밀한 경험에서 영향을 받은 것인지도 모르겠다. 즉 사물의 현상을 겉으로만 보지 않고 그 안에 깃든 내밀한 것까지 투시하는 방법인데, 이런 눈으로 보면 고국을 떠나 멀리 떨어진 타국에서 살아도 제 나라의 모습이 더 잘 보이지나 않을까. 그래선지 이번에 나온 시집에도 '위기'에 처한 고국의 현실을 마음 아파하는 우국의 시들이 눈에 띈다.

> 누가 우리나라의 등대를 만들까.
> 세상은 오늘도 가늠하기 어렵고
> 죽기 아니면 살기, 살기 아니면 다시 시작하기.
> 잔잔히 속삭이던 바다는 처음부터 없었지만
> 누가 우리나라의 큰 등대를 만들어
> 좁고 험한 바닷길을 밝게 보여줄까.
>
> —「우리나라의 등대」 부분

이것은 온 국민이 떠받들 만한 지도자(등대)를 갖지 못한 오늘의 우리 사회를 개탄한 노래다. 재미교포라는 그의 시각이 고국에 사는 우리들의 눈과 별반 다르지 않음을 입증한 작품인데, 마종기의 시가 미국으로 이민 간 또 다른 시인들의 작품에 비해서 아직도 현장감을 지니고, 26년이 지난 오늘에 와서도 꾸준한 독자를 가지고 있는 비결이 바로 여기에 있다.

미국에서 태어나 미국에서 고등학교를 졸업하고 자랑스러운 고국의 역사와 한글을 배우러 떠난 아들이 석 달 만에 풀죽은 모습으로 돌아왔을 때, 아비 된 시인은 이렇게 말한다.

> 얼굴의 상처보다 마음에 난 상처가 더 컸겠지.
> 데모의 뜻도 모르고 최루탄 연기만 피해 다니다가
> 데모에 참석하지 않는 놈은 사내도 아니라고
> 자기 나라 말도 제대로 모르는 놈은 바보놈이라고
> 너만한 대학생에게 욕먹고 돌팔매를 맞은 후
> 멋쩍게 웃는 네 외로움을 어떻게 달랠 수 있겠니.
>
> —「외로운 아들」 부분

비록 아버지의 권고를 받아들여, 또는 아들 자신이 원해서 고국으로 유학을 왔는지는 모르나, 언어의 장애와 환경의 변화로 가뜩이나 주눅이 들어 있는 이 또 다른 조국의 아들을 이처럼 상처 입혀서 돌아가게 한 것은 고국에 사는 우리들의 편협한 태도에 책임이 있지 않을까? 손바닥만한 나라 안에서도 지역감정을 앞세우고 아귀다툼을 하는 우리들의 모습을 상기할 때, 또 인간적인 양심도 저버리고 오직 잇속만을 좇아 이합집산을 거듭하는 오늘의 정치판을 바라볼 때 우리의 뒤틀린 몰골이 수만 리 타국에서 살고 있는 시인의 눈에도 비디오테이프를 돌리듯 여실히 비치고 있음을 느낀다. 그러기에 마종기는 이 시의 후반에서 조국에 실망(?)하고 '풀 죽은 배추'가 되어 돌아온 아들에게 또다시 이렇게 권한다.

그래, 이 아비가 비밀 하나를 가르쳐주마.
아비가 어릴 적 가슴 조이며 주저하기만 하던
부드럽고 착하던 명륜동, 혜화동의 처녀들,
창신동이든 창천동이든, 나도 모르는 강남의 어디든
그 처녀들 이제 다 시집가서 풍성히 키우는 딸들,
그렇게 잘 자라는 처녀를 꼭 하나 잡도록 해라.
애걸을 해서라도, 평생을 지내자고 해라.

　다시 말하면 마종기의 시정신은, 몸은 배를 타고 망망대해를 떠돌아도 마음만은 육지에 두고 온 고향집을 맴돌고 있는 뱃사공의 심정과 같다. 그의 기약 없는 항해가 언제 끝이 나서 고국의 해안에 닻을 내리게 될지 알 수 없는 일이지만, 이 다감하고 유능한 의사시인이 우리 곁에 돌아와 지낼 수 있게 되기 위해서라도 바람 잘 날 없는 나라 안 사정이 바른 길을 되찾아 '그리고 평화한 시대'(마종기 시의 제목)가 하루 속히 돌아와야겠다.
　끝으로 마종기 시인의 간절한 소망이 담긴 시 한 편을 적는다.

하느님, 추워하며 살게 하소서.
이불이 얇은 자의 시린 마음을
잊지 않게 하시고
돌아갈 수 있는 몇 평의 방을
고마워하게 하소서.

겨울에 살게 하소서.
여름의 열기 후에 낙엽으로 날리는
한정 없는 미련을 잠재우시고
쌓인 눈 속에 편히 잠들 수 있는
당신의 긴 뜻을 알게 하소서.

─「겨울 기도 1」 전문

3

시와 사람이 같아야 한다는 것은 중국에서 비롯된 유교적인 문학관이지만, 과연 이 말이 틀림없구나 하고 수긍할 수 있는 시인이 『침엽수 지대』를 쓴 김명수(金明秀)다.

평자가 그를 처음 만난 것은 평자의 시집 『용인 지나는 길에』(창작과비평사, 1977)가 창작과비평사에서 나온 1970년대 후반의 일인데, 그 무렵 해직기자 출신인 이종욱 시인이 "제 이종사촌 중에 시를 좋아하는 청년이 있는데 그를 위해 시집 한 권을 줄 수 없겠습니까?" 하고 간청하기에 "그러지 뭐." 하고 응했던 것이 인연이었다.

김명수의 첫인상은 너무나 선량하고 너무나 병약해 보인다는 것이었다. 갸름하고 하얀 준수한 용모지만 넓은 이마와 우수가 깃들어 보이는 눈, 한 음계쯤 높은 상기된 목소리와 걸을 때마다 앞뒤로 흔들리는 상체의 모습에서 언뜻 '말테' 같다는 생각이 들었다. 라이너 마리아 릴케의 소설 『말테의 수기』의 주인공인 그는 내면적인 깊이와 섬세한 감수성을 지닌 덴마크 귀족의 후예인 무명시인인데, 오직 글을 쓰기 위해서 요오드홀름과 감자 볶는 기름 냄새와 정신적인 불안이 떠도는 프랑스의 파리로 찾아온다. 자동차와 전차의 소음으로 밤 늦게까지 잠들지도 못하면서…….

이종욱의 소개에 의하면 김명수는 경북 안동 출신의 수재로 철도고등학교를 졸업하고 한때 철도원 생활도 했으나, 후에 독일에 가서 노동을 하며 프랑크푸르트대학에서 독일 문학을 청강한 문학도라는 것이었다. 과연 그의 말처럼 심성이 맑고 행동이 유서깊은 집안에서 태어난 사람처럼 곧았는데, 가슴속에 타오르는 남모르는 불길을 승화시켜서 한 편의 시를 빚어내는 열정과 응집력도 있어 보였다. 우선 그 우수에 찬 눈에 깃든 슬픔이 어디에서 왔는가를 알아보기 위해 시 한 편을 읽어보자.

> 할아버지 제사가 들던 날 밤은
> 차가운 동짓달 열엿새 밤이었다.
> 은함재를 넘어오는 싸늘한 밤바람에
> 문풍지가 울어대던 겨울날 밤이었다.
> 지방을 써 붙이고 향불을 피워도
> 아버지는 그 밤에도 오지 않았다.
> 할머니는 몇 번이나 삽짝 밖을 기웃대도
> 멀리서 아득히 개만 짖었다.
> 제관도 없이 제사를 지낸 밤은
> 새벽도 좀체 오지 않았다.

— 「낙동강 4」 전문

‘제삿날 밤’이란 부제가 붙은 시다. 이 시에서 눈에 띄는 것은 무엇보다도 아버지의 부재인데, 할아버지의 제삿날이 돼도 어린 아들과 노모에게 제사를 맡기고 돌아오지 않는 아버지의 부재는 예사로운 일이 아니다. 할머니가 삽짝 밖을 내다보며 오나 하고 기다리고 있으니 저세상으로 간 것은 아닐 테고, 필연 무슨 심상치 않은 일 때문에 돌아오지 못하는 그런 분일 것이다. 시인은 여기서 더 이상 설명하지 않기에 알 수 없는 노릇이지만, 그의 첫 수필집 『솔아 솔아 푸른 솔아』(청맥, 1988)에 실린 산문 속에 "6·25가 터지자 우리 고향도 엄청난 몸살을 겪었다. 마을 사람들 중 수많은 사람들이 전쟁터로 나가 죽고 생사를 몰랐으며 낙동강 전투가 치열하던 무렵에는 마을 사람 모두가 짐을 꾸려 피난을 가야 했다. … 우리 집도 전쟁의 상처에 시달린 것은 예외가 아니었다. 전쟁으로 인해 아버님은 고향에 살지 못하고 객지로 떠나셨고 우리 식구들은 가장 없는 살림을 몇해 꾸려나가다가 할 수 없이 안동 시내로 이사를 나와야 했다."(「유년기의 추억이 살아있는 낙동강」)

는 글이 보이므로, 그것은 바로 전쟁으로 말미암은 이산의 슬픔이었던
것이다.

　그리고 보니 '두 남매' 란 부제가 붙은 시에도 이와 비슷한 처지가 노
래되어 있다.

　　　전쟁으로 쑥밭이 된 고향 마을에
　　　혈육들은 뿔뿔이 다 흩어지고
　　　고향 마을 앞뒤로 냇물은 흘러
　　　그 냇물만 합수목에 함께 만났죠.

　　　강둑에 무질레꽃 하얗게 피고
　　　대추베리 신작로에 아지랑이 끼면
　　　누님과 나는 또 합수목에 나가
　　　새알 같은 조약돌을 줍곤 했지요.

— 「낙동강 3」 부분

　시에 나오는 '합수목' 은 시인의 고향인 경상북도 안동군 임하면 대
추월의 앞내(길안천)와 뒷내(반변천)가 만나는 곳이다. 강물은 만나서
바다로 흐르건만 흩어진 혈육들은 세월이 흘러도 만날 기약이 없는 민
족현실. 이 두 편의 시가 우리의 가슴을 메게 하는 것도 바로 거기에
있다.

　그러기에 김명수는 미구에 닥쳐올지도 모르는 전쟁을 반대하고 은
밀한 곳에서 그것을 부추기고 있는 자들을 증오한다. 그들은 정치적
야심에 눈이 먼 자들이고, 국민을 수탈하여 저 혼자 배부르고자 하는
자들이기 때문이다. 이러한 공분이 김명수 시의 특징인 외견상의 평온
을 깨뜨리고 긴장과 불안을 몰고 올 때 우리는 비로소 시를 읽는 재미
와 기쁨이 무엇인가를 깨닫게 되는데, 그의 단시들은 이런 면에서 모
범적인 성공을 거두고 있다.

연초록 진달래 이파리에 싸여
이파리를 갉아먹는 노란 풀벌레야
빨간 띠줄은 누가 그었니?
한 사나흘 잎에 붙어 잎을 먹다가
까맣게 말라죽을 노란 풀벌레야
우리는 무심코 한세상을 산단다
하늘은 또 잿빛으로 흐려오누나
연초록 진달래 이파리에 싸여
이파리를 갉아먹는 죄없는 풀벌레야.

—「풀벌레」 전문

　진달래 이파리에 싸여서 이파리를 갉아먹는 풀벌레의 '빨간 띠줄'은 풀벌레 자신이 그은 것이 아니다. 그 풀벌레는 한 사나흘 잎을 먹다가 말라죽을 자연 속의 무의식적인 존재인데, 그것에 잇닿은 구절이 "우리는 무심코 한세상을 산단다"고 했을 때 그 시적 평온은 깨지고 긴장이 조성되는 것이다. 여기서 말하는 '우리'란 누구일까? 왜 "하늘은 또 잿빛으로 흐려"온다고 했을까? 어쩌면 그 풀벌레와 우리(인간)는 같은 선 위에 있는 동격의 존재가 아닐까? 그 누군가에 의해서 '빨간 띠줄'이 그어진……

　김명수의 단시가 가진 이러한 의미 반전의 묘미는 이 시집에 실린 「개미」, 「준설선(浚渫船)」, 「억새풀」 등에서도 볼 수 있는데, 여기서는 그것이 도드라진 시 한 편만을 더 예로 들겠다.

아궁이 속에
불꽃이 사위면
할매는 남아 있는 잉걸불을
재로 묻었다.

차가운 강바람이 문풍지를 찢어대던 밤이 가고

밤새 먼 산에서 울던 늑대들의 울음도 그쳐
새벽해가 약산 너머 솟아오르면
할매는 부엌에서 아궁이의 재를 헤쳐
잉걸불을 꺼내
가랑잎에 넣어 불어
불을 일궜다.

오늘은 가슴에 불씨를 묻어두는 사람들 많다.

—「불씨」 전문

　　차가운 강바람이 문풍지를 찢던 밤이 가고 먼 산에서 울던 늑대들의 울음도 그친 다음, 할머니가 아궁이의 재를 헤치고 꺼낸 이글이글 타오르는 잉걸불. 그 불씨야말로 어떠한 고난 속에서도 죽지 않고 빛나는 민족의 정기일 것이다.

살아남은 자의 부끄러움과 소망

김규동 시집 『생명의 노래』, 한길사, 1991.
강인한 시집 『칼레의 시민들』, 문학세계사, 1992.
정세훈 시집 『저 별을 버리지 말아야지』, 하늘땅, 1992.

"이 모순 가득한 사회에서 왜 당신들만 웃고 떠들썩하게 살아가는
가?"

1992년 4월 22일자 조간신문에 보도된 한 자살한 가장의 일기장에
씌었다는 말이다. 때로는 몇 줄의 신문기사가 시나 소설보다도 인간의
진실을 박진하게 전해줄 때가 있다. 이 기사의 주인공인 조종식(趙鐘植,
42세, 운전기사) 씨는 폐결핵으로 만신창이가 된 몸을 이끌고 힘겹게
살아오다가 20일 새벽에 자살한 시체로 발견되었다.

세상은 온통 차기 대통령 후보의 경선 얘기로 낭자하고 꽃피는 행락
철이라 떠들썩한 인파가 태평성대를 구가하며 강산 대찰에서 니나노
판을 벌이고 있는데, 이 가장은 왜 가족들 몰래 안방에서 연탄불을 피
워놓고 죽어야만 했을까. 그가 죽은 방에서는 밤새도록 고복수의 「타
향살이」 노래가 신음처럼 새어나왔다고 한다.

부인과 딸과 자폐증에 걸린 아들(6살). 식구는 단출하나 본인의 약값
과 아들의 특수교육비를 마련할 길이 없어서 고민하던 조 씨는 "지금

당장의 슬픔은 영원한 기쁨의 씨앗이려니……. 그래 한번 살아보자." 던 일기장에 쓰인 또 다른 결의와는 달리 끝내 자살의 길을 택하고 말았다.

사마천(司馬遷)의 필법을 따르면 "천도(天道)는 사사로움이 없고 항상 착한 사람 편을 든다"고 했는데, 감투 쓴 도둑들이 무고한 백성들을 농락하고 괴롭히는 동안에 농부들은 집과 땅을 버린 채 고향을 떠나고, 도시 빈민들은 삶의 희망을 잃어버린 채 악으로 치닫거나 죽음의 길로 들어서는 1990년대의 한국. 이 사회에는 과연 천도가 있다고 할 것인가, 없다고 할 것인가? 요행히 살아남은 자의 부끄러움을 되씹으면서 여름호의 서평을 쓴다.

1

무엇이든 한 가지의 일을 오래도록 계속하여 늙음에 다다른 분을 우리는 '원로'라고 부른다. 1948년 가을 『예술조선』에 시 「강」이 입선된 이래 40여 년 동안 오직 시 하나만을 믿고 살아온 김규동(金奎東) 시인. 그를 우리 시대의 '원로 시인'이라 부른들 결코 지나친 표현은 아닐 것이다.

김규동 시인의 문학적 출발은 전쟁의 소용돌이 속에서 싹튼 '후반기' 모더니즘 시운동으로부터 시작되었다. '후반기' 동인들은 위기를 맞은 문명과 현실을 눈앞에 두고도 자연과 풍류의 세계만을 노래하는 전통 서정주의 계열의 시에 반발하여, 현대인의 위기의식과 도시문명을 노래하고자 결집되었다. 그러나 이 전후파적인 몸부림은 동인들의 무분별한 서구시 지향과 육화(肉化)되지 않은 생경한 표현, 유행적인 경박한 포즈로 말미암아 미처 확고한 전형을 이루기도 전에 분해되고 말았다.

　그러나 이런 문학적 표류 중에서도 김규동 시인이 북에 두고 온 노모를 그리는 「열차를 기다려서」와 전쟁으로 말미암은 폐허 속에서 헐벗은 가족을 염려하는 「위기를 담은 전차」 같은 시를 쓸 수 있었던 것은 '후반기' 시운동이 실패하고 동인들이 흩어진 다음에도 그가 십 년의 침묵 끝에 민중 지향의 참여시에서 활로를 찾는 계기가 되었다.

> 살아남았다는
> 기적과 기적의 틈바구니에서
> 창백한 문명의 위기에
> 서글픈 진단서를 쓴
> D. H. 로렌스의 얼굴을 그리며
> 오늘도 살벌한 귀로의 전차에 오른다
>
> 　　(중략)
>
> 모두가 제각기 붙잡히지 않는 행복을 서글피 여기며
> 밤의 어둠 속을 굴러가고 있을 때
> 안전에 어른거리는
> 내 가난한 가족의 헐벗은 정경이
> 황폐한 지평에 쓸쓸히 남는다
>
> 　　　　　　　　　　　　　　　—「위기를 담은 전차」 부분

　이 정감 어린 시는 '후반기' 모더니즘의 한 성과로 꼽히는 시집 『현대의 신화』(덕련문고, 1958)에 들어 있다. 가난한 가족들을 헐벗게 만드는 현실에 적극적으로 대응하기보다는 '창백한 문명의 위기'를 서글프게 여기며 '귀로에 오른다'는 구절에서 그 시대 정치권력의 불가항력적인 억압을 느끼게도 하지만, 도시 소시민의 감상에 치우쳤던 모더니즘 시의 한계를 엿보게도 한다. 그리고 이러한 패배의식은 김규동 시인 혼자만이 아니라 '후반기' 동인 모두에게서 고루 찾아볼 수 있는

현상이었다.

그러나 이러한 결함은 1960년 이후 이 땅의 역사를 가로막고 있는 군사독재에 김규동 시인이 정면으로 반기를 들었을 때부터 자취를 감추었고, 그 고투의 결과로 시집 『죽음 속의 영웅』(근역서재, 1977)을 간행했을 때 그 의도가 드러났다. 이제까지 우리와는 무관하다고 여겨지던 권력의 횡포가 시인 자신뿐만 아니라 그들에게 동조하지 않는 무고한 국민의 안녕마저 위협하기에 이르렀을 때 시인은 이렇게 노래했던 것이다.

> 작은 돌이
> 공중에서 떨어졌다
> 돌을 피하여
> 달아나는 바람이
> 내게 와 닿는 소리가 들린다
> 무겁고 어두운 거울 속으로부터
> 뛰쳐나온 사내들은
> 대부분 온데간데 없다
>
> ― 「한 시대」 부분

이 무렵부터 김규동 시인의 시에는 북쪽에 두고 온 어머니의 영상이 다시 떠오르는데, 그 어머니를 만나 뵙는 일이 시인에겐 곧 민족의 통일을 의미하기 때문이었다. 『죽음 속의 영웅』에서도 「어머님전 상서」, 「북에서 온 어머님 편지」 같은 시를 볼 수 있다.

이번에 나온 여섯 번째 시집 『생명의 노래』에서도 어머니에 대한 그리움이 큰 주제로 되어 있다. 「어머님의 손」, 「어머니 오시다」, 「대신 할게요 어머니」 등 제목만 봐도 쉽게 알 수 있지만, 김규동 시인에겐 자신이 젊다고 할 수 없는 나이에 민주화운동에 헌신하고 있는 것도 모두가 통일을 앞당기기 위한 몸부림인 것이다. 즉, 이 시대의 부당

한 권력을 배격하여 민주주의를 확립하고, 외세에 의한 영구분단 음모
를 깨부수는 일이 곧 통일을 염원하는 시인에게 지워진 사명이라고
노래한다.

> 깎인 나무조각처럼
> 어머님의 손은 차다
> 야위고 거친
> 마디 굵은 어머님 손에
> 조국의 순수한 것은 쥐어져 있다
>
> (중략)
>
> 평생을 하여도 다 못한
> 쉬임없는 근로 속에
> 어머님이 남겨준 것은
> 물질이 아니요 영화도 아닌
> 소박한 조선의 혼이다
> 이것을 지키기 위해
> 이처럼 숨차도록
> 어머니는 싸우고 또 싸우신 것이다
>
> —「어머님의 손」 부분

이 거룩한 조선의 어머니. 마디 굵은 손으로 "외세에 물들지 않은"
조국의 순수한 얼을 지키기 위해 쉼 없이 일하시는 어머니. 물질도 영
화도 아닌 조선의 혼을 지키는 어머니는 반드시 살아 계셔야 하며, 그
염원은 이제 하나의 신앙이 되어 시인의 마음을 가득 채우고 있는 것
이다.

> 어머니
> 조금 쉬세요

가을날 옥수수대같이
가느다란 모습 하시고
무슨 일 그리도 많이 하시나요
백두산 가까운 곳
멀리 두만강이 흐르고
바라뵈는 건 산과 하늘뿐인 고향마을
그곳에
어머니 그저 계시니
집 나간 아들 기다려
백 세까지도 살아계시니

—「대신 할게요 어머니」 부분

그럼에도 김규동 시인은 이 시집의 후기인 「시인의 말」에서 자신이 걸어온 문학의 길을 돌아보며 이렇게 말하고 있다. "파괴만 하고 건설이라는 것을 한 번도 해본 일이 없는 나로서는 환경과 현실에 잘 조응해가며 웬만한 것을 만들어가는 사람들을 부럽게 여기지 않을 수 없다."

이것은 어쩌면 지나친 겸사처럼 들릴지도 모르나, 오랫동안 시와 인간을 사랑하며 그 길만을 걸어온 노시인의 준엄한 자기성찰로 받아들여야 할 것이다. 시인의 뼈를 깎는 노력에도 불구하고 나날이 황폐해지는 인간의 심성과 무너져가는 사회의 기율 앞에서 시인은 부끄러움을 느끼고, 자신의 힘이 얼마나 미약한가를 자괴하고 있는 것이다. 그러기에 시인은 "이 환경은 나에게도 적지 않게 책임이 있지만 절반은 사회가 가져온 것"이라 규정하고, "민족의 시는 위험스런 벼랑에 기대어 기생할 수 없는 일"이라고 단언한다. 위기에 처한 사회적 도덕뿐만 아니라 그 반영인 문학(시)에 대해서도 경고하는 말이다.

그런 뜻에서 "무등산 후미진 골짜기에/잠들지 못한 혼백들"(「길」)도 잊고 "통일도 민주주의도 안하겠다는 놈"(「해방의 날」)들에게 마취되

어 비틀거리는 오늘의 문학, 그중에서도 시의 불성실한 현상을 깊이
우려하고 있는 것 같아 가슴이 아프다.

　　잠겨버려라
　　잠겨버려라
　　다 잠겨버리고
　　새싹들만 남아서
　　다시금 일어서라

―「노아의 홍수」 전문

2

　강인한(姜寅翰) 시집 『칼레의 시민들』을 읽으면 이 지상에서 일어난
처참한 일들은 세월이 지나도, 또 어떠한 인위적인 망각작용으로도 결
코 소멸되지 않는다는 사실을 깨닫게 된다. 1980년 5월, 그 지리한 봄
장마가 온 세상을 물커지게 할 것처럼 쏟아지던 날 이 나라 남쪽의 한
도시에서는 계엄령하에 무자비한 학살이 감행되었고, 시민들은 교통
과 통신이 두절된 무방비 상태에서 구원 없는 저항을 시도하고 있었
다. 그 절망적인 상황을 시인은 띄어쓰기조차 거부한 단속적인 시행
속에서 이렇게 노래하고 있다.

　　도시에는비가내립니다
　　정오입니다
　　철로가소리없이비에젖습니다
　　들어오는열차도나가는열차도없습니다
　　비가내립니다
　　시내버스도그많던택시도보이지않습니다
　　아스팔트넓은도로에

<blockquote>
사람들이띄엄띄엄부호처럼걸어다닙니다
따르륵따르륵전화다이얼이저혼자살아서
시내에서시내로걸려갑니다
</blockquote>

—「기계도시 속에서」 부분

　마치 독일의 초현실주의 화가 막스 에른스트의 화폭을 보는 것 같다. 이 도시에서 벌어지고 있는 비극은 분명히 한국적인 사태건만, 그것이 우리의 비극이 아니라 서구의 어느 나라에서 일어난 참극(예컨대 성 발도로메오의 날에 감행된 구교도에 의한 신교도 학살이나, 나치스 독일의 유태인 학살)처럼 읽혀지는 것은 어찌된 까닭일까?

　물론 이것은 강인한의 에스프리 속에 살아서 움직이는 서구 시의 영향에서 온 것이기도 하지만, 보다 근원적인 것은 우리의 역사에서 6·25와 같은 정규전쟁 외에는 무고한 비무장 시민을 그들의 생명과 재산을 보호해야 할 군대가 무차별 학살한 일이 드물기 때문이다. 분명히 이것은 정권욕에 눈이 먼 탐욕스러운 군사집단에 의해서 감행된 만행이고, 우리 국민들이 잊어서는 안 될 외세의 영향을 받은 전쟁이었던 것이다.

<blockquote>
전라도의 오월 하늘입니다
마약처럼 우울합니다
어디선가 아스라이
울음 소리 떼지어 들려옵니다
한 사람의 눈물이 칼에 찔리고
두 사람의 눈물이 구둣발에 뭉개지고
열 사람, 백 사람의 눈물이
박살난 채 내던져지는
이것은 꿈입니다
</blockquote>

—「이것은 꿈입니다」 부분

1980년 5월의 광주를 생생히 기억하고 있는 강인한 시인이 이 시집의 제목을 '칼레의 시민들'로 붙인 것도 거기서 연유한 것인 듯한데, 그러나 이 악몽은 시인의 서정적 수사력이 아무리 아름답게(?) 묘사했더라도 과거의 기억 속에 묻힌 것이 아니라 현재까지도 우리들의 삶 속에서 핏빛조차 새롭게 진행되고 있는 비극적인 사건이다. 그때부터 만 12년의 세월이 지났건만 우리 사회에는 그 싸움에서 '칼레의 시민들'의 가슴에 총과 단검을 들이대던 자들이 여전히 살아 있고 "투항하라, 투항하라, 투항하라"고 외치며 "아카시아 꽃잎 같은 전단"을 흩뿌리던 자들이 "쥐새끼처럼 처참하게/옆구리에서 창자가 삐져나와 죽어버린/젊은이의 얼굴"(이상 「카인의 새벽」)도 잊은 양 적반하장의 화해의 손을 내밀고 있는 것이다.

그뿐인가, 시인이 살아남은 자로서 그토록 아파하고 부끄러워하는 5월의 상처도 모르는 양 벌써 수많은 배신자들이 광주의 그날을 팔아먹고 다닌다. 그중에는 처참한 동족상잔의 비극을 건성으로 노래하여 이름난 시인이 된 자도 있고, 일확천금의 계기로 삼아서 돈을 번 자, 가슴에 띠 두르고 정치판에 뛰어들어 감투를 쓴 자도 있다. 이 「배반의 세월 속에」서 침묵을 지켜오던 시인은 이제야 그 거울같은 눈을 조용히 뜨고 "누가 광주를 팔아 오월을 팔아/싸구려 분단장을 하는가/동지가 아니면 적이라고 싸늘히 선언하며/돌아서는 당신인가, 당신인가, 당신인가,"하고 꼬나본다.

그러나 시인은 이제 그 배반의 무리에 대해서도 너그럽다. 절대로 잊어서는 안 되고 잊을 수도 없는 일이지만, 십 년이란 세월이 약이 되어 보다 깊은 인간통찰의 길로 들어서게 만든 것이다. 그런 뜻에서 이 시집 첫머리에 실린 「'칼레의 시민들' 그 후의 삶」이란 자서(自序)는 여러모로 음미해볼 만한 글이다.

　　1980년 오월의 광주, 그때를 광주에서 겪었던 사람이라면 누구나 '칼레의
시민들'이 당한 비통한 심정을 이해할 것이다. 그로부터 십 년이 지났다. 죽
은 자는 땅속에 묻히고, 살아남은 자는 빚진 것을 부끄러워하고 슬퍼하고 방
황하기도 하고, 더러는 그 이름으로 평안한 직장과 명예를 사기도 했다.… 그
게 세월이 가져다 준 변모였다. 나는 그것을 나무라고 싶은 생각이 조금도 없
다. 지난 십 년 동안 광주에서 일어난 모든 행동이 '인간적인' 것 바로 그 자
체였으므로 눈물겹고 아름답지 않은 게 없다.

　　강인한 시의 미덕은 무엇보다도 그의 빼어난 서정과 시적 형상력에
있다. 그는 무엇을 소재로 하여 시를 쓰든 실패하는 일이 드물고 표현
기법도 다양한 시인이다. 예컨대 이 시집 3부에 실린 「빚」, 「자율적」,
「까마귀떼 날다」 등은 모두가 그 시대에 있었던 시사적인 사건을 소재
로 하여 쓰여진 풍자적인 작품이지만, 그럼에도 불구하고 허황되게 흥
분하거나 거칠게 휘몰아가는 일 없이 사건을 냉철하게 전개하여 자신
이 의도한 성과를 거두고 있다. 그중에서 공권력의 폭력이 난무하던
시대에 인류의 평화를 염원하는 올림픽이 준비되고 있음을 풍자한 시
한 편을 예로 들면 다음과 같다.

　　　올림픽 준비 이상 없음 오바

　　　서울 특별시 강남구 청담동 삼익아파트
　　　상공에 불온 기류 떠 있음

　　　두 시간 전부터
　　　쑥색 포니 승용차로 대기중

　　　중앙경제신문 사회부장 오홍근
　　　아파트를 나오고 있다

　　　새꺄, 군사문화가 어떻고

공권력이 어떻고 또 씹으면 재미없어
새꺄, 꺄, 까욱! 알아서 기라구
라구, 라구, 으아악!

— 「까마귀떼 날다」 부분

영화의 한 장면을 보는 듯한 즉물적인 묘사로 이루어진 시지만 우리는 이 속에서 한 시대의 위기상황을 충분히 읽어낼 수 있으며 또 감흥도 느낄 수 있다. 이러한 시적 변용은 강인한의 재능이 뛰어난 데서 오는 필연적인 결과인데, 그것보다는 한 편의 시를 완성하기 위해서 시인이 얼마나 심혈을 기울였는가 하는 증거일 것이다. 서울에서 멀리 떨어진 지방에 살면서 맑은 눈과 너그러운 심성, 올곧은 의기를 고스란히 지닌 채 시를 쓰고 있는 이 시인에게 박수를 보내며, 그의 '명경지심'을 노래한 「운주사(雲住寺)에 갔더니」 첫 구절을 여기에 옮겨 적는다.

어지러운 세상이
어제 오늘이 아니었을
그런 까마득한 천 년의 어둠 저편에서
쟁쟁한 햇살을 쪼으는 소리 소리.

3

정세훈(鄭世薰)의 두 번째 시집 『저 별을 버리지 말아야지』를 펼치면 이 세상에는 아직도 이렇게 작은 소망, 작은 행복만으로도 모자라하지 않고 살아가는 선량한 백성이 살고 있구나 하는 느낌이 든다. 그것은 우리가 사는 이 시대가 정신은 비고 물질에만 눈이 어두운 물신(物神)의 계절이기 때문인데, 이런 욕망의 지옥 속에서 큰 욕심 없이 성실하게 일하며 살아가는 시인을 만난다는 것은 하나의 구원이기도 하다.

정세훈의 시세계는 매우 단순하다. 아내, 아이들, 아버지와 어머니, 그리고 노동하는 이웃들의 슬픈 얘기가 전부다. 그는 시를 비꼬아 쓸 줄도 모르고 일부러 고상한 체 아는 것들을 동원하여 쓸 줄도 모른다. 오로지 조상물림의 순수한 우리말로 나직이 얘기하듯이 쓴다. 그럼에도 정세훈의 시를 읽으면 갑자기 눈시울이 뜨거워지고 마음속에 짜릿한 감동이 느껴지는 것은 무슨 영문일까?

그것은 정세훈의 시상에 사악함이 없기 때문이다. 공자는 일찍이 『시경(詩經)』에 실린 300편의 시들을 '사무사(思無邪)'라고 평했지만, 이 말은 정세훈의 시에도 그대로 들어맞는 평어일 듯하다.

별 구경 가자는
아이들을 따라 나섰습니다.

달동네 꼬불한 언덕길을 쫓아
산마루에 올라서니
밤하늘의 별들은 아니 보이고
도심의 불빛들만 어지럽게 보입니다.

아빠, 별들은 참 좋겠다. 그지?
넓은 하늘에서 사니까 말이야.
이다음에 크며는
별처럼 넓은 곳에서 살아갈거야.

아이들은
초롱한 눈으로
별들을 구경하고 있었습니다.

—「별 구경」전문

이 시집에 수록된 그의 작품 가운데 제일 감동을 주는 시다. 별을 쳐다본다는 것, 그것은 어떠한 역경 속에서도 꿈과 희망을 잃지 않고 살아간다는 뜻이다. 여기서는 아이들과 가난한 달동네의 꼬불한 길을 올라 산마루에서 별 구경을 하는 정경이 노래되어 있지만 사람은 감옥 속에서도, 참호 속에서도, 또 공장의 밀폐된 창문 너머로도 별을 바라보며 이루지 못한 제 소망을 말하곤 한다.

정세훈네 식구들과 그 이웃들의 소망은 무엇일까? 그것은 노동자도 사람답게 사는 일이다. 때로는 그것이 맞벌이하는 아내에게 "분홍 브라우스 하나/지어 입혀"주는 일이고, 꽃자수가 박힌 식탁에서 "함박스테이크/돈까스도/자르게 하고 싶"(「내 아내에게도」)은 소시민적인 소망이 되는 경우도 있지만, 그 누구도 이 소박한 염원을 나무라진 못할 것이다. 왜냐하면 그의 아내는 열악한 노동환경 속에서도 살아가기 위해 일하는 여성근로자이고, 정세훈 또한 "모처럼/아내 곁에 누워서도/감이 서질 않는다"(「헛껍데기」)고 고백할 정도로 고된 노동을 겪고 있는 사람이기 때문이다.

공장에서 돌아온
아내의 몸에서
폐유 냄새가 납니다.

어깨가 결리고
허리가 결리다는
아내의 몸에서

쓰다가,
쓰다가,
못 쓰게 된

이제는
폐기처분당할
그 폐유 냄새가 납니다.

— 「폐유 냄새가 납니다」 전문

평자에겐 요즘도 가끔 노동현장에서 뛰쳐나온 젊은 시인들의 격렬한 시를 담은 사화집이 부쳐오곤 한다. 일일이 고맙다는 답장을 쓰지 못해 미안하지만 그 시집들을 읽을 때 느껴지는 소감은 매우 착잡하다. 분명히 이 사회에는 견디지 못할 만큼 열악한 노동현장이 있고, 그 괴로움은 대기업에 종사하는 사람보다 중소기업 또는 영세기업이라 불리는 공장에서 일하는 노동자 쪽이 더 심할 터인데, 개인차를 인정한다 하더라도 보수와 시설이 나은 편인 대기업 종사자들이 더욱 거세게 불만을 터뜨리는 것은 어찌된 까닭일까? 하기야 공원 몇이 모여서 일하는 작은 공장에서는 노동조합이 조직될 힘이 없고, 기업주도 '가족 경영'이란 허울 좋은 명목으로 조합 결성을 가로막고 있는 것도 사실이지만, 기회만 닿으면 노동현장을 떠나고 싶어하는 대기업 출신 노동자 시인들(이것은 물론 일반론이 아니다)의 격렬한 노동시가 평자에겐 정세훈의 이 낮은 목소리보다 공소하게 들릴 때가 있다. 왜냐하면 작은 공장에서 일하는 정세훈도 노동자의 비극을 결코 묵과하지 않고 있기 때문이다.

평일만 일해서는
먹고 살기가 힘이 부쳤던 그.
"아" 소리 한번 못하고 죽었습니다.

휴일특근작업을 나왔다가
특별수당이 붙는다는
휴일특근작업을 나왔다가

십톤 무게 쇳덩어리에
그만
깔려 죽었습니다.

—「휴일특근작업 1」 부분

'가난'이란 부제가 붙은 시다. 연작으로 된 「휴일특근작업」 2, 3에는 하루아침에 남편을 잃어버린 젊디젊은 아내의 슬픔과, 시신을 영안실에 놔두고 회사 측과 유족 사이에 도장 하나를 찍기 위해서 벌이는 실랑이가 묘사되어 있는데, 이 비극 역시 매우 평정한 가락으로 노래되어 있다.

여기서 깨닫게 되는 것은, 진실을 노래하는 어조가 반드시 격해야만 하는 게 아니라는 사실이다. 시인이 진실을 밝히려는 강한 소망만 갖고 있다면, 그리고 앞서 간 동료들에 대한 겸허한 부끄러움과 무슨 일이 있더라도 참고 견디며 싸워나가겠다는 결의만 있다면 그 목소리가 낮더라도 오히려 감동적일 수 있다고 본다.

이러한 정세훈이 밝히고 있는 그 자신의 얘기를 들어보자.

> 노동법 하나 제대로 적용받지 못하고 있는 사람들, 그 너더댓 명이 일을 하고 있는 조그마한 영세공장을 전전해온 지 어언 이십 년이 넘었다. 그간 62킬로그램이었던 내 몸은 46킬로그램으로 줄어들었고, 소위 귀울음병이라 하는 환청이 내 귀를 후벼파온 지도 이미 오래 전의 일이 되어버렸다. 이제 어디에다가도 내놓을 수조차 없는 망가질 대로 망가져버린 이 거털난 몸뚱어리! 그러나, 정신 하나만은 말짱하게 지키고 싶었다.
>
> —「후기」, 164면

정세훈은 후천적인 배움만으로 이루어진 시인이 아니라 천성의 서정시인이다. 하늘이 준 그 재능을 헤프게 쓰지 말고 갈고 다듬어 그의 시가 가난한 이들의 빛이 되길 바란다.

제2부

1950년대 시의 물길

1. 시대적 배경

1950년대, 그것은 어떠한 시대였던가? 지금 우리들의 기억 속에 남아 있는 그 시대의 영상은 민족상잔의 전쟁으로 말미암아 폐허가 된 도시와 피폐해진 농촌, 굶주리고 헐벗은 채 거리를 방황하는 수많은 피난민들과 그들이 모여 사는 게딱지 같은 판자촌, 미군들이 먹다 버린 초콜릿과 깡통고기를 얻어먹으려고 아우성치는 전쟁고아들의 모습이다.

또 기분 나쁘게 번쩍거리는 피아의 총검과 대포, 탱크, 제트기의 파열음, 반동이니 빨갱이니 하고 외치는 이데올로기에 의해서 찢겨지고 망가진 인간들의 모습과 양갈보, 양아치 등 인간으로서의 존엄성마저 부정당하고 있는 듯한 슬픈 동족들의 몰골이다.

그 전쟁은 물론 우리가 원해서 일어난 것이 아니다. 우리 땅을 에워싸고 분난을 조장한 강내국들의 세계전략에 의해서 유빌된 것이지만,

그들이 일으킨 전쟁놀음으로 죽고 상처 입은 것은 그들이 아닌 우리였다. 뿐만 아니라 이 전쟁은 남북으로 갈라진 한반도를 영원히 분열시켜, 가뜩이나 바라기 어려운 통일에의 여망을 송두리째 무산시켜버리지 않을까 하는 두려움마저 안겨주었다.

또 이것은 반공을 국시로 내세워 기득권을 확보하고 분단을 고착시키려는 당시의 위정자들에게 정권의 독재화를 부채질했고, 경제의 하락과 문화의 황폐현상으로 국민 모두에게 깊은 절망감을 안겨주었다.

다시 말하면 1950년대의 시대적 상황은 전쟁으로 말미암은 인간 부정의 시대였을 뿐만 아니라, 정치의 타락으로 인한 부정과 부패의 불안정한 시대였던 것이다. 그리고 이 썩어빠진 격동의 시대는 그 후 4·19혁명으로 이승만 독재정권이 무너질 때까지 계속되었으며, 이에 맞서서 싸우려는 양심적인 문학인들의 항쟁도 이때부터 싹트기 시작했다.

2. 전란 속의 시

1950년대 시단의 주류를 이룬 것은 전통적인 순수 서정시였다. 1930년대에 나온 『시문학』지의 창간 이래 1940년대의 『문장』을 거쳐서 형성된 한국 서정시의 물길[水脈]은 이 무렵 서정주·유치환·박두진·박목월·조지훈 등에게 계승되었으며, 그들이 1950년대 중반에 나타난 여러 문학지의 추천 작업을 맡게 된 관계로 이러한 현상은 오랫동안 지속될 것처럼 보였다.

한국 서정시의 맥을 이은 그들은 모두가 보수적 성향이 강한 시인들이었고 정치적으로는 우익이었다. 그러기에 그들은 해방공간에 있었던 좌·우익의 대립 시기에도 진보적 성향을 띤 문학가동맹에 맞서서 청년문학가협회를 조직했고, 남한에 단독정부가 수립될 때는 적극적으로 찬성하는 입장에 섰다. 문학적으로는 '문맹'이 주장하는 이데올로기 문학에 반대하고, 문학에 있어서 정치적 색채의 배제를 주장했던 것이다.

그러기에 6·25전란이 일어나 북조선 인민군이 서울로 침입해 들어오자 신변에 위험을 느낀 그들은 재빨리 한강을 넘어 남쪽으로 피신했으며, 피난지인 대구와 부산에서 문학의 재건을 위해 헌신했다. 또 그들 중의 일부는 국방부의 후원으로 조직된 종군작가단에 가입하여 반격·북진하는 국군과 더불어 서울로 돌아왔다. 1951년에 간행된 유치환의 종군시집 『보병과 더불어』, 조지훈의 종군시 「도리원에서」 등에는 동족상잔의 전쟁에서 시인만이 느껴야 했던 분단의 아픔이 잘 표현되어 있다.

악몽이었던 듯
어젯밤 전투가 거쳐간 자리
쓰러져 남은 敵의 젊은 시체 하나
호젓하기 차라리 들꽃 같아.

외곬으로 외곬으로 짐승처럼 너를 쫓아
드디어 이 문으로 몰아다 넣은 것.
그 악착스런 삶의 폭풍이 스쳐간 이제
이렇게 누운 자리가 얼마나 安息이랴.

―유치환, 「들꽃과 같이」 1~2연

비록 이념은 다르지만 같은 민족의 피를 이어받은 인민군 병사의 시체를 보고 '적'이라고 지칭한 점, 또 그 처절한 죽음을 '한 떨기 들꽃' 같다고 표현한 유치환의 낭만적인 전쟁인식에는 논의의 여지가 없지 않으나, 그래도 이 시는 민족의 비극을 시인 자신이 몸소 겪고 썼다는 데 의의가 있다.

그러나 몇몇 시인들의 이와 같은 활약에도 불구하고 피난지에서의 문학 활동은 말할 수 없이 황량한 것이었다. 전쟁은 이제까지 가꿔온 문학의 토양을 하루아침에 뒤엎어버렸고, 전국적인 판매망을 가진 문학지 하나 없는 상황에서 작가들은 발표할 매체를 찾아 헤매는 수밖에 없었다. 하기야 1948년부터 나오기 시작한 『문예』가 있긴 했으나 몇 개월만에 한 호씩 나오는 실정이었고, 그 제한된 지면도 얻기가 어려워 문인들은 관공서에서 나오는 부정기간행물, 신문이나 대중잡지에 닥치는 대로 글을 발표했다. 오늘날 그 시대의 문학 자료를 찾아보기 힘든 것도 거기에서 연유한다.

그리하여 시인들은 가난한 호주머니를 털어서 자비출판을 하거나 출판사에 다리를 놓아 어렵게 책을 냈는데, 그래도 이 무렵(1953년)에 나온 시집으로 아직도 필자의 기억에 남아 있는 것은 다음과 같다.

- 박두진 시집 『오도(午禱)』
- 이원섭 시집 『향미사(響尾蛇)』
- 김상옥 시집 『의상(衣裳)』
- 노천명 시집 『별을 쳐다보며』
- 유치환 수상록 『예루살렘의 닭』

3. 환도 이후의 시

1953년 8월의 환도(還都) 이후, 서울로 모여든 문인들은 여지없이 파괴된 문학풍토를 재건하는 일에 심혈을 기울였다. 그들은 폐허가 된 명동의 다방과 술집에 모여 아침부터 저녁까지 문학에 대한 논의로 열을 올렸고, 전쟁으로 잃어버린 서정과 낭만을 찾아서 거리를 헤매고 다녔다. 그러나 이들이 소망하던 문학풍토의 재건은 좀처럼 이루어지지 않았으며, 속에서 치솟는 울분을 누르다 못한 젊은 작가들은 미친

듯이 소리치거나 술을 퍼마시곤 했다.

이처럼 문학풍토의 재건이 지지부진한 것은 아직 사회적인 여건이 성숙되지 않았기 때문인데, 그 원인을 진단하면 다음 두 가지로 요약할 수 있을 것이다.

(1) 1953년 7월 판문점에서 휴전협정이 조인되긴 했으나, 전쟁으로 파괴된 한국 경제가 제자리를 찾기에는 아직도 이르기 때문이었고,

(2) 사회적으로는 이승만 대통령이 국회에서의 개헌안(초대 대통령의 중임 제한 철폐를 내용으로 하는)이 부결되었음에도 불구하고 강압적으로 영구집권을 밀고 나가려고 했기 때문에 정치적 불안이 고조되어 있었다.

그러나 무엇보다도 결정적인 요인은 이승만정부의 문학에 대한 인식부족(그들은 문학을 정권 유지의 장식물 정도로밖에 생각하지 않았으며, 그 실제적인 예가 '문총' '문협' 따위 어용문학단체의 조직이었다)에 있었으며, 관료적 오만이 문학풍토의 재건을 가로막고 있었던 것이다.

하지만 정치적 혼란이 어느 정도 수습되고 경제가 안정되자 민간 기업이나 단체 속에서 새로운 문학지가 탄생하기에 이르렀다. 즉 1955년 1월에 창간된 『현대문학』과 같은 해 6월에 속간된 『문학예술』, 그 이듬해에 다시 자유문학가협회의 기관지로 『자유문학』이 창간되자 이제까지 삭막한 불모지였던 문학풍토는 갑자기 활기를 띠기에 이르렀다. 발표할 지면이 많아진 문인들은 거리에서의 방황을 마치고 서서히 서재(당시에 그런 것을 가진 문인들이 몇이나 있었는지 모르지만)로 돌아갔고, 이제 문학을 시작하려는 지망생들은 세 문학지가 주관하는 '추천제'의 관문을 돌파하고자 붓과 마음을 가다듬었다.

특히 창간 초기부터 추천의 문을 연 『현대문학』은 많은 시인들을 배출했는데 그중에는 박재삼·김관식·구자운·이성교·고은·황동규

등 다음 시대의 문학을 짊어질 우수한 시인들이 들어 있다. 또 『문학예술』도 이 제도를 통해서 박희진 · 신경림 · 성찬경 · 박성룡 등 재능 있는 시인들을 배출했으니, 추천제도는 그것이 지닌 부정적인 측면을 감안하더라도 우리 문학에 공헌한 바가 적지 않았다고 할 것이다.

환도 이후의 시단에서 단연 주목을 끈 것은 미당 서정주와 앞에서도 거론한 청마 유치환의 활약이었다. 이미 1930년대에 등장한 미당과 청마는 당시의 상황으로 볼 때 구세대에 속했지만, 40세 이후의 원숙한 필치로 '청록파' 3인(박목월 · 조지훈 · 박두진)의 활약을 앞지르고 있었다.

(1) 미당 서정주

미당은 1936년에 간행된 시집 『화사(花蛇)』와 1946년에 낸 『귀촉도(歸蜀途)』로 이미 문학적인 명성을 인정받고 있었으나, 1950년대 후반에 들어서자 더욱 원숙한 경지와 기교를 더해가는 것 같았다. 그는 이미 일제식민지 치하였던 1930년대에 이 땅에 사는 사람들의 나갈 길 없는 지평과 좌절, 방황을 턱에 차오르는 듯한 뜨거운 숨결로 노래했었다.

> 애비를 잊어버려,
> 에미를 잊어버려,
> 형제와, 친척과, 동무를 잊어버려,
> 마지막 네 계집을 잊어버려,
>
> 알라스카로 가라, 아니 아라비아로 가라
> 아니 아메리카로 가라, 아니 아프리카로
> 가라, 아니 침몰하라. 침몰하라. 침몰하라!

오— 어지러운 심장의 무게 위에 풀잎처럼 흩날리는 머리칼을 달고
이리도 괴로운 나는 어찌 끝끝내 바다에 그득해야 하는가.

— 「바다」 4~6연

그러나 해방 이후에 낸 『귀촉도』에 수록된 그의 시에는 오랜 방황을
마치고 돌아오는 귀향자의 모습이 담겨 있었다.

그리움으로 여기 섰노라
潮水와 같은 그리움으로.

이 싸늘한 돌과 돌 사이
엉클어지는 칡넝쿨 밑에
푸른 숨결은 내 것이로다.

— 「석굴암 관세음의 노래」 1~2연

그런데, 전쟁으로 말미암은 피난지(미당은 그때 전주로 내려가 있었
다)의 구차한 생활 속에서도 "가난이야 한낱 남루(襤褸)에 지나지 않는
다/저 눈부신 햇빛 속에 갈매빛의 등성이를 드러내고 서 있는/여름 산
(山) 같은/우리들의 타고난 살결, 타고난 마음씨까지야 다 가릴 수 있으
랴"(「무등을 보며」 1~2연) 하고 노래함으로써 이 나라 시인의 꿋꿋한
정신자세를 흐트러뜨리지 않고 지켜오던 그가 환도 후인 1957년 2월에
「근업초(近業抄)」[1]란 제목으로 9편의 시를 묶어서 발표하고부터 그 오
연한 자세가 흔들리기 시작했던 것이다. 그중의 한 편인 다음과 같은
시를 읽어보면 그의 흔들림이 어떠했는지 짐작이 갈 것이다.

---

1 『현대문학』(1957년 2월호)에 실림.

鐘이야 될 테지, 되려면 될 테지.
예 울던 대로 높다라이 걸려서

여기 갈림길
네 갈래 갈림길
해도 저물어
땅거미 끼는 제

鐘이야 될 테지, 되려면 될 테지.
깨지면 깨진 대로 얼얼히 울어

— 「종이야 될 테지」 앞부분

말하자면 나이 50도 되기 전에 인생의 갈림길에 선 미당(그때 미당의 나이는 42세였다)은 "해도 저물어/땅거미 끼는" 것을 느끼며 지치고 허탈하여 숙명론적인 체념에 빠져 있는 것이다. 물론 이것은 힘겨운 생활에서 오는 일시적인 비관일지도 모르고, 동양인의 일반적인 통념인 '늙음은 마흔 살부터 온다'고 하는 생각에서 연유한 것인지도 모르지만, 독자들은 그의 급속한 변모에 놀라지 않을 수 없었다. 그리고 이와 같은 정신적인 불안과 초조는 미당으로 하여금 저 불교적 윤회설에 바탕을 둔 『신라초(新羅抄)』와 『동천(冬天)』 등 현실도피적인 세계로 몰입하게 했으며, 그의 이러한 태도는 후에 "역사의 진실을 깨닫지 못한 사람의 노래"(염무웅, 「서정주 소론」)[2], "행동이 끝나는 데서 언어가 시작된다. 이것이 서정주의 시다. '화사(花蛇)'에서 '신라(新羅)'까지 서정주는 이러한 시의 미학을 정조대처럼 띠고 다녔다. … 이런 패배주의로부터 그의 언어가 시발되는 것이다"(이어령, 「전후시

격변의 시대의 문학

---

2 염무웅, 『민중시대의 문학』, 창작과비평사, 1979, 184쪽.

에 대한 노트 2장」)[3]란 비판을 받기에 이른다.

(2) 청마 유치환

청마는 생명력에 넘친 다작형의 시인이다. 그는 1950년대 이전에 낸 4권의 시집(『청마시초』, 『생명의 書』, 『울릉도』, 『蜻蛉日記』)으로 이미 남성적인 웅혼한 시세계를 이룩했다는 평가를 받았으며, 시인이자 평론가인 김종길은 그를 가리켜 "대가(大家)다운 풍격을 갖춘 시인"이라고 평했다.

청마는 그의 『생명의 서』 서문에서 "나는 시인이 아닙니다. 만약 나를 시인으로 친다면 그것은 분류학자(分類學者)의 독단과 취미에 맡길 수밖에 없는 것이요, 어찌 사슴이 초식(草食)동물이 되려고 앨 써 풀을 씹고 있겠읍니까"하고 굳이 시인의 장인의식(匠人意識)을 부정하고 시적인 꾸밈을 부정한 거칠지만 고양된 시편들을 보여주었는데, 그래서인지 청마의 초기의 단시(「깃발」, 「그리움」, 「바위」)들은 많은 사람들에게 애송되었다.

청마는 기질상 이 사회의 부조리도 외면하지 못하는 시인이라 이승만정권의 강압 속에서도 침묵을 지키지 않았는데, 『제9시집』(1957)에 수록된 다음과 같은 시는 그의 강직한 면모를 잘 보여주고 있다.

> 苦熱과 자신의 탐욕에서
> 여지없이 건조 풍화하는 넝마의 거리.
> 모두가 허기 걸린 게사니같이 붐벼나는 속을
> —칼 가시오!

---

3 『한국전후문제시집』, 신구문화사, 1961, 324쪽.

—칼 가시오!
한 사나이 있어 칼을 갈라 외치며 지나간다.

그렇다.
너희 정녕 칼을 갈라.
시퍼렇게 칼을 갈아 들고들 나서라.
그러나 여기
善이 사기하는 거리에선
倫理가 폭행하는 거리에선
칼은 깍두기를 써는 것밖에는 몰라
칼은 발톱을 깎는 것밖에는 몰라
환도도 비수도
식칼처럼 값없이 버려져 녹슬거니.
그 환도를 찾아 갈라.
비수를 찾아 갈라.
식칼마저 모조리 시퍼렇게 내다 갈라.

—「칼을 갈라!」 부분

그러나 청마의 시는 오늘날 독자들의 눈에서 점점 멀어지고 있다. 현실에 저항한 그의 시정신에도 불구하고 시에 사용된 무절제한 한자의 범람이 한글 세대인 젊은 독자들에게 경원하는 마음을 일으켰고, 시적 기교를 무시한 결과 초래된 함축미의 부족이 독자들의 예민한 감각에 읽는 재미를 못 주고 있기 때문이다.

(3) 그 밖의 서정시인들

앞에서도 지적했듯 이 시기의 '청록파' 시인들은 미당과 청마 두 선배시인의 왕성한 활약에 눌렸음인지 그들이 발표한 시에 생채(生彩)가 없었다. 그럼에도 오직 박두진 한 사람만이 종래의 범신론적인 자연을 노래한 시세계에서 벗어나 민족의 운명을 직시하는 시를 쓰고자 안간 힘을 쓰고 있었다. 그것이 바로 『오도(午禱)』인데, 시인은 벌판에 버려진 이끼 낀 퇴락한 비석을 보며 그것이 모진 시련에도 불구하고 한 마리의 새가 되어 날아가기를 희구한다. 의인화된 그 비석이 바로 고난에 찬 우리 겨레의 모습이며, 시인은 새가 되어 날아가는 비석처럼 우리 민족이 고난의 역사 속에서 되살아나길 바라고 있는 것이다.

　—한 마리만 푸른 새가 날아오르라. 碑. ……한 마디만 길다랗게 소릴 뽑으라.

　천 년 이천 년 삼천 년을 조으는 것, 이끼마다 눈이 되어 꽃잎으로 펴라. 이슬처럼 꽃잎마다 녹아 흐르면, 아득한 하늘 밖에 별이 내린다.

　碑. 오오, 돌. ……무엇을 呼吸는가. 오래 숨이 겹쳐지면 깃쭉지가 돋는가. 목을 뽑아 鶴처럼 구름 밖을 나는가. 비바람과 눈포래와 내려쬐는 뙤약볕. 미쳐 뛰는 세월들이 못을 박는다. 징을 박는다.

　—月光. ……또는, 별이 글썽 배어 내려, 거울처럼 맑아지면 다시 네게 오마. 넌즛 한번 내어밀어 손을 쥐어 다오. 벌에 혼자 너를 두고 훌훌 내가 간다.

—「碑」 전문

　이 무렵은 또 해방 이후에 문예지의 추천을 받은 이원섭·이동주·이형기·천상병 같은 젊은 시인들이 활약하던 때인데, 지면관계상 이원섭·이동주 두 시인의 시만을 소개하겠다.

　향미사야.
　너는 방울을 흔들어라.
　圓을 그어 내 비퀴를 삥삥 돌면서

요령처럼 너는 방울을 흔들어라.

나는 추겠다. 나의 춤을!
사실 나는 花郎의 후예란다.
장미 가지 대신 넥타이라도 풀어서 손에 늘이고
내가 추는 나의 춤을 나는 보리라.

달밤이다.
끝없는 은모랫벌이다.
풀 한 포기 살지 않는 이 사하라에서
누구를 우리는 기다릴 거냐.

향미사야.
너는 어서 방울을 흔들어라.
달밤이다.
끝없는 은모랫벌이다.

— 이원섭, 「響尾蛇」 전문

비! 비! 비! 비! 비!
우러러 목이 쟁긴 소쩍새.

돌아보아야
무잿불을 올릴 풀 한 포기 없고

靑銅 불화로가 이글대는 모래밭에
소피를 뿌려 쇠도록 징을 울립니다.

이 실낱같은 사연 九天에 서리오면
미릿내(銀河)의 봇물을 트옵소서.

이제 말끔히 머리를 빗고 사나운 발톱을 밀어

저마다 제 자리에 들어 허물을 벗사오니
神明은 어여 노염을 거두시압.

진즉 형제의 메마른 핏줄에는
눈물과 사랑이 滔滔히 흐르고

초록빛 그늘에 다가앉아
흐린 窓門을 닦게 하옵소서.

— 이동주, 「祈雨祭」 전문

두 편 다 언어의 섬세한 가락이 돋보이는 작품이다. 그러나 아직도 그들 이전의 미당이나 '청록파' 시인들의 영향에서 벗어나지 못한 것 같으며, 격동의 시대를 살아남기에는 감상에 치우친 느낌이 없지 않다.

4. 모더니즘의 도전과 좌절

1950년대 시에서 특기할 사항이 있다면 무엇보다도 '후반기(後半期)' 동인을 중심으로 한 모더니즘 시인들의 등장일 것이다.

부산 피난 시절에 조직된 '후반기' 동인회는 1930년대에 김기림이 이 땅에 소개한 서구적 주지주의 시론을 계승하고 정지용·이상·김광균 등이 작품으로 보여준 과정을 따라서 반(反)서정적인 시를 쓰기 시작했는데, 그 멤버는 김경린·박인환·김규동·조향·김차영·박태진·이봉래 등이었고, 후에 김수영이 그 모임에 끼어들었다.

그들은 이미 전쟁 전인 1949년 4월에 앤솔러지 『새로운 도시와 시민들의 합창』(김경린·임호권·박인환·김수영·양병식 공저)을 낸 바 있으며, 이때 자기들의 작품을 발표한 잡지는 갖지 못하고 있었으나 부산에서 발행되는 일간신문 문화면을 통해서 논쟁의 포문을 열었던 것이다.

1952년 6월 16일자 『주간국제』에 소개된 그들에 관한 기사를 옮겨보면 다음과 같다.

'후반기'는 현대시를 중심으로 한 새로운 문명과 문학적 세계관을 수립하기 위하여 모인 젊음의 그룹이다. 따라서 여하한 기성관념에 대해서도 존경을 지불할 수 없는 동시에 오랜 동안 현대시의 영역에 있어서 문제가 되어왔던 표현상의 제(諸) 문제에도 개혁을 요구하고 있다. 문학이 현실에 기반을 두어야 하는 엄연한 사실은 적어도 현대를 의식하고 있는 우리들 젊은 세대로 하여금 오늘의 부조리한 사회에 대하여 무관심할 수 없게끔 되었으며, 더욱이 죽음의 위협이 가득 찬 현대의 불안에 대한 인간의 존립으로서의 의의를 등한시할 수도 없게끔 하였다. 정치가가 그 권력으로써 현실을 조리(調理)하여야 한다면, 작가는 이 현실을 저항정신으로써 구체화하여 인간과 인간과의 융합을 도모함에 그의 직무가 존재할 것이라고 본다.

여기에 불안한 세대에 증인으로서의 작가의 의무는 현대를 능히 지장(지탱?—인용자)할 수 있는 새로운 인간상을 수립하여 불안한 인간으로 하여금 사는 바 길을 밝힘에 있을 것이다. 벌써 현대의 황폐의식은 낡은 세계관 속에 숨어서 존립할 수는 없으리만치 입체적이며, 또한 강한 힘으로 우리에게 다가오는 그 무엇으로써 위협을 당하고 있다. 그것이 바로 인간의 존엄성을 무시하려는 이데올로기의 침입으로 인한 불안이라면 우리는 오늘날 추상적인 애국시라든가, 하물며 현실과 유리(遊離)한 소위 순수주의로써는 이미 대항할 수 없음을 너무나 잘 알고 있기 때문에 하나의 새로운 실험을 하려는 데 출발점을 갖고 있는 것이다.[4](고딕체는 인용자)

분명히 동인 중의 한 사람이 썼으리라고 짐작되는(왜냐하면 그들은

---

4 김경린, 「모더니즘의 실상과 역사적 발전 과정」, 『모더니즘 시선집』, 청담문화사, 1986, 472쪽에서 재인용.

대개가 신문기자였으니까) 이 선언적 성격을 지닌 기사는 매우 도전적
이고 패기 넘친 것으로서, 그들이 목표로 하는 과녁이 무엇인지를 뚜
렷이 밝히고 있다. 즉 시에 있어서의 '청록파' 적 순수주의가 그 과녁
인데, 우렁차고 과장된 이러한 대포 소리가 공포(空砲)가 아닌 진짜인
지 여부는 그 후에 전개된 그들의 시의 궤적을 살펴보아야 증명될 것
이다.

오늘도
성난 打字機처럼
질주하는 國際列車에
나의 젊음은 실려가고

보랏빛
愛情을 날리며
傾斜진 街路에서
또다시
太陽에 젖어 돌아오는 벗들을 본다.

옛날
나의 祖上들이
뿌리고 간 說話가
아직도 남은 거리와 거리에

不安과
예절과 그리고
恐怖만이 거품 일어
꽃과 太陽을 등지고
가는 나에게
어둠은 별빛처럼 내려온다.

— 심경린, 「國際列車는 打字機처럼」 앞부분

한 잔의 술을 마시고
우리는 붜지니아·울프의 生涯와
木馬를 타고 떠난 淑女의 옷자락을 이야기한다
木馬는 主人을 버리고 거저 방울소리만 울리며
가을 속으로 떠났다 술병에서 별이 떨어진다
그러한 잠시 내가 알던 少女는
庭園의 草木 옆에서 자라지
文學이 죽고 人生이 죽고
사랑의 진리마저 愛憎의 그림자를 버릴 때
木馬를 탄 사랑의 사람은 보이지 않는다
세월은 가고 오는 것
한때는 孤立을 피하여 시들어가고
이제 우리는 作別하여야 한다
술병이 바람에 쓰러지는 소리를 들으며
늙은 女流作家의 눈을 바라다보아야 한다
……燈臺에……
불이 보이지 않아도
거저 간직한 페시미즘의 未來를 위하여
우리는 처량한 木馬소리를 記憶하여야 한다.

— 박인환, 「木馬와 淑女」 앞부분

낡은 아코오뎡은 對話를 관뒀습니다.

—여보세요!

〈뽄뽄다리아〉
〈마주르카〉
〈디젤·엔진〉에 피는 들국화.

—왜 그러십니까?

　　　모래밭에서
受話器
　女人의 허벅지
　　　낙지 까아만 그림자

비둘기와 소녀들의 〈랑데 · 부우〉
그 위에
손을 흔드는 파아란 기폭들.

나비는
起重機의
허리에 붙어서
푸른 바다의 층계를 헤아린다.

— 조향, 「바다의 層階」 전문

1950년대 저 비참한 전쟁과 굶주림, 국민방위군 사건, 거창 양민학살사건, 부산 정치파동 등 썩은 정치의 억압으로 인한 불안하고 처절한 시대에 쓰여진 시들치고는 여기에 든 작품들은 너무나 낙천적이고, 감상적이고, 엉뚱하고, 감미롭기까지 하다.

김춘수는 「전후(戰後) 15년의 한국시」란 글에서 이와 같은 전후 모더니즘 시인들의 활약을 "후반기 동인회는 한국시에 대한 반성과 반발에 있어 가장 정열적이었다"[5]고 평한 바 있지만, 과연 이러한 시들이 그들이 선언한 것처럼 "오늘의 부조리한 사회에 대하여 무관심할 수 없고, 작가는 이 현실을 저항정신으로써 구체화하여 인간과 인간과의 융합을 도모함에 그 직무가 존재한다"는 취지에 합당한 작품들일까?

하기야 이 작품들 중에서 다소간의 새로운 시도, 즉 감각적인 표현

---

5 김춘수, 「전후 15년의 한국시」, 『한국전후문제시집』, 신구문화사, 1961, 300쪽.

을 찾아볼 수 없는 것은 아니다. 예컨대 빠른 속도로 지나가는 젊음의 나날을 "성난 타자기처럼/질주하는 국제열차"로 비유한다거나 "보랏빛/애정을 날리며/경사진 가로에서/또다시/태양에 젖어 돌아오는 벗들을 본다"는 식의 경쾌한 리듬, 그 도시적인 멋스러운 서정들. 그러나 이러한 멋과 리듬은 1930년대에 나온 『정지용 시집』의 다음과 같은 싯귀들에 의해 이미 실험이 끝난 것이 아닐까?

> 배 난간에 기대 서서 휘파람을 날리니
> 새까만 등솔기에 8월달 햇살이 따가워라.
>
> — 「船醉」 1연

> 옮겨다 심은 棕櫚나무 밑에
> 빗두루 슨 장명등,
> 카페 · 프랑스로 가쟈.
>
> — 「카페 프랑스」 1연

또 계절의 바뀜에 따른 감상을 "목마는 하늘에 있고/방울소리는 귓전에 철렁거리는데/가을 바람소리는/내 쓰러진 술병 속에서 목메어 우는데"하고 읊은 박인환의 서정도 "바다 가까운 노대(露台) 우에/아네모네의 고요한 꽃방울이 바람에 졸고/흰 거품을 물로 밀려드는 파도의 발자취가/눈보라에 얼어붙은 계절의 창밖에/나즉이 조각난 노래를 웅얼거린다"[6]고 노래한 김광균의 센티멘탈리즘을 넘어서는 것이 아니다.

그리고 조향(趙鄕)은 시의 내용보다 시어의 형태주의(formalism)에 열중하여 독자에게 미묘한 입체감을 보여주려고 한 시인인데,

---

6 김광균 시집 『瓦斯燈』(남만서방, 1939)에 들어 있는 「오후의 構圖」 제1연.

　　　모래밭에서
　受話器
　　女人의 허벅지
　　　　낙지 까아만 그림자

같은 형태적인 실험도 매우 신기해 보이지만 이미 1930년대 시인들에
의해서 시도된 낡은 수법일 따름이다. 예컨대 프로문학 퇴조기에 서구
의 이미지즘 시론을 이 땅에 소개한 김기림은 그의 「일요일 행진곡」이
란 시에서 다음과 같은 도형시(diagram poem)를 시도하고 있다.

　　月
　　　火
　　　　水
　　　　　木
　　　　　　金
　　　　　土
　　하낫 둘
　　하낫 둘
　일요일로 나가는 〈엇둘〉 소리……

　이러한 언어의 형태적 배열은 김기림과 같은 시대의 시인인 이상의
「오감도(烏瞰圖)」에서도 찾아볼 수 있으며, 이상의 「오감도」 연작에서는
띄어쓰기를 고의로 무시한 내리닫이 줄글과 숫자를 거꾸로 병렬(並列)
시킨 작품으로 일제하 식민지 지식인들의 암울한 내면의식을 보여주
고 있다.
　어떻든 '후반기' 동인들의 이러한 시도는 시의 상투적 매너리즘에
빠져 있던 당시의 전통 서정시인들의 표현에 싫증이 난 독자들에게 잠
시 신선한 자극을 준 것은 사실이지만, 비판적 안목을 갖춘 독자에겐

"서구의 문학사조를 소화하지도 못한 채 일본이란 중개 창구를 통해서 들여온 무분별한 박래품"이란 인상을 주었다. 그래선지 동인 중에서도 시에 대한 태도가 까다로웠던 김수영은 일찌감치 그들 곁을 떠났고, 김규동은 모더니즘에 입각한 시집 2권[7]을 낸 후 오랫동안 침묵을 지키다가 1970년대 이후부터 민중시 쪽에서 활로를 찾았다.

결국 '후반기'의 모더니즘 운동은 중요한 멤버들의 탈출과 시대사상의 진보를 따라가지 못하는 답보적인 폐쇄성으로 분해되고 말았으며, 그럼에도 이들의 좌절이 오늘의 한국시에 공헌한 바 있다면 실험과 모험의 기치를 내걸고 기성 시단에 도전하려고 했던 과감성과 패기에 있을 것이다. 결론삼아 '후반기' 모더니즘에 관한 김종길의 평론 한 구절을 들어보기로 하겠다.

> '현대'라든가 '현대성'이라든가 '현대시'라는 개념은 역사와 현실세계를 포함하기 때문에 완전히 객관적으로 규정하기가 어렵지만, 현대의 시는 '현대시'가 되어야 한다는 모더니스트들의 의식적인 주장은 정당한 것으로 보아야 한다. … 그러나 한국의 모더니스트들(특히 지난 10년 동안의)은 이 정당한 기본적인 주장에도 불구하고 그들 자신의 작품행동으로 보아 성공적인 것은 못되었고, 그들의 운동방식은 이해성 있는 비(非) 모더니스트들에게도 좋은 인상을 주고 공감을 살 만한 것이 못되었다.[8]

김종길은 계속해서 1950년대 모더니즘 운동의 실패 원인을 다음 몇 가지로 요약해서 설명했다.

① 시에 있어서의 현대성의 추구가 피상적이었다.

---

7 김규동 시집 『나비와 광장』(1955), 『현대의 신화』(1958)를 가리킴.
8 김종길, 『詩論』(탐구당, 1965) 중 「모더니즘」의 일부. 이 평론은 1957년 가을에 『영남일보』에 게재된 것이라고 한다.

② 그들은 현대시와 모더니즘을 혼동하고, 그 운동이 너무나 배타적이고
    근시안적이었다.
  ③ 우수한 시인, 평론가가 드물었다.

5. 새로운 시인들의 등장

1950년대 후반에 들어서자 일군의 새로운 시인들의 활약이 전개된
다. 그들은 전통 서정주의의 유산과 전시대의 모더니즘의 유산을 골고
루 나눠 가지면서 그들 나름의 새로운 세계를 쌓아올리고자 안간힘을
썼다. 또 그들은 1950년대 전반의 시인들의 사회에 대한 무관심에도 비
판의 눈을 돌리고, 그들이 선 자리에서 당시의 사회적 부조리를 암시적
으로나마 시적 대상으로 삼고 이를 비판하고자 했다. 평자에 따라 '실
험적 기교주의'라고도 불린 이들은 그룹을 형성하진 않았으나 그들이
사용한 상징적 암유(暗喻)와 참신한 기법(技法)으로 시단의 주목을 끌었
으며, 한때는 그들이야말로 다음 세대를 이어받을 시단의 주류가 될지
도 모른다는 기대를 모았었다. 그들 하나하나를 각론하면 다음과 같다.

① 김춘수(金春洙) : 김춘수는 1950년대 이전부터 새로운 서정시 운동
을 해온 시인으로서 이미 『구름과 장미』(1947), 『늪』(1949), 『기(旗)』
(1951) 등의 시집을 낸 바 있다. 그의 초기시에는 미당의 영향 같은 것,
릴케(R. M. Rilke, 1876~1926)의 영향 같은 것도 비치고 있으나, 그의
시적 특성이 제일 잘 나타난 것은 1958년에 나온 시집 『부다페스트에
서의 소녀의 죽음』부터였다. 이후 『타령조』, 『처용단장(處容斷章)』 등의
시집을 거쳐 소위 '무의미 시'의 무의미한 늪에 함몰될 때까지 그는 한
결같이 '주지적 서정주의' 시풍을 견지하고 있다.

다늅강에 살얼음이 지는 東歐의 첫겨울
느닷없이 날아온 數發의 쏘련製 彈丸은
땅바닥에
쥐새끼보다도 초라한 모양으로 너를 쓰러뜨렸다.
순간
바숴진 네 頭部는 소스라쳐 30보 上空으로 튀었다.
頭部를 잃은 몸통에서는 피가
네 낯익은 거리의 鋪道를 적시며 흘렀다.
―너는 열세 살이라고 그랬다.
네 죽음에서는 한 송이 꽃도
흰 깃의 한 마리 비둘기도 날지 않았다.
네 죽음을 보듬고 부다페스트의 밤은 목놓아 울 수도 없었다.

— 「부다페스트에서의 소녀의 죽음」 부분

아름다운 시다. 1956년 10월 헝가리의 수도 부다페스트에서 일어난 민중 봉기 때 소련군의 총탄에 맞아 죽은 한 소녀의 죽음에 대한 애도가 이 시의 테마다. 그 죽음을 "한강의 모래사장의 말없는 모래알을 움켜쥐고/왜 열세살 난 한국의 소녀는 영문도 모르고 죽어갔을까"하고 전환시킴으로써 정치적 자유가 억압당하고 있는 내 나라에서도 언젠가 이러한 일이 일어날 수 있음을 암시하고 있다.

그러나 우리는 이 시(또는 시인)가 지닌 이율배반적 위선에 속지 말아야 한다. 김춘수는 자유를 위한 투쟁에서의 죽음이 아름답다고 노래했으면서도 1960년대 이후 이 땅에서 자유와 민주주의를 되찾기 위해 수많은 사람들이 죽어갔을 때는 한마디도 노래하지 않았다.

② **김구용(金丘庸)** : 김구용은 1950년대 후반에 활약한 실험시인 중 가장 두드러진 활동을 보여주었다. 그는 본래 불가의 승려였는데 환속한 이후부터 시를 쓰기 시작, 그의 초기시는 이해하기 쉬운 서정시였으나

갈수록 난해해져서 1957년 2월 『현대문학』에 연재된 산문시 「소인(消印)」은 젊은 평론가 유종호로부터 "김구용에게서 보게 되는 산문에의 굴종은 시의 영토를 확대해보자는 의욕이 결국 시 자체를 부정해버리고 만 전형적인 예"[9]라는 평을 받았다.

특히 김구용은 한자에 대한 소양이 깊어서 그의 시는 사전에서도 찾아보기 어려운 난삽한 단어들로 메워져 있는데(예 : 囚禁, 斑旗, 漸釀, 脇骨, 絕點 등), 시의 평속성(平俗性)에 싫증이 난 평자로부터는 "과거의 한국시에서 보기 드문 시의 모습을 보여주었다. 발레리의 「바리에떼」의 한 번역문을 읽는 느낌을 주는 김구용의 시에서는 현대인의 자의식의 도저(到底)를 구명하려는 강인한 노력을 엿볼 수 있다"(정한모)는 평을 받았다. 그의 시 중 비교적 이해하기 쉬운 것 한 편을 들면 다음과 같다.

> 몸 안에서 하얀 細菌들이 不可解한 腦를 饗宴하고 있다. 신음과 고통과 뜨거운 호흡으로 自我의 始初이던 하늘까지가 咀呪에 歸結하고, 그 結火의 生命에서 이지러지는 눈! 피할 수 없는 毒菌이 地上의 屍汁으로 자라난 奇花·瑤草로서 美化되고, 구름을 뚫는 황금빛 안정과 울창한 냄새가 海底처럼 滿目되어 절규도 구원도 없다.
>
> —「腦炎」 부분

마치 「악의 꽃」을 쓴 보들레르의 시세계를 연상시키는 자의식의 참담한 범람. 그러나 이 같은 자의식이 오늘의 우리 사회를 진단하는 처방으로 승화되려면 무엇보다도 이해하기 쉬운 독자와의 공감대를 확보해야 할 것이다.

---

9 유종호, 『非純粹의 선언』, 신구문화사, 1962, 297쪽.

③ **전봉건**(全鳳健) : 1950년 『문예』의 추천으로 데뷔한 전봉건도 처음에는 순수한 서정시를 쓰는 시인이었다. 그러나 온건한 시풍 속에서도 전봉건은 끊임없이 새로운 실험을 시도했고, 특히 연작시에 능해서 「은하(銀河)를 주제로 한 바리아시옹」, 「사랑을 위한 되풀이」 등에서 유연하면서도 감각적으로 돋보이는 작품을 보여주었다. 내부에 냉철한 지성을 숨기고도 밖으로 현대인의 심성을 리드미컬하게 표현한 그의 시들은 1950년대 이후의 새로운 서정시의 가능성을 보여주었다.

> 허나 토끼는 허리가 묶이었다.
> 銃알을 맞고, 불붙는 나무 밑에서
> 銃알을 맞고, 불붙는 샘터에서
> 銃알을 맞고, 불붙는 강나루에서
> 銃알을 맞고, 불붙는 山脈, 불붙는 들판 꺼슬린 돌미력 그늘에서,
> 불붙는 수풀 속에서, 마을 어귀에서, 銃알을 맞고, 불붙는 市街, 네거리의
> 街路樹, 불붙는 汽車, 불붙는 港口가 새빨갛게 무너져 내리는 스스로의 피와
> 눈물 속에서 銃알을 맞고, 바람이 헛되이 지나가는 無數한 銃알 자리마다 시
> 커먼 빗발 같은 銃알을 맞고. 토끼는 155마일의 쇠사슬로 묶이어 바다 속에
> 매어달렸다.
>
> —「사랑을 위한 되풀이」부분

분단된 조국의 현실을 '허리가 묶인 토끼'로 비유해 노래한 작품이다. 해방 후 이북에서 월남한 전봉건의 의식 속에는 언제나 분단으로 인한 이산(離散)의 아픔이 잠재해 있었으며, 이러한 현상은 그의 단시 「강물이 흐르는 너의 곁에서」, 「장미의 의미」 등에서도 산견되고 있다.

④ **김종삼**(金宗三) : 김종삼도 38 이북에 고향을 둔 시인이다. 한때 영화계에서 조감독 생활도 했으나 음악에 조예가 깊어 방송국 프로듀서를 맡아 보았다. 1957년 전봉건·김광림과 함께 연대시집 『전쟁과 음

악과 희망과』를 냄으로써 문단에 나왔는데, 그의 초기시는 전봉건과는
달리 철저한 폐쇄성을 고집했다. 즉 초현실주의의 영향이 짙은 특이한
표현기법으로 시어(詩語)의 단절과 비약을 시도함으로써 현대인의 내면
의식을 그려냈는데, 시집으로는 『12음계』(1969)와 『북치는 소년』(1979)
이 있다.

> 희미한
> 風琴 소리가
> 툭 툭 끊어지고
> 있었다
>
> 그 동안 무엇을 했느냐는 물음에 대해
>
> 다름아닌 人間을 찾아다니며 물 몇桶 길어다 준 일밖에 없다고
>
> 머나먼 廣野 한복판 얕은
> 하늘 밑으로
> 영롱한 낮빛으로
> 하여금 따우에선
>
> —「물桶」 전문

　전혀 의미가 안 통할 것 같지 않은 단절된 구문(構文)인데도 자세히
읽으면 이해가 되고, 이해될 뿐만 아니라 "그 동안 무엇을 하였느냐는
물음에//다름아닌 인간을 찾아다니며 물 몇통 길어다 준 일밖에 없다"
고 하는 시인의 메시지도 전달이 된다. 시인 황동규는 이러한 김종삼
의 수법을 '잔상효과(殘像效果)'란 말로 표현했는데, 그런 뜻에서 김종
삼은 한국이 낳은 최초의 성공적인 이미지스트인지도 모른다.

⑤ **전영경**(全榮慶) : 1955년 『조선일보』 신춘문예에 「선사시대(先史時代)」가 당선됨으로써 문단에 나온 전영경은 의욕적인 활동으로 해마다 시집을 낸 다작형의 시인이었다. 시집 『선사시대』(1956) 외에도 『김산월 여사』(1958), 『나의 취미는 고독이다』(1959), 『어두운 다리목에서』(1964) 등이 있는데, 어찌된 일인지 1970년대 이후부터 전혀 발표를 하지 않고 있다. 그의 시는 일그러진 사회에 대한 통렬한 비판으로 일관되어 있으며, 대담하기 이를 데 없는 호흡이 긴 자유분방한 언어로 그것을 토해냄으로써 독자로 하여금 통쾌한 카타르시스를 느끼게 했다.

삼월은 가고 사월은 돌아와 있어도
모두 다 남들은 대학 교수가 되어 꼬까옷에
과자 부스레기를 사 들고 모두 다
자랑 많은 나라에 태어나서
산으로 바다로 금의환향을 하는데
걸레조각 같은 얼굴이나마 갖추고 돌아가야 하는
고향도 집도 방향도 없이
오늘도 남대문 막바지에서
또 다시 바지 저고리가 되어 보는 것은
배가 아픈 까닭이 아니라 또 다시
봄은 돌아와 꽃은 피어도
뒤 받쳐주는 힘 없고
딱지 없고 주변머리가 없기 때문에
소위 대학 교수도 꼬까옷도
과자 부스레기 하나 몸에 지니지 못하고
쓸개빠진 사나이들 틈에 끼여
간간이 마른 손이나마 설레설레 흔들며
떠나보내야 하는
남대문 막바지에서

우리 모두 다 막다른 골목에서
우리 모두 다 밑천을 털고 보면 다 똑같은
책상 물림이올시다

—「봄 騷動」 전문

어디서 끊어야 할지 모르는 막힘없는 가락과 동의어의 반복, 서슴지
않고 내깔기는 비속어의 사용이 규격화된 사회에서 점점 왜소해지는
당대 서민들의 짓눌린 감정을 대변해주고 있다. 10년 후에 올 민중시
의 모습을 예고해주는 듯한 작품이다.

⑥ **송욱(宋稢)** : 대학에서 오랫동안 영문학을 가르친 송욱은 6 · 25 직
전에 『문예』의 추천으로 데뷔한 교수시인이다. 추천 때의 시는 지성적
세련미를 갖춘 서정시였으나 1950년대 이후에 연작시 「하여지향(何如之
鄕)」, 「해인연가(海印戀歌)」를 발표하고부터 사회에 대한 기발한 풍자와
재담을 무기로 한 일종의 사회비평시로 전환했다. 평론가 유종호는
「비순수의 선언」이란 글에서 "「하여지향」이란 결국 한국의 세태 풍속
의 풍자, 왜곡이 가미된 사회의 축도"라 평하고 "시인에게서 사회비평
가의 마스크를 발견한 것이 기쁘다"고 말했는데, 한때 독자(평자)의 눈
길을 끌었던 송욱의 작품이 오늘날 읽기에 매우 거북한 시가 된 것은
무슨 연유일까?

孤獨이 梅毒처럼
여박힌 8字면
淸溪川邊 酌婦를
한아름 안아보듯
痴情 같은 政治가
常識이 病인 양하여
抱主나 아내나

빚과 살붙이와

現金이 實在하는 現實 앞에서

다다른 낭떠러지!

— 「何如之鄕 5」 전문

⑦ 신동문(辛東門) : 1956년 『조선일보』 신춘문예에 「풍선기(風船期)」가 당선되어 데뷔한 신동문은 처음부터 실험의식이 강한 시인이었다. 그 해에 간행된 시집 『풍선기와 제3포복』에는 시 「풍선기」가 1호에서 20호까지, 「제3포복」이 1장에서 4장까지 수록되었는데, 모두가 종래의 시 형태를 무시한 산문시 모양의 것이었다. 강한 역사의식이 뒷받침되어 있으면서도 모더니즘의 침윤을 받은 그의 생경한 표현들은 유행에 민감한 젊은 시 지망생들에게 한때 '현대시란 이런 거구나' 하는 느낌을 주었을 정도로 껄끄러웠다.

억수로 퍼붓는 장맛비로 꼬박 새운 어젯밤 滑走路 끝 防空壕 속에서 自殺을 한 兵士의 그 原因을 나는 묻지 않았다. 그러나 그 理由를 나는 아마 알 것이다. 그 理由를 나는 아마 모를 것이다. 나는 그것을 몰라도 오늘 鎭魂歌를 불러주듯 이렇게 파아란 하늘로 風船을 띄우면 그만인가?

— 「風船期 16호」 부분

6. 붓을 멈추며

이 글을 쓰면서 필자가 느낀 것은 지난 30년 동안에 우리의 시가 얼마나 다양하게 바뀌었는가 하는 것이었다. 우리가 사는 한국사회가 농업경제사회에서 공업화된 산업경제사회로 크게 바뀌고 정치체제도 일인독재에서 민주화 체제로 코페르니쿠스적 전환을 이룬 만큼, 우리의 시도 그에 못지않게 종래의 퇴영적인 순수시나 폐쇄적인 모더니즘의 시세계에서 벗어나 민중지향적인 시로 크게 변모되었음을 알 수 있었다.

물론 이렇게 되기까지에는 과거에 활약한 수많은 시인들의 노력이 있었고 그들이 쌓아올린 성공 또는 좌절의 성과 위에 오늘의 시가 존재하게 되었지만, 대개의 경우 우리는 그것을 미처 깨닫지 못한 채 시를 읽고 논하고 있지 않은가 하는 생각이 들었던 것이다.

더욱이 이 글에서 필자가 언급한 시인들 중에는 이미 세상을 떠난 분도 있고, 생존한 분들 중에서도 시 쓰는 일에서 손을 뗀 분도 있는데, 그런 시인들의 이름과 작품을 자료에서 찾아냈을 때마다 필자는 새삼스럽게 세월의 빠름을 느끼며 한없이 기뻤다. 특히 한때는 많은 독자와 평자들에 의해서 주목받고 애독되던 시인의 작품이 한 시대가 지나자 그에게 주어진 사명을 다 마친 양 독자들로부터 유리되는 현상을 보았을 때, 과연 오랜 생명력을 가지고 독자들의 마음속에 살아남아 감동을 주는 시란 어떤 것인가 하는 의문이 떠나지를 않았다.

그리고 시인의 항해(航海)는 반드시 성공했을 때에 한해서만 가치가 있느냐 하는 의문도 들었는데, 오랜 생각 끝에 시인의 도정(道程)은 꼭 성공과 실패로만 따질 것이 아니며, 그가 살아가는 전 도정이 시라고 보았을 때 오히려 좌절도 성공 못지않게 아름다울 수 있다는 사실을 깨달았다.

왜냐하면 '성공'이란 눈금으로 재어볼 때 콜럼버스의 신대륙 발견은 그 불확실성으로 말미암아 하나의 망상에 지나지 않을지도 모르지만, 콜럼버스가 그것을 꿈꾸고 미지의 바다로 돛을 올린 그 순간부터 신대륙은 진실과 확신으로 바뀌었기 때문이다.

아무도 가 보지 못한 미지의 바다의 그림(海圖)을 그리는 자는 반드시 성공한 항해자만이 아니다. 가다가 중간에서 태풍을 만나 되돌아온 자도, 암초에 걸러서 난파한 신원도 그 바다의 해도를, 그가 가 본

데까지의 해도를 그릴 수 있으며, 그것은 불완전하나마 후대의 항해
자들에게 물길을 안내하는 귀중한 등불이 되어줄 수 있다고 믿어졌던
것이다.

1920년대의 시인과 시

1919년 조선민족의 분노가 요원의 불길처럼 타오르던 3·1독립운동의 횃불이 일본 제국주의자들의 무자비한 탄압에 의해서 유린되자, 그 좌절은 우리 민족 모두에게 깊은 절망감과 방향감각의 상실을 안겨주었다. 불에 타 짓밟힌 국토에서 허기진 민초들은 쓰디쓴 무력감에 시달려야 했고, 회의와 불안으로 점철된 식민지 사회의 수탈 분위기는 더 이상 이 땅에서의 삶을 포기하고 새로운 생활 터전을 찾아 유랑의 길을 떠나지 않을 수 없게 만들었다.

바로 이러한 때에 최초의 문학동인지인 『창조』와 『폐허』가 창간되었으며, 뒤이어 『개벽』(1920), 『장미촌』(1921), 『백조』(1922), 『금성』(1923), 『조선문단』(1924) 등이 발간되어 1920년대 문학의 발표무대를 마련했다.

이러한 문학의 개화는 일제가 종래의 무단강압정치를 소위 문화정치로 바꾸었기 때문에 가능했지만, 포악한 일제가 더 이상 무단정치를 계속하지 못하고 조선민족에게 적으나마 문화적 놀파구를 허용한 것은 3·1운동으로 대표되는 우리 민족의 항쟁이 그들에게 통치수단의 한계를 일깨워주었기 때문이다. 즉 이것은 우리 민족이 피로써 쟁취한 투쟁의 결과였던 것이다.

여기서 『폐허』 창간호(1920)에 실린 공초 오상순의 시론 한 구절을 예로 들어 그 시대 문학인들의 심정을 살펴보기로 하자.

> 조선은 황량한 폐허의 조선이요, 우리 시대는 비통한 번민의 시대이다. ……폐허 속에는 우리들의 내적 외적 물적 모든 부족, 결핍, 결함, 공허, 불평, 불만, 울분, 한숨, 걱정, 근심, 슬픔, 아픔, 눈물, 멸망과 죽음의 제악(諸惡)이 쌓여 있다. 말하자면 이 시대의 문학자들은 3·1운동이라는 찬란한 석양(夕陽)의 일경(一景)도 지나고 캄캄한 밤중에 사는 사람들이다.
>
> — 오상순, 「시대고(時代苦)와 그 희생」, 1920. 7

* 이상화와 홍사용

이러한 시대에 서구에서 유행하던 세기말적인 퇴폐주의 문학사조가 일본이란 창구를 통해서 들어왔는데, 암울한 시대를 살아가는 조선의 문학인들에게 심정적으로 영합된 면도 없지 않았던 이 외래 문학사조는 삽시간에 이 땅의 시인들의 가슴에 퇴폐적이고 병적인 낭만주의와 센티멘탈리즘을 감염시켰다. 특히 이러한 병적인 경향은 『폐허』의 창간 동인으로서 소위 상징시 운동을 주도하던 황석우 같은 시인의 경우 그 증상이 두드러지게 나타났으며(황석우에게는 「벽모(碧毛)의 묘(猫)」라는 국적 불명의 상징시가 있다), 전파력이 강한 그 기형적인 증세는 아무런 비평의 여과를 거치지도 않고 무분별하게 만연되었다.

이상화도 이런 증세에 걸린 최초의 시인 가운데 하나였다. 퇴폐주의의 늪에 빠진 이상화는 1923년 『백조』 3호에 관능적인 애욕의 세계를 유미적인 수법으로 노래한 「나의 침실로」란 시를 발표했는데, 그와 같

은 퇴폐적 낭만 가운데서도 이상화가 이 시를 1920년대를 대표하는 명
작으로 끌어올릴 수 있었던 것은 시를 꾸미는 그의 예술적인 솜씨가
타의 추종을 불허할 만큼 뛰어났기 때문이다.

홍사용은 이상화와 같은 『백조』 동인이면서도 퇴폐주의에 감염되지
않은 순수한 서정시인이었다. 향토적인 소재를 민요적인 가락에 실어
서 노래하기도 한 그는 감상에 기운 듯한 색조가 짙었는데, 『백조』 3호
에 발표된 「나는 왕이로소이다」란 작품이 그의 시의 특징을 잘 보여주
고 있다.

> 나는 왕이로소이다 나는 왕이로소이다 어머님의 가장 어여쁜 아들 나는 왕
> 이로소이다 가장 가난한 농군의 아들로서……
> 그러나 十王殿에서도 쫓기어난 눈물의 왕이로소이다
>
> — 「나는 왕이로소이다」 부분

그러나 이 소외된 자의 슬픔은 홍사용 하나만의 것이 아니요 나라를
잃어버린 피압박 조선 민중 모두의 것이었기에 읽는 이에게 큰 공감을
안겨준다.

1924년 『금성』 3호에 「실바람 지나간 뒤」 외 4편의 시를 게재하며 나
타난 이장희는 극도로 연마된 감각적인 이미지를 구사하여 섬세한 서
정을 보여준 시인이다. 그의 대표작이라 할 「봄은 고양이로다」란 시도
여기에 발표되었는데, 고양이의 부드러운 털, 호동그란 눈, 입술, 수염
등을 빌려서 봄의 감각적인 분위기를 예리하게 그려내고 있다.

박영희는 후에 이 시대의 문학적 분위기를 다음과 같이 회고하였다.

> 1920년대는 조선의 문단에 온 시의 황금시대라고 할 수 있다. ……시가 잘
> 되었건 못되었건 문인이면 시인이 될 만큼 시의 시대였다. 홍사용군은 시인
> 중에서도 애상의 시인이었다. 이러한 리리시즘 가운데서도 이상화군은 다소

상위(相違)한 것이 있었다. 이군과 나는 소위 데까단이즘으로 깊이 빠져들었
다. ……이것은『백조』문학을 이해하는 데 구체적인 자료가 될 것이다.
— 박영희,「백조 화려한 시대」,『조선일보』1933. 9. 14

* 주요한과 오상순

그러나 퇴폐주의와 감상적 낭만주의가 판을 친 1920년대의 시단에
도 모든 시인들이 다 이 증세에 걸렸던 것은 아니다. 1919년에 나온
『창조』1호에 발표된 주요한의 시「불놀이」는 이러한 현실도피적인 퇴
폐주의, 허무주의의 늪 속에서도 떨치고 일어나 밝은 미래로 향하려는
강렬한 소망을 가진 건강한 시인이 있었음을 말해주고 있다.

한국 최초의 산문시로 일컬어지는 이 작품 속에서 주요한은 사랑에
실패한 젊은이의 심정을 빌려 4월 초파일의 관등놀이 풍경의 이미지를
아름답게 노래하고 있지만, 그 밑바닥에 깔린 것은 나라를 잃은 망국
인의 비애와 내일에 대한 희망을 잃지 않으려는 젊음의 몸부림이었다.

아아 날이 저문다, 서편 하늘에, 외로운 강물 우에, 스러져가는 분홍빛
놀…… 아아 해가 저물면 해가 저물면, 날마다 살구나무 그늘에 혼자 우는
밤이 또 오건마는, 오늘은 사월이라 파일날 큰 길을 물밀어가는 사람 소리
는 듣기만 하여도 홍성시러운 것을 왜 나만 혼자 가슴에 눈물을 참을 수 없
는고?

—「불놀이」부분

또『폐허』동인으로 출발했으나 그 시대의 동인들이 지닌 염세적 경
향과 현실도피적 퇴폐주의에 싫증이 난 오상순은 1922년에「아시아의
마지막 밤 풍경」을 발표함으로써 그 늪에서 벗어나려는 시도를 했다.
그는 이 시에서 3·1운동의 좌절로 확산된 시대적인 고뇌를 동양적인

만유애(萬有愛)로 포용하고 새로운 시대를 창조하려는 철학적인 명상을 노래했는데, 이것은 당시의 우리 민족이 처한 비참한 현실을 너무나 관념적으로 본 현학적인 낙관주의란 비난을 받을 수도 있겠다.

그러나 이것은 또한 그 시대의 민족의 아픔이 이런 식으로라도 치유되지 않으면 안될 만큼 심각했다는 반증도 될 것이다.

또 이 무렵 『조선의 마음』(1924)이란 시집을 발간하여 문단에 나온 변영로는 우리말의 순화에 기여한 빼어난 언어감각과 높은 시정신으로 평가를 받았다.

* 김소월과 한용운

이러한 문학적 혼미의 시대에 투철한 시정신과 언어에 대한 자각, 개성적인 시형식을 갖춘 두 사람의 시인이 나타났으니 그들이 바로 김소월과 한용운이다. 퇴폐적 허무주의와 감상적 낭만주의가 아직도 시단의 주류를 이루고 있을 때 조선의 영혼을 조선의 언어로 빚어서 순정한 조선의 시로 승화시키려고 했던 이들의 작업은 그들이 겪은 최초의 고독과는 달리 날이 갈수록 그 빛을 발하게 되었고, 이 시대의 시단이 장인 정신을 지닌 두 시인을 얻게 된 것은 하나의 문학적 축복이라고 하지 않을 수 없다.

김소월은 1918년에 발간된 『태서문예신보』에 창작시와 서구시의 번역을 발표한 김억에게 사사하며 데뷔한 시인인데, 정형률의 민요시를 고수한 스승의 영향을 받아서 그도 전통적인 민족정서를 7·5조의 정형적인 민요 가락에 실어서 노래한 작품들을 선보였다. 그러나 김소월은 스승에게 배운 시형(詩型)에다 자기 나름의 노력으로 시어의 분절법을 시도하여 독자적인 형식을 만들어냈다.

밤이도다
봄이다

밤만도 애달픈데
봄만도 생각인데

날은 빠르다
봄은 간다

— 김억, 「봄은 간다」 부분

山에는 꽃 피네
꽃이 피네
갈 봄 여름 없이
꽃이 피네

山에
山에
피는 꽃은
저만치 혼자서 피여 있네

— 김소월, 「산유화」 부분

위에 든 예만 보아도 같은 정형률이지만 김억의 평범한 시 구성에 비해 소월의 시형이 얼마나 독창적인 것이었는지를 알 수 있을 것이다. 특히 소월은 당시의 시인들이 서구시의 영향을 받아 도회적 서정을 노래한 데 비해 끝까지 한국적인 토착정서와 정한의 세계, 자연 등을 노래함으로써 우리의 고전 가사인 「가시리」나 「정읍사」에 맥이 닿는 시세계를 보여주었다.

한용운의 시집 『님의 침묵』은 김소월의 시집 『진달래꽃』보다 1년 늦게 1926년에 나왔는데, 그는 직업적인 시인이라기보다는 3·1운동에 앞장서서 싸운 독립투사요 혁명가였고, 또 불교에 귀의한 승려였다.
『님의 침묵』에 수록된 시편들은 왜경에 체포되어 옥중에서 쓰여진 것
이 대부분인데, 그는 이 '님'을 통해서 나라를 잃고 고난에 처한 조국
과 민족에 대한 사랑을 노래하고자 했다.

> 남들은 자유를 사랑한다지마는 나는 복종을 좋아하야요
> 자유를 모르는 것은 아니지만 당신에게는 복종만 하고 싶어요
> 복종하고 싶은 데 복종하는 것은 아름다운 자유보다도 달금합니다 그것이
> 나의 행복입니다.
>
> 그러나 당신이 나더러 다른 사람을 복종하라면 그것만은 복종할 수가 없습
> 니다.
> 다른 사람을 복종하려면 당신에게 복종할 수가 없는 까닭입니다.
>
> ―「복종」 전문

이 시에서 노래된 '당신'이 바로 님이다. 그에게는 또 자연을 소재로
하여 쓴 시도 많아서 자연파 시인으로 분류되기도 하지만, 그 자연이
단순한 관조가 아니고 종교적 또는 민족적 존재의 희구 등 내면의 탐
구를 중시하고 있기 때문에 '종교적 명상의 시인'(백철)으로도 불린다.
특히 그의 산문체로 된 호흡이 긴 유장한 리듬의 시는 타골의 「기탄잘
리」에서 영향을 받은 것이라고 말하지만, 나는 그것은 차라리 불교의
식의 게송(偈頌) 낭독에서 찾고 싶다.
김윤식은 1920년대의 문학을 논하는 글(『한국문학대사전』, 문원각,
1973)에서 소월과 만해의 시를 다음과 같이 평했다.

> 만일 이 시대가 역사의 상승기였더라면 김소월의 이러한 작품은 과거 지향
> 성으로 말미암아 문제의식이 상실될 것이다. 그러나 이 시대 자체가 한민족
> 으로 볼 때는 조선심(朝鮮心)이라는 과거 지향은 잠재적인 에너지로 상접되

었기 때문에 그의 시는 후기로 내려올수록 **국민시인적인 풍모를 띠어 민족유산 계승의 문제점을 제시한다.** 한편 한용운의 시는 '님'이란 상징성 위에 놓인다. 이 '님'이란 이 시대 한민족의 암묵(暗默) 상태의 기호(記號)일 수 있다. 그 자신이 승려라는 점과 함께 이 '님'의 상징이 한계 인간성임을 두말할 것 없다. 또한 김소월과 한용운이 함께 시단의 주류에서 동떨어져 있었다는 점도 위의 사실과 결코 무관하지 않다.

* 프로 문학기의 시인들

1920년대 후반은 시의 시대라기보다 비평과 소설의 시대였다. 날이 갈수록 심각해지는 식민지 조선의 상황은 표현에 한계가 있는 시로써는 이것들을 다 담아내지 못할 벅찬 시점에 와 있었고, 그러기에 이제까지 짧은 서정시를 쓰던 시인 중에서도 장편 서사시의 창작에 손을 대거나 아예 소설이나 평론 쪽으로 옮겨가는 현상까지 생겨났다.

소위 프로(프롤레타리아) 문학기라 불리는 이 시기는 계급주의 사상이 도입되어 경향파 시인들이 일어난 때이기도 한데, 이 중에서 김동환의 「국경의 밤」은 한국 최초의 장편 서사시라는 것과 그 안에 담긴 향토색을 띤 북방적 민족정서가 주목을 끌었다.

> "아하, 무사히 건넜을까,
> 이 한밤에 남편은
> 두만강을 탈없이 건넜을까?
>
> 저리 국경 江岸을 경비하는
> 외투 쓴 검은 순사가
> 왔다 — 갔다 —
> 오르명 내리명 분주히 하는데
> 발각도 안되고 무사히 건넜을까"

소곰실이 밀수출 마차를 띄워놓고
밤새가며 속태이는 젊은 아낙네
물레 젓던 손도 맥이 풀려서
파! 하고 붓는 魚油등잔만 바라본다,
北國의 겨울밤은 차차 깊어가는데.

―「국경의 밤」 부분

　어느 소설의 한 대목을 압축해놓은 것 같은 정확한 묘사로 이루어진 이 서사시에서 김동환은 두만강을 건너 밀수꾼 노릇을 하는 남편을 둔 아내의 심정을 빌려서 일제의 강압에 짓눌린 민족의 슬픔을 형상화하는 데 성공했다.

　그밖에도 이 시기에 활약한 경향파 시인으로는 「백수의 탄식」을 쓴 김기진과 박팔양, 김형원 등이 있으나 이론에 비해 시적 성과는 빈약한 편이었다. 오히려 퇴폐적 낭만주의에 침몰했다가 솟아나온 이상화가 경향파에 가담하여 쓴 「빼앗긴 들에도 봄은 오는가」(1926)가 이 시기를 빛낸 작품이었고, 또 오랫동안 소설을 써오던 『상록수』의 작가 심훈이 「그날이 오면」이란 빼어난 저항시를 씀으로써 그나마 프로 문학기 시인의 체면을 유지해주었다.

1950년대 전기의 시인과 시

1950년대는 전쟁의 불길로부터 시작되었다. 38선을 경계로 하여 첨예하게 대립하던 남·북한의 균형은 6월 25일 새벽에 울린 한 방의 총소리와 함께 무너졌고, 물밀듯이 쳐내려오는 북조선 인민군 탱크의 캐터필러에 수립된 지 2년도 안된 남한 정부는 모래 위에 세운 집처럼 무너지고 말았다.

이것은 한 정권의 붕괴일 뿐만 아니라 좌우익의 대립과 갈등 속에서 가까스로 쌓아올린 한국문단의 무너짐이기도 했다. 이념상으로는 보수우익에 속했던 남한의 문인들은 살길을 찾아서 남쪽으로 내려갔고, 피난지 부산에서 문학의 재건을 위해 안간힘을 쓰지 않을 수 없었다.

* 전통 서정주의의 시맥

이러한 충격의 파장 속에서도 제일 먼저 일어선 것은 전통 서정주의의 맥을 이은 시인들이었다. 1949년 8월에 창간된 『문예』를 중심으로

하여 모윤숙·서정주·유치환·박목월·조지훈·박두진 등은 1920년
대 이후 면면이 이어온 소월·만해·지용·영랑 등의 시적 유산을 계
승하여 한국적 토착정서의 발굴, 자연예찬, 토착언어의 심미적 연찬
등을 내세우고 새로운 시인들을 배출하기 시작했다.

　이 무렵에 『문예』의 추천 과정을 통해 시단에 나온 전봉건·이형
기·이동주·천상병 등은 모두가 개성이 뚜렷한 서정시인들이었고,
1955년에 『문예』의 후신으로 『현대문학』이 창간되자 새로운 시인으로
서의 몫을 유감없이 발휘했다.

　사실 해방공간에서 시인들에게 지면을 제공하던 『백민』(1945. 12. 창
간), 『신천지』(1946. 1. 창간) 등은 이 무렵 그 막대한 성과에도 불구하
고 맥이 끊어진 거나 다름없었다. 『신천지』에는 진보적 좌익이라는 불
린 오장환·김기림·이병철·유진오·설정식 같은 시인들의 작품이
많이 실렸으나 정부가 수립되고 남로당이 지하로 들어가자 그들도 자
취를 감추었다.

　『백민』은 보수 우익 진영 작가들의 문학매체로서 김광섭·노천명·
김상옥·김용호·조병화·구상 등의 시가 자주 실렸으나 전란의 상처
를 이기지 못하고 문을 닫았다. 마침내 1950년대 전기의 문학을 『문예』
가 혼자서 떠맡아야 할 때가 온 것이다.

　이 무렵에 등단한 두 시인의 작품을 예로 들어 그들의 문학적 경향
을 살펴보기로 하자.

　　가야 할 때가 언제인가를
　　분명히 알고 가는 이의
　　뒷모습은 얼마나 아름다운가

　　봄 한철
　　격정을 인내한

나의 사랑은 지고 있다.

— 이형기, 「낙화」 부분

여울에 몰린 은어떼.

삐비꽃 손들이 둘레를 짜면
달무리가 비잉 빙 돈다.

가아웅 가아웅 수우워얼 레에
목을 빼면 설음이 솟고

백장미 밭에
공작이 취했다.

— 이동주, 「강강술래」 부분

이형기의 시에서 감지되는 참신한 서정, 이동주의 시에 깃든 언어를 다루는 장인적인 솜씨가 모두 1920년대에서 1940년대까지의 전통 서정시인들의 유산을 바닥에 깔고 성취된 것임은 쉽게 짐작되는 일이고, 이러한 경향은 1950년대 후기에 등장한 구자운·김관식·박재삼 같은 시인들에게도 많은 영향을 주었다.

그러나 전통 서정주의의 물결은 1960년대 후반에 현실비판적인 참여시가 대두되자 한때 그 빛을 잃어가는 것처럼 보였다. 언어를 다루는 재질은 뛰어나지만 급변하는 사회현상에 대처할 능력과 인식이 부족했던 이 계열의 시인들은 당시의 정치권력이 문단을 지배하기 위해 조직한 어용 문학단체에 가입, 소위 문단정치에 골몰함으로써 순수성을 잃어버렸고, 급기야는 문학인의 사명인 역사에 대한 책임조차 망각한 채 정치적 순응주의로 떨어지고 말았다.

하지만 이런 결함에도 불구하고 전통 서정주의 시인들이 공들여 가꾼 문학적 장인의식은 시가 위기에 처할 때마다 반성을 촉구하는 하나의 규범이 되었으며, 시가 이념의 소산이 아니라 정서의 소산임을 믿는 이들에게 힘을 주었다.

* 모더니즘의 도전

1950년대 전기의 시단에서 하나의 이벤트가 있었다면 '후반기(後半期)' 동인을 중심으로 한 모더니즘의 도전일 것이다. 1930년대에 최재서·김기림에 의해서 소개된 서구의 주지주의 문학론은 이 땅에 모더니즘의 기치를 내걸게 했고, 그 이후 정지용·이상·김기림 등에 의해 시도된 초기 모더니즘 시의 성과가 발표됨으로써 시단에 새바람을 일으켰다.

물론 이 무렵에 시도된 그들의 시가 "전통에 반항하여 과학적 합리성을 존중하고 반(反)자연, 반(反)주정을 지향"하는 모더니즘 본래의 취지에 전적으로 부합되는 것은 아니었지만, 그 안에 내재된 시대적 반역성이 전통 서정주의의 유혹과 속박에 직면한 1950년대 전기의 젊은 시인들을 자극하여 반기를 들게 했던 것이다.

그들은 이미 1949년 4월에 앤솔러지 『새로운 도시와 시민들의 합창』을 간행하여 결속된 젊음의 힘을 과시한 바 있는데 '후반기' 동인의 모태도 거기서부터 유래된 것이었다. 즉 앤솔러지의 동인이었던 김경린·박인환·김수영·양병식 등에다 새로이 조향·김차영·이봉래·김규동 등이 참가하여 1952년에 부산에서 깃발을 올렸다.

이 패기만만한 젊은 시인들은 동지를 규합하자마자 전통 서정주의가 판을 치는 당시의 시단을 향해 선언적 의미를 띤 도전장을 내던졌는데, 강력한 메시지를 담은 그 글에서 후반기 동인들은 깨부셔야 할 문학적 우상이 무엇이고, 그들의 결의가 어디서부터 온 것인가를 상세히 논술했다. 여기에 그 일부를 옮겨 실으면 다음과 같다.

동족상잔의 가혹한 전쟁과 부조리한 현실에 맞서서 살아갈 길을 찾
아야 했던 당시의 젊은 시인들로서는 이러한 결의가 필연적인 것이었
고, 그 실천적 과제가 복고적 취향과 현실순응주의에 기운 전통 서정
주의 문학에 대한 비판과 저항으로 표출된 것은 어쩌면 당연한 귀결일
지도 모른다.

그러기에 '후반기' 동인들이 문학적 실천으로 간행한 4권의 시집—
김규동 『나비와 광장』(1955), 박인환 『박인환선시집』(1955), 김경린 『현
대의 온도』(1957), 김수영 『달나라의 장난』(1958)—은 전통 서정주의시
의 습관적 어법과 무기력한 현실인식에 싫증이 난 당시의 독자들에게
열렬한 환영을 받았다. 그러나 동시에 모더니즘 시인들의 작품 속에
내재된 필요 이상의 난해한 표현과 일부러 꾸민 듯한 경박한 포즈, 서
구지향적인 레토릭까지 무분별하게 수용되어 후대의 시인들에게 부정
적인 영향을 끼쳤다. 다시 말하면 오늘날 우리가 모더니즘 시의 해독
으로 일컫는 어법이 그 시집들 속에 이미 평균적으로 담겨 있었던 것
이다.

1) 태양이
   직각으로 떨어지는
   서울의 거리는
   프라타너스가 하도 푸르러서
   나의 심장마저 염색될까 두려운데

   외로운
   나의 投影을 깔고
   질주하는 군용트럭은
   과연 나에게 무엇을 가져왔나

2) 市長의 調馬師는
   밤에 가장 가까운 저녁때
   雄鷄가 노래하는 블루우스에 화합되어
   평행면체의 도시계획을
   코스모스가 피는 寒村으로 안내하였다.

   衣裳店에 神化한 마네킨
   저 汽笛은 Express for Mukden
   마로니에는 蒼空에 凍結되고
   기적처럼 사라지는 여인의 그림자는
   재스민의 향기를 남겨 주었다.

3) 흘러가는 물결처럼
   支那人의 의복
   나는 또하나의 해협을 찾았던 것이 어리석었다

   機會와 油滴 그리고 능금
   올바로 정신을 가다듬으면서
   나는 수없이 길을 걸어왔다
   그리하여 응결한 물이 떨어진다
   바위를 문다

1)은 김경린의 시 「태양이 직각으로 떨어지는 서울」의 앞부분이고, 2)는 박인환의 「우울한 샹송」의 끝부분, 3)은 모더니즘에서 탈출하기 이전에 김수영이 쓴 「아메리칸 타임지」의 앞부분이다. 겉멋에 기운 듯한 이런 유행적인 표현은 앞에 든 세 사람 이외에도 '후반기' 모더니즘 시인들의 공통된 현상이었다.

결국 1950년대 전기의 '후반기' 동인들의 시운동은 그들이 표방한 혁명적 선언과는 일치되지 않는 문학적 실천으로 말미암아 분해되고 말았는데, 그 좌절의 요인으로는 김수영·김규동 등 중요한 동인들의 탈퇴와 시대의 진보를 따라가지 못하는 정체된 사고방식(시정신)이 지적되고 있다. 그럼에도 불구하고 '후반기' 시운동의 좌절이 오늘의 시 문학에 공헌한 바가 있다면 실험과 반역의 기치를 내걸고 기성 시단에 도전장을 내던진 그 과감한 패기와 신선한 젊음에 있을 것이다.

* 실험적 기교주의의 탄생

'후반기' 모더니즘의 도전은 실패로 끝났으나 그것이 일으킨 문학적 파장은 의외로 크고 넓었다. 좀 더 참신한 표현과 넓은 세계로의 동경은 시인이라면 누구나 가지고 싶은 욕망이기에, 한번 들어가면 빠져나오기 어려운 미궁인 줄 알면서도 수많은 젊은이들이 도전의 의지를 불태우며 모험의 길을 떠났던 것이다.

이러한 일군의 시인들을 평론가 이선영은 '실험적 기교주의' 라고 불렀는데, 1950년대 전기의 시인으로 이 범주에 속하는 사람으로는 김춘수·전봉건·송욱·신동집·김구용·김종삼 등을 들 수 있다. 그들은 전통 서정주의의 유산과 모더니즘의 유산을 균형있게 흡수하며 한없이 넓은 시의 대지 위에 자기만의 새로운 집(시세계)을 짓고자 안간힘을 썼다. 즉 전통 서정주의의 장기인 언어에 대한 세심한 배려와 독자

적인 내재율, 회화성 등을 습득하여 그들의 시에 미적 감각을 깃들이
는 한편, 모더니즘 시인들이 표방한 우상파괴정신과 시 형식의 개혁을
과감하게 실천으로 옮겼던 것이다.

그들은 지나칠 정도로 개성을 추구한 시인들이었다. 실험적 기교주
의로 분류된다 하더라도 전혀 어법과 형식이 같지 않았다. 예컨대 김
춘수와 김종삼은 시에서 의미보다는 내면적인 이미지를 추구한 시인
이었으나 그 어법과 형식이 같지 않았고, 내용(의미)에 비중을 둔 김구
용과 송욱, 전봉건의 시도 각각 표현과 형식이 두드러져서 거의 공통
분모를 찾아보기 어려울 정도였다. 예를 들면 다음과 같다.

눈 속에서 초겨울의
붉은 열매가 익고 있다.
서울 근교에서는 보지 못한
꽁지가 하얀 작은 새가
그것을 쪼아먹고 있다.
越冬하는 인동잎의 빛깔이
이루지 못한 인간의 꿈보다
더욱 슬프다.

— 김춘수, 「忍冬잎」 전문

내용 없는 아름다움처럼

가난한 아희에게 온
서양 나라에서 온
아름다운 크리스마스 카드처럼

어린 羊의 등성이에 반짝이는
진눈깨비처럼

— 김종삼, 「북치는 소년」 전문

열 마리, 백 마리, 천 마리, 제비들이 막막한 海面 위로 뭍의 향훈을 꿈꾸
며, 이 공포를 횡단하고 있다. 나의 어지러움이 어느 바다에 부침하는 제비의
遺骸와 같은 운명이라 하여도 좋다.

— 김구용, 「제비」 부분

허나 토끼는 허리가 묶이었다.
총알을 맞고, 불붙는 나무 밑에서
총알을 맞고, 불붙는 샘터에서
총알을 맞고, 불붙는 강나루에서
총알을 맞고, 불붙는 산맥, 불붙는 들판 꺼슬린 돌미력 그늘에서, 불붙는
수풀 속에서, 마을 어귀에서, 총알을 맞고, 불붙는 市街, 네거리의 가로수, 불
붙는 기차, 불붙는 항구가 새빨갛게 무너져내리는 스스로의 피와 눈물 속에
서 총알을 맞고.

— 전봉건, 「사랑을 위한 되풀이」 부분

그들이 만들어낸 이 같은 참신한 언어와 개성적인 형식은 즉시 문단
의 주목을 끌었으며, 1970년대에 들어와서 한국시 전반에 대한 반성이
일어나기까지 시단의 주류를 이루고 있었다. 그리고 1950년대 후기에
등장하는 황동규·성찬경·박희진·김영태 같은 시인들에게 많은 영
향을 주었다.

그럼에도 불구하고 1970년대에 민중시가 꽃피기 시작하자 실험적
기교주의 시인들은 설 자리를 잃어버렸는데, 그 원인은 그들의 표현기
법이 일반 독자(민중)들의 생활정서와는 유리된 위치에서 이루어지고
있었기 때문이다. 그들의 시는 개인적 경험에만 의존한 역사의식이 결
여된 작품이란 비판을 받았는데, 우리는 그들의 결함을 단정하듯 지적
하기 전에 이해의 폭을 넓혀야 할 것 같다. 즉 수세대에 걸쳐서 쌓아올
린 전통의 무게와 급속도로 밀려드는 서구 문학사조의 영향 아래 한
시인이 자기만의 세계를 추구해나가는 것이 얼마나 힘겨운 노릇인가

를 이해하고, 그 프로메테우스적 용기와 우리 시의 지평을 넓힌 공을 인정할 때 실험적 기교주의 시에 대한 공정한 평가가 이루어지리라 보기 때문이다.

* 민중시의 여명, 기타

4·19혁명의 불꽃과 더불어 움트기 시작한 민중시(참여시)는 1970년대 초에 들어와서야 그 꽃을 피우기 시작했다. 1950년대에 '후반기' 모더니즘에서 탈출한 김수영은 1960년대에 들어서자 "자유를 위해서/비상하여본 일이 있는/사람"만이 "어째서 자유에는/피의 냄새가 섞여 있는가를"(「푸른 하늘을」 부분) 안다고 노래했으며, 부당한 정치권력의 억압에 항거하는 이 민중의 목소리는 파도와 같은 메아리가 되어 박봉우·신동엽 등 젊은 시인들이 저항의 깃발을 들고 일어섰다.

김수영의 영향은 그후 박정희 군사정권의 독재와 부정에 정면으로 맞선 김지하의 「오적(五賊)」 필화사건으로 나타났으며, 같은 맥락에서 공화당 정권이 영구 집권 음모로 10월 유신을 선포하자 자유실천문인협의회가 결성되기에 이르렀다.

또 이 무렵에는 일제 말에 옥고를 치른 지성적인 민족시인 김광섭이 물질문명의 발달 속에서 날로 파괴돼가는 자연과 인간의 평화를 쫓겨가는 새에 비유해서 노래한 시집 『성북동 비둘기』(1969)가 큰 반향을 일으켰고, '후반기' 모더니즘에서 탈퇴한 다음 오랫동안 침체의 늪을 헤매던 김규동이 통일 지향의 민중시에서 활로를 찾아 시집 『죽음 속의 영웅』(1977)을 낸 이후 좋은 작품을 보여주었다.

또 시조에서 시로 전환하여 소외받는 서민의 애환을 서정적인 가락에 실어서 노래한 김상옥 시집 『먹을 갈다가』(1980)도 좋은 반응을 얻었고, 기독교적인 바탕 위에서 인간의 고독을 심도있게 추구한 김현승 시집 『견고한 고독』(1968)도 좋은 평을 받았다.

이밖에 가난과 주벽, 천진무구한 기행으로 이름난 천상병이 행방불명이 된 후 친구들의 손에 의해서 간행된 시집 『새』(1971), 도시인의 고독을 부담없는 경쾌한 리듬에 실어서 노래한 조병화의 『먼지와 바람 사이』(1972) 등이 있으나 시에 관한 얘기는 이쯤에서 줄이기로 하고, 김수영이 만년에 억압적인 권력의 탄압 속에서도 결코 죽지 않고 일어서는 민중의 생명력을 노래한 「풀」 중에서 한 부분을 들어 시에 있어서 진실과 아름다움이 무엇인가를 되새겨보기로 하겠다.

풀이 눕는다
바람보다도 더 빨리 눕는다
바람보다도 더 빨리 울고
바람보다 먼저 일어난다.

1970년대 전기의 시인과 시

1970년대 전기는 우리 시문학사에서 매우 특기할 만한 시기이다. 사회적으로 볼 때는 1960년 이후 군사적 억압으로 국민을 통치하던 박정희 독재가 내부로부터의 궤양으로 서서히 자멸의 길로 접어들 때였고, 문학적으로는 서구시, 그중에서도 모더니즘 시의 영향으로 병들었던 우리 시가 민중적인 자각을 거쳐서 새로운 민족시의 틀을 만들어가고 건강을 되찾던 시대였기 때문이다.

사실, 1960년대 이후 1970년대 초까지 우리 시는 그 폐쇄적인 난해성과 정서로 말미암아 일반 독자들과는 유리된 위치에서 노래불려지고 있었다. 시집은 서점의 '팔리는 책'의 목록에서 제외되었고, 시는 소수의 동호인들에 의해서만 생산되고 읽히는 궁벽한 예술로 전락하고 말았다. 이 무렵에는 후에 민중시인으로 대성한 이들의 작품에서까지 모더니즘의 부정적인 영향을 엿볼 수 있었는데, 조태일의 첫 시집 『아침선박』(1964)에 수록된 여러 시편들, 이성부의 첫 시집 『이성부 시집』(1969)에 수록된 시편들 속에서도 확인되고 있다.

이러한 시의 서구 추수적 경향은 1970년대에 들어와서 국학의 진흥, 전통예술에 대한 재평가, 민족 또는 민중 주체성에 대한 새로운 인식이 대두됨으로써 극복되기에 이르는데, 판소리 가락을 원용하여 쓰여진 김지하의 담시(譚詩)와, 무가(巫歌)의 가락과 그 신비한 주술성을 시에 접목시킨 강은교의 초기 시편들이 모두 이러한 자각 아래 쓰여진 최초의 성과라고 볼 수 있을 것이다.

* 저항하는 시인들

한 비민주적인 독재정권이 억압의 철권을 휘두르고, 그 군사적 폭력에 맞서서 온몸으로 버티던 고뇌하는 젊은 시인들이 미구에 닥쳐올지도 모르는 한 시대의 비극적 종말을 예감하며 거문고 줄이 떨 듯이 전율하던 격동의 시대—그것이 1970년대 문학의 여명이었다.

김지하는 1970년 봄에 박정희 군사정부 하에서 온갖 특권을 누리던 장성, 재벌, 국회의원 등 부정부패의 원흉들을 풍자한 시「오적(五賊)」을 『사상계』 5월호에 발표한 죄로 체포되었고, 양성우는 1975년 봄에 광주 YMCA 구국기도회에서 「겨울공화국」을 낭독한 죄로 교직에서 쫓겨났다. 또 1974년 『창작과비평』 여름호에 「잿더미」 등 7편의 시를 발표하고 문단에 나온 김남주는 1979년 10월에 소위 '남민전' 사건에 연루되어 투옥되었다.

국민을 억압하는 군사독재에 반기를 들고 부정부패 추방, 사회정의 실현, 유신헌법 철폐 등을 요구한 이들의 주장을 정부는 공권력으로 억눌렀으며, 그 법적 근거는 언제나 반공법 위반, 긴급조치 위반 등이었다. 나라의 민주화와 표현의 자유를 염원할 뿐 이념적으로 북한의 공산주의와 일치될 수 없는 그들의 주장에 위정자는 '북괴의 선전에 동조한 죄, 국가모독죄, 반란죄' 등을 뒤집어씌워 이것으로써 독재에 항거하는 진보적인 비판세력을 일거에 침묵시키려 했던 것이다.

　1970년대의 민중적 참여시는 이런 상황에서 생겨났다. 즉, 국민들의 알 권리와 말할 권리를 억압 봉쇄하면 그 강요된 질서 속에서 필연적으로 저항이 싹틀 수밖에 없는데, 시대의 변화에 민감한 젊은 시인들이 제일 먼저 저항하다가 탄압의 철권을 맞았던 것이다.

> 1974년 1월을 죽음이라 부르자
> 오후의 거리, 방송을 듣고 사라지던
> 네 눈 속의 빛을 죽음이라 부르자
> 좁고 추운 네 가슴에 얼어붙은 피가 터져
> 따스하게 이제 막 흐르기 시작하던
> 그 시간
> 다시 쳐온 눈보라를 죽음이라 부르자
>
> — 김지하, 「1974년 1월」 부분

　김지하가 노래한 1974년 1월은 박정희 대통령에 의해 긴급조치 1, 2호가 공포된 달이었다. 시인은 이때 독재자가 영구집권을 위해 선포한 유신헌법 철폐와 민주회복을 요구하는 시국선언문에 서명하고 피신 중이었는데, 긴급조치가 공포되자 흑산도에서 경찰에 붙잡혀 연행되었다. 그 체포되기까지의 고뇌와 갈등을 시인은 이 시의 뒷부분에서 "모두들 끌려가고 서투른 너 홀로 뒤에 남긴 채/먼 바다로 나만이 몸을 숨긴 날/낯선 술집 벽 흐린 거울조각 속에서/어두운 시대의 예리한 비수를/등에 꽂은 초라한 한 사내의/겁먹은 얼굴/그 지친 주름살을 죽음이라 부르자"고 노래했던 것이다.

　말하자면 1970년대의 각성된 시인들은 독재에 항거하고 자유를 쟁취하기 위한 무기로서 시를 쓰지 않을 수 없었는데, 그 문학적 저항과 고난의 당위성을 신경림 시인은 다음과 같이 서술했다.

> 시인이란 삶의 현장에서 멀리 앞선 채 꿈속에서처럼 쇠된 목소리로 예언
> 하는 선지자가 아니다. 하루하루의 삶에 지친 민중을 질타하는 선각자도 아
> 니다. 오히려 폭풍이 몰아쳐 선지자의 예언과 선각자의 외침을 일시에 침묵
> 시킨 이 시대에, 이 땅에 살기 위하여 '봄이 오기 전에' 얼음을 끄고, 자유를
> 위해 '증오할 것을 증오' 하는, 민중의 삶 속에서 땀과 숨결을 함께하는 평균
> 적인 사람이요, 이 삶의 현장을 노래하는 사람이다. (「시인의 사명」, 『마당』,
> 1982)

이 시기에 탄압의 가시밭길을 걸어간 시인으로는 그 외에도 광주민
주화항쟁 때 현장에서 「아아, 광주여! 우리나라의 십자가여!」를 쓴 김
준태 시인과 김대중 내란 음모 사건에 연루되어 옥고를 치른 송기원,
오송희 사건으로 투옥된 이광웅, 『민중교육』지 사건으로 잡혀간 김진
경 등이 있었다. 그러나 이들의 치열한 문학정신은 영어의 곤욕을 치
르면서도 시들거나 경직되지 않았으며, 유연한 서정을 보여줌으로써
우리 문학의 큰 자산이 되었다.

이렇게 많은 시인들이 옥고를 치르고 있을 때 저항의 후위(後衛)로서
시 쓰는 작업에 열정을 기울이며 고뇌한 시인들도 적지 않았다. 군사
독재에 항거하고 조국의 민주화와 통일에 몸바치려는 작가들의 모임
인 자유실천문인협의회는 이들에 의해서 운영되었는데, 정희성·이시
영·김창완·김명인·이동순·정호승 등이 모두 '자실'의 중견 회원
이었다. 그들은 투옥된 시인들의 구출에 앞장섰고, 1960년대 후반부터
일어난 참여시의 민중정서와 민족의식을 확산시키기 위해 시 쓰는 일
에도 정성을 들였다. 이시영의 『만월』(1976), 정희성의 『저문 강에 삽
을 씻고』(1978), 김명인의 『동두천』(1979), 정호승의 『슬픔이 기쁨에게』
(1979), 이동순의 『개밥풀』(1980)에 수록된 작품들은 모두 이 격동의 시
대에 알이 배었다가 솟아나온 것으로, 어두운 시대를 성실히 살아가는
지식인의 아픔이 어떤 것인가를 보여주고 있다.

비록 각자가 처한 여건 때문에 몸으로 맞서는 실제 행동에는 뛰어들지 못하고 교사, 편집자 등 문화일꾼으로 민중의 의식과 정서를 계발하는 일에 종사했지만, 울 밖에서 겪는 그들의 고뇌도 울 안에 갇힌 시인들 못지않았음을 작품의 성과로 입증해 주었던 것이다.

> 내 조국은 식민지
> 일찍이 이방인이 지배하던 땅에 태어나
> 지금은 옛 전우가 다스리는 나라
> 나는 주인이 아니다
> 어쩌다 아비가 물려준 남루와
> 목숨뿐
> 나의 잠은 불편하다
> 나는 안다 우리들 잠 속의 포르말린 냄새를
> 잠들 수 없는 내 친구들의 죽음을
> 죽음 속의 꿈을
> 그런데 꿈에는 압핀이 꽂혀 있다.
>
>   — 정희성, 「불망기」 부분

*1970년대의 새로운 시정

이러한 현상은 박정희 정권이 끈질긴 국민의 저항과 정권 내부의 부패와 알력에 의해서 무너진 1979년 10월까지 계속됐으며, 그 후 잠시의 '봄'을 겪은 후 재등장한 전두환 군사정권에 의해서 계속되다가 1987년 6월 항쟁으로 국민적 승리를 거둔 다음에야 해소되었다.

그러면 1960년대의 모더니즘풍의 서정시와는 다른 1970년대의 새로운 서정시는 어떻게 시작되었을까? 그 최초의 성과는 김형영·정희성·윤상규 등과 '70년대' 동인지 운동을 하던 강은교가 1971년에 첫 시집 『허무집(虛無集)』을 발간함으로써 가시화되었다.

이 시집에서 우선 눈에 띄는 것은 여성적인 감수성으로 섬세하게 다
듬어진 무가적(巫歌的) 가락과 음영, 색채감각이었다. 또 이제까지의 모
더니즘 경향의 시들이 다분히 서구적인 분위기를 띤 데 반해, 강은교
는 한국의 무속에서 시의 발상과 시어를 찾으려는 시도를 보여 이채로
웠다. 이것은 1960년대 후반부터 일기 시작한 국풍(國風, 전통 속에 숨
어 있는 '우리의 것'을 찾으려는 움직임)과 맞물려 관심을 환기시켰는
데, 강은교의 시에 영향을 미쳤으리라고 추측되는 김태곤(金泰坤)의 『황
천 무가 연구』가 1966년 12월에 나왔으므로 이를 짐작케 한다.

> 일어나자 일어나자
> 저 하늘은
> 네 무덤도 감추고
> 꽃밭에서는
> 사람 걷는 소리 들린다.
>
>   (중략)
>
> 그리고 밤이 오면
> 저 무서운 꽃밭에서 들리는
> 누구 머리칼 젖히는 소리
> 옷고름이 탁 하고
> 저고리에서 떨어지는 소리
> 새벽에도 그치지 않고
> 잠 속에서는 더 크게 크게
> 그렇구나, 나는 어느새
> 몹쓸 곳에 누워 있다.

— 강은교, 「비리데기의 여행노래」 부분

비리데기, 오구대왕의 막내딸로 태어나 병들어 죽게 된 아비를 구하
려고 황천으로 약수를 뜨러 간다는 이 무속신화는 죽음으로부터 생명

을 되살려내고 방황하는 영혼을 불러들여 고통을 풀어준다는 뜻에서 새로운 시의 부활을 예감하는 역할을 했다.

1970년대 전반의 시에 나타난 또 하나의 현상은 소외된 사람들에 대한 시인들의 관심이었다. 6·25 전란에 의해서 거리에 버려진 고아나, 고아와도 같은 체험을 한 시인들의 시는 가끔 보였지만 1970년대에는 산업화된 사회에서 소외당한 도시 변두리의 빈민과 이농민들, 광부들의 모습이 시의 소재로 등장하기 시작했다. 정호승의 「맹인부부 가수」, 김창완의 「인동일기」, 정일남의 「어느 갱 속에서」, 장영수의 「메이비」도 이 범주에 들어가는 작품이다. 연민을 넘어서 사랑에 이른 그 따뜻한 관심이 우리가 보듬고 지켜야 할 공동의 삶이 무엇인가를 일깨워준다.

또 이 무렵은 지방에 살면서 자신의 시세계를 넓혀가고 있는 시인들이 고독 속에서 단련된 서정의 빛을 발하기 시작한 시기이다. 전주의 정양, 공주의 나태주·조재훈, 속초의 이성선이 그들인데, 이 중에서 범신론적인 자연관과 정신적 초월주의를 내비친 이성선의 세계는 서울에서 활약하는 조정권의 시세계와도 상통하는 바 있어서 눈길을 끌었다.

끝으로 순수한 서정시인이면서도 독재의 마수에 걸려 천분을 다하지 못하고 요절한 박정만을 우리는 기억해야 될 줄로 안다. 1981년 5월, 『중앙일보』에 연재되던 한수산 소설의 필화사건으로 연행된 박정만은 이때 받은 고문의 후유증으로 몸져누웠고, 극심한 건강악화로 가정이 파괴된 채 투병하다가 7년 만에 세상을 떠났다. 억울한 죽음을 눈앞에 두고도 "나 이 세상에 있을 땐 한간 방 없어서 서러웠으나/이제 저 세상의 구중궁궐 대청에 누워/청모시 적삼으로 한 낮잠을 뻐드러져서/산뻐꾸기 울음도 큰 댓자로 들을 참이네"라고 노래한 「대청에 누워」에서 우리는, 역경 속에서도 마음을 추스르고 여유를 보인 이 시대 마지막 선비의 육성을 듣는 것 같아 숙연해진다.

제3부

그 겸허한 노년의 세계

서정주 신작시집 『늙은 떠돌이의 시』, 민음사, 1993.

미당(未堂) 서정주(徐廷柱)는 현역 시인이다—가령 누가 이런 말을 했다면 어떠한 대답이 돌아올까? "그게 무슨 소리야, 미당이 언제 현역 아닌 적이 있었나. 괜한 말하지 말게."하는 나무라는 소리도 들려올 것이고, "미당이 아직도 시를 쓰고 있는가? 대단한 분이군!"하는 감탄조의 말도 들려온 것이다. 미당은 1915년생이니 올해 80세. 엄연한 현역 시인이요, 지난 세밑에 이 시집을 냈다.

우리 문학사에 기록된 시인들 가운데 젊어서 요절하거나 일찌감치 붓을 꺾고 잠적한 분들이 많았음을 상기한다면, 나이 여든에 이르기까지 시인의 직분을 붙잡고 늘어진 미당의 프로페셔널리즘은 돋보이는 일이고, 장엄하다고 하지 않을 수 없다. 이것은 우리 시의 수명이 그만큼 길어졌음을 뜻하는 것이고, 시인의 참모습은 늙어야만 알 수 있다는 얘기도 될 것이다.

미당은 머리말에서 이 시집의 배열은 "내가 이 세상을 살아오면서 이 시들을 경험한 시간의 순서에 따른 것"이라고 했는데, 크게 네 가지로 나눌 수 있을 것 같다. 즉 부모·외조모·형수 등 작고한 육친들에 대한 추억을 노래한 것(「내 어렸을 적의 시간들」)과 병든 노처(老妻) 옆에서 안타까운 부부애를 노래한 것(「노처의 병상 옆에서」), 1940년경 만주에서 겪었던 일을 시로 만든 것(「구만주제국 체류시」), 이집트·러시아 등 외국을 여행하며 쓴 기행시 등이다. 이 중에서 기행시는 편수는 많지만 시인의 관심사가 거꾸로 돌아가는 요지경처럼 다양하기에 묵과하기로 하고, 이 단평에서는 시인의 인간미와 감회가 직정(直情)으로 드러난 앞의 두 부분에 대해서만 언급하기로 하겠다.

한국 현대문학이 낳은 탁월한 시인이요 눈부신 언어의 연금술사였음에도 불구하고, 또 그가 길러낸 시의 준족(駿足)들이 오늘의 시단에서 빛나는 역할을 하고 있음에도 미당의 문에 이르는 길에는 이 시간 불이 켜 있지 않다. 우선 시 한 편을 읽어보자.

살구꽃철 가까운
東萊 병원에
입원해 있는 古稀의 老妻더러
"살구꽃이 좋지?" 하니
좋다고 해서,
"살구도 좋지?" 하니
또 좋다고 해서,
"남들이 먹고 버린 살구씨를 줏어 모아
한약국에 갖다 주고
계피도 을어먹어 봤소?" 하니
"일곱 살 때던가? 여덟 살 때던가?" 하며
꼭 그 일곱 살짜리같이 빙그레 웃는다.
그래 오늘은
온갖 것 다 접어두고
그 계피를 찾어 동래 장으로 간다.
내 인생에선 이게 제일 좋은 일만 같어

이슬비 내리는 속을
동래 장으로 간다.

—「계피(桂皮)」 전문

조금도 어렵지 않고 숨긴 것도 없는 평이한 시다. 긴장을 푼 서술적인 가락이 맥 빠져 보이기도 하지만, 읽는 이에게 편안한 느낌을 준다. 병상에 누운 늙은 아내에게 시인이 창밖에 핀 살구꽃을 가리키며 좋으냐고 묻고, 아내는 좋다고 대답하고, 저 가난하던 시절에 남이 먹고 버린 살구씨를 모아 한약국에 갖다 주고 계피와 바꿔 먹은 일이 있느냐고 묻고, 일고여덟 살 때 그런 일이 있었다고 대답하고 소녀처럼 웃는다는 게 그 내용이다.

그러나 꾸밈없고 덤덤하기 이를 데 없는 이 노부부의 주고받는 말들이 얼마나 아프고 쓸쓸한 세상살이를 겪은 연후에 나온 상문(相聞)의 대화인가는 겪어본 사람만이 이해할 것이다. 더욱이 아내가 좋아하는 계피를 사러 장으로 가는 게 "내 인생에선 이게 제일 좋은 일만 같어/이슬비 내리는 속을/동래 장으로 간다"고 시인이 노래했을 때, 그 슬픔의 무게는 흐린 하늘보다도 무겁게 느껴진다.

이 시집에 수록된 미당의 가족에 대한 사랑노래는 모두가 이렇게 아름답고 절실하다. 누군들 가족에 관한 이야기를 쓸 때 절실해지지 않겠느냐고 반문할 분이 있겠지만, 오늘같이 가족 간의 유대와 윤리가 무너져서 미워하다 못해 일까지 저지르는 세태 속에서는 옛글에 나오는 금실 좋은 부부의 시(예컨대 『시경』에 나오는 도요(桃夭))를 읽는 듯한 이 고전적인 상문가(相聞歌)는 감동을 주고도 남는다.

참 오랜만에 집에 돌아오신 아버지가
한여름 밤에도 나를 그 가슴패기에 끌어앉고
잠이 들어가고 있었을 때,

나는 堂山 수풀에서 우는 소쩍새들 소리에서
하늘의 타이름을,
개울에서 우는 개구리들 소리에서
땅의 웅얼거림을
노나서 비교해 듣는 연습을 비로소 하기 시작했다.
소쩍새 소리가 슬프다는 건 더 커서 배운 일이고,
이때는 거저 맑게 간절한 것이었으며,
개구리 소리들은 가슴에 닿어 뭉클리었다.

―「여름밤 소쩍새와 개구리가 만들던 시간」 전문

이 시를 읽으면 왠지 모르게 『논어』의 첫 구절이 생각난다. 배우고 또 배우면 기쁘지 않은 것이 없듯이, 외지에 나갔다가 모처럼 돌아온 아버지 가슴에 안겨서 들은 어린 날의 소쩍새 울음소리에서 '하늘의 타이름'을, 개구리 소리에서 '땅의 웅얼거림'을 들었다는 시인의 회고가 자연과 인생에 대한 겸허한 느낌으로 다가온다. 속담에 "늙으면 아이 된다"는 말이 있지만, 그것은 어린애처럼 철이 없어진다는 뜻이 아니라 어릴 적 마음, 즉 동심(童心)으로 돌아간다는 뜻이 아닐까? 미당이 다다른 오늘의 시경(詩境)이 바로 그것일 듯하다.

이번 시집에서 미당의 전에 보여준 「무등을 보며」, 「상리과원(上里果園)」에서와 같은 고양된 대가(大家)다운 시풍을 찾아볼 수 없다고 아쉬워할 분도 있겠지만, 동심의 세계로 돌아온 노시인의 고담(枯淡)한 품격도 아무데서나 찾아볼 수 있는 것이 아니다. 그의 노익장을 바라는 마음 간절하다.

혁명적 로맨티스트의 자서적 수필

김학철 산문집 『누구와 함께 지난날의 꿈을 이야기하랴』, 실천문학사, 1994.

1993년 여름에 중국여행을 떠났을 때 내 일정에는 연길에 들러서 김학철(金學鐵) 선생을 만나는 일도 포함되어 있었다. 그러나 도문·용정을 거쳐 백두산을 참배하고 돌아오니 몸이 폭삭 지친데다가 함께 간 일행이 백산빈관에서 하룻밤을 잔 다음 곧 북경으로 떠난다기에 이 방문계획은 물거품이 되고 말았다. 겨우 인편으로 명함 한 장을 보냈는데 받아보기나 하셨는지…….

우리 시대에 가장 고난과 굴곡이 심했던 역사를 살아온 한 작가의 산문집을 읽고 내가 사사로운 얘기부터 시작한 것은 저자가 살고 있는 연변지방이 내가 어린 시절을 보낸 꿈의 요람이라는 인연도 있다. 그때는 물론 김학철이란 이름을 들은 바 없었고, 그분 역시 조선의용군의 일원으로 태항산에서 일본군과 싸울 때였으므로, 그의 문학적 명성을 접하게 된 것은 1980년대 후반에 『격정시대』가 남한에서 출판되고부터의 일이다.

전 4부로 나누어진 『누구와 함께…』의 내용은 대략 다음과 같다.

제1부 '서울 나들이'에는 한·중 수교 이후 40년 만에 서울을 찾게 된 저자가 사회주의 중국과는 생활양식이 다른 자본주의 한국에서 겪게 된 이질감을 유머러스하게 서술한 것이고, 제2부 '고향이란 무엇이길래'는 저자가 어렸을 때 고향(원산)에서 본 친족과 친지, 학우들에 관한 이야기를 정감 있는 필치로 쓴 것이다. 제3부 '아, 태항산'은 중국으로 망명한 청년 김학철이 항일 독립운동의 전사로서 사귀게 된 여러 전우들의 에피소드를 기록한 것이고, 제4부 '세월과 더불어'에는 해방 후 남한에서 활약하다 북으로 넘어간 저자가 6·25전쟁 때 다시 중국으로 건너가 겪게 되는 파란에 넘친 세월의 일들을 쓴 것이다. 평생을 공산주의에 대한 믿음과 조국해방 투쟁에 몸 바쳐 살아온 저자가 문화혁명 때 반혁명분자로 몰려서 숙청, 투옥되는 장면이 박진하는 극적인 묘사로 서술되어 있다. 그중의 한 대목을 들어본다.

> 나는 일생 동안에 모두 세 번 공판이라는 것을 받아봤다. 아직까지는 그렇단 말이다. 세 번 다 정치범이라는 신분으로 일본 또는 중국 법정의 피고석에 섰었다. 그중 방청자가 제일 많았던 것은 1975년 5월에 열렸던 제2차 공판이다. 무려 천3백 명, 그러니까 공판정으로 임시 사용된 문화궁전 아래 위층의 좌석이 꽉 들어찼다는 말이 되는 것이다. …죄명은 반혁명 현행범, 장장 7년 4개월이라는 세계 기록적인 예심을 거친 끝에 비로소 조명 휘황한 무대 위에 나는 섰다. (「제2차 공판」 서두)

김학철의 수필은 모두 그 자신이 겪은 자서적인 글로 되어 있다. 그러나 이 수필은 요 근래 한국문단에서 유행되고 있는 신변잡기적인 수필이나 여성 취향의 감각적인 미문투의 에세이와는 그 궤를 달리한다. 왜냐하면 앞에서 언급한 글들이 자본주의적 물질문화에 침윤된 소시민성을 극복하지 못한 연약한 작품들인 데 비해, 김학철 수필에는 한 시대를 뜨겁고 힘차게 살아온 실천적 작가의 역사적인 당위성이 깃들어 있기 때문이다.

그러나 김학철의 수필 모두가 이런 역사의 화석(상처) 같은 내용을 담은 것으로 속단할 필요는 없다. 남성적인 질박한 필치임에도 그의 글에는 언제나 인간적인 온정과 해학, 기지가 넘쳐서 훈훈하기 이를 데 없다. 또 나이에서 오는 지혜와 통찰력으로 한때는 이념의 차이로, 또는 공의에 어긋나는 행동 때문에 미워하고 매도했던 사람들조차 용서하고 끌어안는 아량을 보이고 있다. 그러한 예는 일제 때 친일행위를 한 윤극영(「'반달'에 얽힌 사연」), 해방 후 미군정하에서 경무부장 조병옥의 비서였던 이계향(「야릇한 인연」), 나가사끼 형무소에서 함께 복역한 옥중동지 송지영(「송지영, 나의 벗」)을 묘사한 글에서 찾아볼 수 있다. 또 중국전선에서 함께 싸운 전우였으나 나라가 남북으로 갈라지는 바람에 한 사람은 인민군, 다른 한 사람은 국방군이 되어 총부리를 맞대지 않을 수 없었던 항일동지 유만화를 50년 만에 서울에서 다시 만났을 때의 감회를 쓴 「우정 반세기」에도 그와 같은 인간적인 연민과 애정이 짙게 배어 있다.

그러나 이 책에 수록된 김학철 수필의 덕목은 뭐니뭐니해도 우리가 잊어버린, 또는 잊어버리기 직전에 놓인 순수한 우리말의 어휘를 그의 문장 속에서 찾아보는 기쁨일 것이다. 일제강점기 이후 일본어 번역투의 어설픈 문장과 해방 후에 스며든 영어식 외래어의 범람으로 골병이 든 우리말 우리글의 원모습을 김학철의 수필에서 찾아보게 되는 것은 해방의 감격만큼이나 새롭다. 하기야 외부로부터 침략이 적었던 중국에서 살아온 김학철의 문장에서 그것을 찾아보는 것은 당연하지 않느냐고 반문할 이도 있겠지만, 잘 다듬어진 각고의 글에서 보게 되니 잿더미 속에서 금 조각을 찾아낸 것만큼이나 반갑다. 짧은 글 한 토막을 예로 들겠다.

　　어렵사리 옹진에 득달해 배를 내리니 늦가을 짧은 해가 서해바다에 가라앉
아 어슬녘이라 선창에서 초간히 떨어진, 허술한 식당에를 찾아 들어가 저녁
을 먹었다. 이 '황해식당'이라는 식당의 주인은 나이 지긋한 얼금뱅이인데 바
로 이 사람이 우리의 밀항을 도와주기로 돼 있었다.

—「집사람과 나」 부분

글의 짜임새가 느긋하고 여유가 있어 편안히 읽히는 건 말할 것도
없지만, 그 사이사이에 '득달' '어슬녘' '초간히' '얼금뱅이' 따위 원
형적인 어휘들이 박혀 있어서 얼마나 정겹게 읽히는지 모른다. 만약
'얼금뱅이'를 뜻이 같은 '곰보'란 말로 바꿔보자. 그러면 아마 이 말
바꿈 하나만으로도 이 문장은 씹다 버린 살코기처럼 맛없는 글이 되고
말 것이다.

또 하나 이 책에서 들 수 있는 덕목은 그동안 이념의 갈등으로 남쪽
에서는 입에 올리는 것조차 금해졌던 여러 좌익계(?) 항일투사들의 이
름을 찾아볼 수 있는 점이다. 조선의용군 창설자인 김원봉을 위시하여
이상조(북한 쪽 휴전회담 대표, 주소련 대사, 현재 러시아에 망명 중),
정률성(중국 '인민해방군 행진곡'의 작곡가), 이화림, 이대성, 김철원,
손일봉, 문명철, 김학무, 김위 등의 이름을 그들의 빛나는 투쟁 경력과
함께 읽을 수 있다는 것은 큰 기쁨이 아닐 수 없다.

김학철은 올해 80세가 된 노인이지만, 아직도 소년같은 정열과 패기
를 지닌 혁명적 로맨티스트다. 그의 앞날에 광영이 있기를 빈다.

뒤돌아보는 자의 희망과 사랑

양성우 시집 『물고기 한 마리』, 문학동네, 2003.

1

양성우 시인의 새로운 시집 뒤에 글을 써달라는 부탁을 받고 불현듯 마음에 떠오른 것은 그가 현재 몇 살이나 되었을까 하는, 조금은 엉뚱한 생각이었다. 그래서 황급히 문헌을 찾아보니 '1943년 전남 함평 출생'으로 되어 있었다. 시인은 금년에 회갑을 맞이한 것이다.

하지만 그것은 내게 좀체로 믿어지지 않는 사실이었다. 내 추억의 화첩 속에 남아 있는 양성우 시인의 모습은 너무나 순결한 청춘의 상이었고, 그것은 지금도 변색되지 않은 아름다운 젊음이었기 때문이다. 마치 돌팔매로 골리앗을 쓰러뜨린 다윗을 보는 것 같았는데, 그것이 독재자 박정희의 죽음 이후에 찾아온 1979년 가을부터 시작된 '서울의 봄' 때 만난 그에 대한 첫 인상이었던 것이다. 그런 역동적인 주인공이 벌써 환갑 나이가 되었다는 것은 세월의 무상함을 탓하기 전에 나에게는 서글픈 일로만 여겨졌다.

양성우 시인은 감옥에서 나온 직후인 이때 두 권의 시집을 잇따라
냈는데, 1980년에 낸 「북치는 앉은뱅이」에는 다음과 같은 작품이 보
인다.

> 겨울이 가도 어둡고
> 답답한 산천,
> 안개 낀 우수에
> 끓어오르는 가슴의 피 누르며
> 나는 그대를 손꼽아 기다리고,
> 내가 이 세상
> 잠깐 동안의 나그네이듯이
> 사람들은 북을 치며
> 모두 떠났다.

— 「雨水」 부분

옥에 갇혀 있을 때 쓴 것으로 추측되는 이 시 속에서 시인은 "끓어오
르는 가슴의 피 누르며/나는 그대를 손꼽아 기다리고" 있다고 노래하
고 있으며, "사람들은 북을 치며/모두 떠났다"고 아직도 자유의 몸이
되지 못한 자신의 처지를 슬퍼하고 있다.

그리고 뒤이어 낸 시집 「청산이 소리쳐 부르거든」(1981)의 표제시에
서 시인은.

> 청산이 소리쳐 부르거든
> 나 이미 떠났다고 대답하라.
> 기나긴 죽음의 시절,
> 끝도 없이 누웠다가
> 이 새벽 안개 속에
> 떠났다고 대답하라.

— 「청산이 소리쳐 부르거든」 부분

고 노래한다. 오랫동안 옥에 갇혀서 살아야 했던 시인은 이 시 속에서 '꿈도 없이' 사느니 차라리 "흙먼지 재를 쓰고/머리 풀고 땅을 치며"(「청산이 소리쳐 부르거든」) 떠나기를 바라고 있는 듯한 비장한 결의를 내비치고 있는데, 뒤집어서 말하면 이것은 온갖 핍박 속에서도 시인의 생명 의지가, 화산이 폭발하여 용암이 솟아나오는 것 같은 비장한 결의가 얼마나 장엄했던가를 말해주는 레토릭인 것이다.

그러므로 양성우 시인에 대해서 더 이상 소개의 말을 하는 것은 부질없는 짓이다. 그는 저 엄혹한 군사독재 시대에 온몸을 내던져 부딪치며 살아온 투사형의 시인이었고, 마침내 우리 곁으로 살아 돌아와서 이제까지 시를 쓰며 머리가 희끗희끗해질 때까지 젊음의 직선적인 힘을 잃지 않고 있는 선량한 시민이기 때문이다.

그러나 이번 시집의 초고를 읽고 나서 짚인 것은 그에게 불어닥친 현실의 바람이 아직도 쌀쌀하고 모진 것이 아니었을까 하는 우려였다. 그는 우상을 끌어내리는 싸움에서 승리했고 이 나라의 시인으로서도 확고한 위치를 차지하고 있건만, 자본을 앞세우는 오늘의 모순된 사회에서는 그에게 안주할 자리보다 좌절의 슬픔을 안겨주고 있는 게 아닐까 하는 의구심을 떨쳐버릴 수 없었다.

> 우수수 잎 지는 숲길을 간다.
> 이 찬바람이 쓸쓸함을 몰고 오는 것을
> 모른 척하기에는
> 이미 내 상처가 너무 깊다.
> 한 세월 티 없이 마음을 나눈 사람들은
> 다 떠났느냐?
> 누구나 지극한 믿음이 없이는
> 어느 작은 사랑도 이루지 못한다.
>
> ―「마른 잎 혼자 밟으며」 부분

양성우 시인이 지난 몇 년 사이에 겪은 실의와 고뇌에 대해서 나는 알고 있는 것이 별로 없다. 이제까지 그는 나에게 자기의 깊은 속내를 말한 적이 없었고, 나 또한 그전같이 바깥출입을 자주 하는 편이 아니므로 그에게 관심을 둘 시간이 없었다. 그럼에도 앞에서 든 시의 마지막 3행에서 "여기 이른 산그늘 진 깊은 숲속/마른 잎 혼자 밟으며/나는 안으로 하염없이 새처럼 운다"는 구절을 발견했을 때 가슴이 찡하게 아려오는 슬픔을 느꼈다. 그를 이토록 상처 입히고 슬프게 만든 것이 무엇일까?

2

양성우는 서정시인이다. 그것도 후천적인 노력에 의해서가 아니라 천성의 서정시인이다. 그 누가 "시인은 만들어지는 것이 아니라 태어난다"고 했을 때, 어쩌면 이 말은 양성우 시인을 두고 한 말일지도 모르겠다.

그의 시적 연원은 고려 중엽의 시인 정과정과 조선 중기의 시인 정송강에게서 찾아볼 수 있을 것 같다. 두 사람 모두 한때 정치적 좌절을 겪은 후에 인구에 회자되는 아름다운 시를 써서 남긴 사람이고, 붓을 잡으면 다시 고치지 않아도 될 만한 빼어난 글재주를 가지고 있었다는 점에서도 유사하다. 이번 시집에서 필자의 눈을 강하게 끈 다음과 같은 작품에서도 그와 같은 천의무봉한 솜씨를 엿볼 수 있었다.

> 마음이 고운 이가 오는가보다.
> 작은 새 대숲에 울고
> 앞뜰에 매화꽃 봉오리 머무니.
> 새순같이 티 없고 여린 이가
> 오는가보다.

낮은 흙산 저 외진 비탈을 지나
여울을 건너서
눈부신 햇살을 앞세우고
그 넋이 맑은 이가 오는가보다.
눈물로 밤을 지새본 사람은
알지.
빈 나뭇가지 흔드는 바람에도
얼굴이 붉어지니,
가슴이 따뜻한 이가 오는가보다.

—「매화의 추억」 전문

이제 비로소 인생의 늦은 햇살이 비치는 앞뜰에 서서 시인은 매화꽃 봉오리를 바라보며 누군가를 기다리고 있다. 그것은 "새순같이 티 없고 여린 이"요, "눈부신 햇살을 앞세우고" 오는 "그 넋이 맑은 이"다. 그러고 보니 이번 시집에 유난히 희망과 사랑을 노래한 시가 많이 보인다.

흔히 누구에게나 깊은 상처가 있고,
그것이 때로는 누르지 못할 아픔으로
되살아나기도 하지만,
네 것에 견준다면 아무것도 아닌 것을.

—「어느 새벽길」 부분

잊지 마라. 물 밑에 물이 흐르고,
이미 흔적도 없이 아득히 사라진 꿈 뒤에도
또다른 꿈들이 따라오는 것을.

—「동막리 일출」 부분

세상이 아무리 모질고 거칠다고 하여도
한순간의 입맞춤이 벽을 허물고
두꺼운 얼음을 녹인다.

사랑이 어찌 몸 하나만의 일이냐?

— 「길 위의 사랑」 부분

제일 앞의 것은 상처 입은 고통을 참고 견디면서 감싸안는 인고(忍苦)의 사랑이고, 중간 것은 꿈이 사라진 뒤에도 또다른 꿈이 따라오는 희망을 노래한 것이다. 그리고 뒤의 것은 마침내 세상이 아무리 거칠고 험해도 "한순간의 입맞춤이 벽을 허물고/두꺼운 얼음을 녹인다"는 확신을 노래한 시다.

이번 시집에는 또 그동안 양성우 시인이 마른 잎 밟고 혼자서 찾아다닌 이 나라의 수많은 지명들이 보인다. 만리포, 도솔암, 신삼리, 반구정, 선운사, 대포항, 구룡사. 소래포구 등, 이 나라 방방곡곡 그의 발길이 닿지 않은 데가 없을 정도다.

이것은 어쩌면 아픈 상처를 아물게 하고자 찾아나선 순례의 길인 것 같은데, 거기서도 그는 어둠 뒤에 올 사랑과 희망을 찾고자 했다. 그중에서 한 편, 경기도 파주에 있는 반구정(伴鷗亭)에 올라가 조선 세종 때의 청백리 황희를 추모하며 읊은 시를 읽어보자.

이른 봄날 반구정에 오르다.
옛 정승 황희가 빈손으로 돌아와
물새들과 놀던 곳,
아직도 잔문결 반짝이며 흐르는
강 언덕에 서서
벼슬 높은 도둑들로 어지러운
이 시절을 한탄한다.
차라리 하루 세 끼니 거칠고
비 새는 초가지붕 찬구들일망정
늘 스스로 만족하던 그.
수백 년이 지나도 변하지 않는

티 없는 이름 앞에 옷깃을 여미며,
힘 가진 큰 도둑들로 인하여
기우는 이 나라를 근심한다.

—「반구정에 올라」 전문

　이제 더 할 말이 무엇인가. 오늘의 일그러지고 어지러운 세상을 바라보는 시인의 눈은 지금도 빠르고 적확하다. 그래도 한 시대를 같이 살아온 지우로서 그에게 바라고 싶은 것이 있다면 세상을 바라보는 눈과 더불어 양성우 시인이 지난날에 겪은 불운과 아픔을 거울삼아 좀 더 넉넉한 심성을 가져주었으면 하는 것이다. 그리고 이것은 어느덧 이순(耳順)의 나이를 맞이한 시인에게도 잘 어울리는 일일 것 같다.

당신의 옛집이 서 있는 낮은 들,
지천으로 핀 사과꽃이 희다.
한때는 죄도 없이 갇히고 떠밀렸지만
한 그루 큰 소나무같이 언제나
홀로 곧고,
죽어서도 깨끗한 이름을 남긴 이.
천 자루 당신의 붓끝은
당신만의 날 선 칼날이었을까?

—「추사 옛집에서」 부분

희망을 지키는 파수꾼의 노래

이선관 시집 『지금 우리들의 손에는』, 도서출판 STAR, 2003.

1

지금으로부터 30여 년 전에 나는 미국의 여류작가 레이첼 카아슨이 쓴 『침묵의 봄』을 읽고 큰 충격을 받은 적이 있다. 전쟁을 겪고 난 뒤였지만 그래도 아직은 우리 국토의 자연이 훼손되지 않고 남은 때여서 공해가 뭔지도 모르고 있었는데, 전쟁 때 미군에 의해서 살포된 살충제(D.D.T.)가 인류의 앞날에 죽음의 그림자를 드리우게 될 거라고 쓰여 있었기 때문이다.

카아슨은 그 책에서 아직은 치명적인 유해물질로 인식되지 않고 있는 살충제나 제초제를 분별없이 사용하면 머지않아 봄이 와도 꽃이 피지 않고 새가 울지 않는 침묵의 봄, 즉 죽음의 계절이 다가올 것이라고 예언하고 있었다.

지난 20세기는 과학문명의 눈부신 발달과 더불어 전쟁과 혁명이 빈번하던 세기였다. 강대국들의 세력다툼으로 힘없는 나라들은 대량 살

상무기의 실험장이 되었으며, 급속도로 늘어난 자본주의적 산업경제
의 발전이 인간의 생활을 안락하게 만든 면도 있지만, 그 부산물로 생
긴 오염된 폐수와 매연이 자연과 생명을 위협하는 무서운 장애물로 등
장했다. 더욱이 맹독성 화학물질이 잘못된 정치지도자나 국가의 집단
이기주의에 의하여 전쟁에 사용되었을 경우 우리는 베트남 전쟁에서
본 고엽제 후유증과도 같은 비극을 겪게 된다.

　이런 반(反)자연, 반(反)이성의 시대에 한 시인이 불편한 몸을 이끌고
인류의 희망을 지키기 위해서 시를 쓰고 있으니, 그가 바로 이 시집의
저자인 이선관 시인이다. 아직은 시인의 힘이 약하고 목소리도 작은
편이지만, 그는 물질문명의 탐욕과 이기주의 속에서 사람들이 허황된
꿈에서 깨어나 본연의 자세로 돌아가길 희구하고 있으며, 나날이 병들
어가는 우리의 자연이 회복되어 다시 인류 전체를 위한 희망의 대지로
돌아오길 기도한다. 그 절실한 시 한 편을 보기로 하자.

　　두 달이 지난 오월 어느 날
　　아침부터 구름이 잔뜩 끼더니
　　이슬비 이슬이슬 내리는 한낮
　　창원에 갈 일이 생겨 차를 타려고
　　추산동 박물관 앞으로 올라가다가
　　보았습니다.
　　비에 젖은 제비 한 마리
　　전깃줄에 앉아 있는 제비 한 마리
　　눈물이 왈칵 쏟아졌습니다.

　　　　　　　　　　　　　　　　—「비에 젖은 제비 한 마리」 전문

　이 시에는 '2002년 3월 삼짓날'이란 부제가 붙어있다.
　몇해 전만 해도 이 땅에 봄이 오면 제비들이 날아와서 봄의 축가를
불러주곤 했었나. 아이들이 부르는 동요에도 '정이월 다 가고 삼월이

라네/강남 갔던 제비가 돌아오면은…’ 하는 노래가 있지만, 바다 건너 멀리서 날아온 흥부네 집 제비가 나뭇가지와 전깃줄에 앉아서 지저귀곤 했었다.

그러던 제비가 어느새 우리 곁에서 자취를 감춘 것이다. 언제부터 그렇게 되었는지는 아무도 모르지만, 농약과 폐수로 오염된 이 땅에 제비가 오지 않는다는 사실은 이 땅에도 ‘침묵의 봄’이 다가왔음을 뜻하는 일일 것이다. 그러니 이슬비 내리는 어느 한낮에 이선관 시인이 제비 한 마리(예전에는 제비들이 짝을 지어 날아왔었다)를 보고 ‘눈물이 왈칵 쏟아졌다’는 술회는 감동적일 수밖에 없다.

그뿐인가. 시인은 주거 환경의 급격한 변화로 고층 건물이 들어선 오늘의 도시에서는 달 밝은 가을밤에 고독을 달래주던 귀뚜라미의 울음소리도 들을 수 없고, 부엌에서 달그락거리던 쥐도 찾아볼 수 없다고 아쉬워한다. 제비가 오지 않고 귀뚜라미가 사라진 것도 예삿일이 아니지만 좋든 나쁘든 오랜 옛날부터 우리와 함께 살아온 쥐가 자취를 감춘 것은 결코 좋은 징조가 아니다. 바다를 항해하던 배가 풍랑을 만났을 때 선창에 숨어있던 쥐들이 갑판 위로 올라와 우왕좌왕하다가 사라졌다는 이야기를 들었기 때문이다. 그것은 곧 배가 침몰한다는 조짐인 것이다.

불과 오륙 년 전만 해도 살아왔지요
내 비록 단칸방이지만 방에 있으면
부엌에서 달그락 달그락 소리가 나곤 했지요
그리고 골목길로 나서면 하수구에서 나온
쥐 두어 마리가 도망치는 모습을 보곤 했지요
쥐라는 동물은 조금 혐오스러운 동물이지만
옛날부터 우리와 함께 살아왔지요
그런데 언제부터인가

우리 동네에 쥐가 한 마리도 보이지 않네요.

— 「우리 동네 쥐가 보이지 않네요」 전문

2

이선관 시인이 관심 가지는 일이 또 한 가지 있으니, 전쟁에 대한 증오와 겨레의 통일이다. 사실 이것은 누구 한 사람이 염원한다고 해서 이루어질 수 있는 소망이 아니다. 그러나 오직 하나의 길밖에 모르는 외통수인 시인은 그것이 우공이산(愚公移山)같은 불가능에 가까운 일인 줄 알면서도 계속해서 시의 소재로 삼고 있다. 정성을 다하면 하늘도 감응할 것이라는 믿음 때문일까?

> 만남이 있기 전 위쪽 안내원이 말했어
> 만남이 짧은데 울지만 마시고 이야기 많이 나누시라요
> 그러나
> 긴 이별 끝의 만남의 자리가 아니겠어
> 만나자마자 무작정 부둥켜안은 그들은
> 그냥 울었어 마냥 눈물바다였어.

「네 번째 이산가족 만남의 자리에서」란 시다. 52년 동안 묵였던 이야기가 말이 아니라 눈물이 되어 마구 흘러내리는 장면을 보고 쓴 시다. 어쩌면 시인의 어리석고 무모한 행위(?)가 조금씩 이루어져 가고 있음을 뜻하는 이야기인지도 모른다.

그러나 이런 겨레의 만남이 완성되려면 지금 이 땅에서 벌어지고 있는 다음과 같은 일들이 다시는 없어야 한다.

> 세 살 먹은 어린애 주먹만한
> 새잉쥐 두 마리 가고 있네

그 위로 느닷없이
자동차 바퀴가 지나갔다네
새앙쥐 두 마리 빈대떡이 되었네
하물며
효순이와 미선이는….

설명할 것도 없이 이것은 작년에 있은 두 여학생이 미군 장갑차에 깔려 죽은 사건을 보고 쓴 시다. 이 시에 앞서 이선관 시인은 「반딧불」이란 시에서 "저승으로 가지 못하고/이 땅에 떠도는/효순아 미선아/너희들의 혼백을 위해/우리 모두 반딧불이 되어 줄께/잘 가시께"하고 못다 핀 꽃과 같은 어린 영혼을 위로한 바 있지만, 이 땅에 '침묵의 봄'이 아닌 '화해와 평화의 봄'이 오려면 강대국에 의해서 강요되는 전쟁은 말할 것도 없고, 죄 없는 무고한 생명이 희생되는 일도 없어야 할 것이다. 전쟁은 예술이 아니니까.

3

이번 시집에서 나를 감동시킨 한 편의 시를 들라면 아주 짧은 「수의」가 될 것이다. 「얼굴 한번 보고 싶다」란 시에서 "해방되고 오늘까지/우리나라 법/대한민국 법을 위반하지 않은/정치인이나 재벌은/떳떳하게 모두 나와라/얼마나 잘났는지/얼굴 한번 보고 싶다"고 매섭게 현실을 질타하던 시인이 「수의」란 시에서는,

저승 갈 때 입는 옷 말입니다
그 옷에는
호주머니가 없다는 것을
이제야 알게 된 것이
정말 다행입니다.

하고 노래하고 있는 것이다.

그렇다. 사람은 죽을 때 아무것도 가져가지 못한다. 무소불위의 권력을 잡은 제왕도, 그 밑에 빌붙어서 영화를 누리던 벼슬아치와 졸부도 '공수래 공수거', 죽을 때는 빈 손으로 돌아가야 한다.

그럼에도 사람들은 왜 그렇게 욕심을 부리는 걸까? 이 나라의 통치자 치고 사임 후에 구설에 올라 시비와 비방을 받지 않은 자 몇이나 되며, 그 밑에서 권세를 누리며 호기를 부리다가 아첨과 변절의 교활한 술수도 먹히지 않아 마침내 쇠고랑을 찬 정치인 또한 몇이나 되는가?

재벌 역시 같은 길을 걷고 있으니 "세상은 넓고 할 일은 많다"던 어느 재벌 총수도 지금은 어디에 있는지 우리는 알지 못한다. 그들이 "저승 갈 때 입는 옷에 호주머니가 없다"는 사실을 시인보다 먼저 깨달았다면 그런 오욕의 길로 들어서진 않았을지도 모른다.

끝으로 머리가 희끗희끗해지는 이순(耳順)의 나이를 맞이한 시인이 지금도 마음 속에 그 누군가를 사랑하고 있음을 알리는 연시(?) 한 편을 소개하는 것으로 이 글을 마치겠다. 이제야 그에게 찾아온 황혼의 나이가 더없이 아름답게 빛나기를 바라면서…….

> 나는 그에게
> 목소리만 들어도 좋은 사람이라 말해 주었습니다
> 그는 나에게
> 생각만 하여도 좋은 사람이라고 말했습니다
> 그래서 만났습니다 만나서
> 당신은 내가 사랑하는
> 마지막 사람이기를 바란다고 말해 주었습니다
> 그는 나에게
> 내일이라도 예쁘고 착한 사람이 생기면
> 기쁜 마음으로 떠나주겠다고 말했습니다
> 나는 아니 아니 그럴 리 없다고 말해 주었습니다

그리하여 오늘도
목소리를 듣게 되고
생각도 하게 되고
만남도 가져 봅니다.

— 「목소리만 들어도 좋은 사람」 전문

가난을 이긴 영롱한 시

정세훈 시집 『끝내 술잔을 비우지 못하였습니다』, 은금나라, 1984.

1

부처님은 사람과 사람과의 만남을 '삼세의 인연' 이라고 말씀하셨지만, 정세훈 시인과 필자와의 만남도 그런 것이 아니었을까 하고 생각할 때가 있다.

정세훈을 처음 만난 것은 그의 세 번째 시집 『저 별을 버리지 말아야지』가 나온 1992년 초여름의 일이었다. 부평 역전에서 스치고 지나가는 얼굴을 보고 대뜸 불러 세웠는데, 그 이전에는 만난 적도 없는 사람을 어떻게 알아보고 불러 세웠는지 지금도 신기하다. 아마 시집에 실린 그의 사진을 보고 알아본 것 같은데, 그렇더라도 수많은 행인 속에서 한 얼굴을 알아본다는 것이 쉬운 일은 아니었을 거라는 생각이 든다.

정세훈은 사진에 찍힌 얼굴보다 많이 수척해 보였다. 이 지역에서 공장을 다닌다는 그의 얼굴은 햇볕 들지 않는 폐쇄된 곳에서 노동을 하기 때문인지 안색이 창백했다. 그날은 나도 갈 곳이 있어 선 채로 몇

마디 나누고 헤어졌지만, 윤곽이 뚜렷하고 잘생긴 그의 얼굴이 이토록 여윈 것은 그가 하고 있는 노동의 심도가 무척 힘든 것임을 추측하게 했다.

이번 시집에도 고된 노동에서 온 아픔과 가난한 생활을 꾸려 나가야 하는 가장의 마음을 노래한 시들이 꽤 많이 눈에 띈다. 아니, 거의가 모두 그런 시라고 해도 과언이 아니지만, 정세훈 작품의 미덕은 이런 슬픔 속에서도 남을 미워하거나 원망하지 않고 그것을 안으로 삭혀서 아름답게 보여준다는 데 있다. 우선 시 한 편을 읽어보자.

> 더 이상 깊어지지 않을 만큼
> 밤은 깊어졌습니다.
> 내일의 노동을 위해선
> 벌써 깊은 잠에 들었어야 하는데
> 도대체 잠이 아니 옵니다.
> 말은 없지만 옆에 누운 아내도
> 아직 잠이 들지 않은 것 같습니다.
> 이사 온 지 육 개월도 채 안되었는데
> 또 이사를 가야 합니다.
> 주인집 막내 아들의
> 돌연한 결혼으로
> 셋방을 내놓아야 합니다.
> 억지로 잠을 청하려는 나에게로
> 아내가 서럽게 안겨오며
> 우리집 가을을 말합니다.
> "가을인가 봐요
> 귀뚜라미가 울잖아요."
> 조그마한 창문에 비춰오는 달빛이
> 시리도록 밝아 보입니다.

—「우리집 가을」 전문

사람이 역경에 놓이면 그 원인을 자기 안에서 찾기보다 남한테서 찾으려는 것이 인지상정이다. 물론 한 노동자가 열심히 일해도 가난을 면치 못하는 게 그 자신의 책임만이 아니라는 것쯤 다 아는 사실이지만, 그렇다고 도식적으로 남을 미워하고 모든 책임을 사회의 부조리나 정치에만 돌리는 것도 바람직스러운 일이 아니다.

이 시에서는 이사 온 지 육 개월 밖에 안된 집에서 쫓겨나야 하는 이유가 주인집 막내 아들의 돌연한 결혼으로 표현된다. 그것이 좀 더 세를 올려 받으려는 집주인의 술책인지는 알 수 없지만, 정세훈 내외의 잠들지 못하는 원인이 되어 있다. 그럼에도 시인과 그의 아내는 남을 원망하기보다 서럽게 껴안으며 귀뚜라미 우는 가을을 애기하고, 창문으로 비쳐드는 달빛을 바라본다.

이것은 아마 정세훈 내외가 남을 의심할 줄 모르는 착한 성품에서 온 것일 테지만, 보다 큰 이유는 그들이 어떠한 고난 속에서도 희망을 잃지 않는 굳건한 생활인이기 때문일 것이다. 희망, 판도라의 상자 속에서 인간의 모든 조건이 다 연기되어 날아간 뒤에도 최후까지 남아 있었다는 이 가냘픈 줄은 그러기에 사람에겐 가장 소중한 정신적 자산이다. 이 자산이 남아 있는 한 사람은 지옥 같은 환경에 놓이더라도 결코 절망하지 않으며, 그 흔들리는 외줄을 타고 마침내 천상의 별까지 다다른다. 별이야말로 인간의 가장 아름답고 순수한 의지를 상징적으로 요약한 물체가 아닌가. 정세훈의 시에 수많은 별 이야기가 나오는 것도 그 때문일 것이다.

별 구경 가자는
아이들을 따라 나섰습니다.

달동네 꼬불한 언덕길을 쫓아
산마루에 올라서니

밤하늘의 별들은 아니 보이고
도심의 불빛들만 어지럽게 보입니다.

아빠, 별들은 참 좋겠다. 그지?
넓은 하늘에서 사니까 말이야.
이다음에 크며는
별처럼 넓은 곳에서 살아갈 거야.

아이들은 초롱한 눈으로
별들을 구경하고 있었습니다.

─「별 구경」 전문

명시의 반열에 넣더라도 손색없는 작품이다. 이담에 커서 별처럼 넓은 곳에서 살아가길 바라는 아이들을 따라 달동네의 산마루로 올라간 시인─그러나 시인의 눈에 비친 것은 도시의 어지러운 불빛뿐이다. 아이들의 티없는 눈만이 희미한 밤하늘의 별을 찾아보고 "아빠, 별들은 참 좋겠다. 그지?/넓은 하늘에서 사니까 말이야."하고 말한다. 아이들의 말 속에는 좁은 셋방살이에서 벗어나 넓은 세계로 떠나려는 희망이 담겨 있다. 이것으로 정세훈은 오늘을 살아가는 사람들의 소망이 무엇인가를 대변해 주고 있는 것이다.

2

그러나 이토록 지순한 마음의 소유자인 정세훈이 착하기만 할 뿐 노여워할 줄도 모르는 뼈없는 호인이라고 속단한다면 그것은 오해다. 정세훈이 부드럽고 너그러운 품성을 지닌 시인이요 노동자임에는 틀림없으나, 그의 내면에는 이 세상의 어떠한 힘, 부조리에도 억눌리지 않으려는 강한 자부심과 정의감이 깃들어 있기 때문이다.

비록 그것이 가난한 자의 마지막 저항이라 할지라도 그 안에는 '나를 죽일 수는 있겠지만 내 속에 든 고귀한 뜻을 뺏을 순 없다'고 말한 옛선비의 기개가 서려 있는 것이다. 그리고 이것이야말로 온갖 역경 속에서도 시인의 길을 걸어온 그의 자존심이다.

늦은 밤에 홀로 귀가하노라면
허기진 잔업만큼이나 늘어져버린
길모퉁이 저 풀죽은 쓰레기더미가
내 지친 맘을 한사코 다스려 줍니다.

병든 자의 혼탁한 가래침과
가난한 자의 콩나물 다듬은 껍데기와
반짝거리는 초콜릿 포장지가
사람 살아가는 한 폭의 진솔한 그림이 되어
둥글둥글 모두가 한데 어우러져
빈부 권세를 초월하였습니다.

그 누가 저 쓰레기를
쓰레기라 부를 것이며,
그 누가 나를
쓰레기 같은 노동자로
보잘 것 없다 하려 합니까.

—「귀가 길에」 부문

오르는 방세에 내쫓겨 변두리 달동네로 열다섯번째 이사를 하던 날, 시인은 일터에서 돌아오는 길에 버려진 쓰레기더미를 보고 이렇게 절규한다.

한때 이 나라에서 공장 노동자를 '공돌이, 공순이'로 낮춰 부르면서 업신여긴 적이 있었다. 그들이 우리의 낙후된 경제를 일으킨 주역임에도 불구하고, 소위 펜대 잡은 사무직 노동자는 높이 여기고 기름때 묻은 작업복을 걸친 육체노동자는 최저 생활비에도 못 미치는 저임금을 주고 착취하며 멸시했었다.

그런 부당한 대우가 1980년대 후반에 노동쟁의의 불씨가 되어 타올랐는데, 이제는 인식이 많이 바뀌긴 했어도 아직 육체노동이 정신노동보다 못하다는 전근대적인 사고방식은 불식되지 않고 있다.

시인은 바로 이 점을 직시하고 분노의 시어를 내뱉고 있다. 남들은 병들고 가난한 자들을 "길모퉁이의 풀죽은 쓰레기더미"처럼 여길지도 모르지만, 모두가 한데 어우러져 살아가는 그들의 모습은 빈부와 권세를 초월하고 있으며, 한 마리의 일개미로 세상을 살아가고 있으나 처자식을 제대로 먹여 살릴 수 없는 현실적인 가난이 안타깝다고 노래한다. 이 떳떳하지만 비참한 가난에 대해서 온갖 부정으로 오염된 오늘의 지도층은 대답할 말이 있어야 할 것이다. 왜냐하면 정세훈 같은 선량한 노동자 시인도 그 비리를 결코 모르고 있지 않으며, 그것이 고쳐지지 않는 한 이 나라가 제대로 일어설 수 없음을 알고 있기 때문이다.

이러한 가난한 자의 의식은 가난하기 때문에 떳떳할 수 있다는 서정적 공감을 불러 일으키고, 시인 자신에게는 긍지를 갖게 한다. 가난은 불편할 따름 죄악이 아니다. 오히려 분수에 넘치도록 많이 가진 자가 죄를 짓는다는 걸 우리는 문민시대가 된 이후에도 수없이 보아왔다. 공직자, 정치인, 교육자, 금융인, 법조인 등이 부정한 재산 때문에 그 자리를 쫓겨났지만 그러한 개혁은 앞으로도 줄기차게 이어져야 할 것이다.

누가 나를
가난뱅이라 하는가.

누가 나를……

꼭꼭 채워진 사랑
담을 수 있는
가슴이 있고

그 가슴 열어
사랑을 나눌 수 있는
아내가 있고

그리고 나에게는
큰 아이
작은 아이

자식이 있는데,
누가 나를
감히

하늘 아래
집 하나 없는
가난뱅이라 하는가.

―「누가 나를」 전문

3

　정세훈이 생업을 바꾼다는 얘기를 들은 것은 지난해 가을의 일이다.
20여 년 동안 노동현장에서 온갖 고초를 겪은 그가 직업을 바꾼 것은
건강 때문인데, 스무 살 무렵에는 62킬로나 되던 체중이 서른다섯 살
무렵에는 46킬로그램으로 줄었다는 글을 읽은 적이 있다. 이것은 물론

열악한 노동환경으로 말미암은 것이지만, 대기업도 아닌 영세기업에서 일해 온 그로서는 어쩔 수 없는 경우였을 것이다.

그는 한동안 자기를 스카웃해 간 주간 신문사에서 편집·취재 등을 맡아봤으나, 그곳도 얼마 못가서 사표를 썼다. 언론이 가난하고 힘없는 자의 편에 서야 함에도 불구하고 그렇지 않다는 걸 깨달았기 때문이라고 한다.

정세훈은 그후 작은 출판사에서 일하며 오늘에 이르고 있다. 한때 심각하던 건강은 많이 회복됐지만 아직도 놓아줄 줄 모르는 가난의 고삐에 매달린 채 살아간다. 하지만 그의 시심은 날이 갈수록 익고 다듬어져서 이번에 다섯 번째 시집까지 엮게 되었다.

정세훈은 김소월이 천성의 시인이었듯 자기 스스로 꽃피고 열매 맺는 시인이다. 그가 천성의 시인이 아니었다면 배운 것 없고 넉넉지 않은 환경에서 어떻게 이토록 아름답고 영롱한 시를 쓸 수 있었겠는가. 그의 시에는 설익은 지식의 찌꺼기 따위는 묻어있지 않으며, 그의 삶 자체가 시의 소재로 되어 있다.

그가 이 세상에서 겪는 온갖 시련은 하늘이 그에게 내린 것인데, 그 시련을 잘 이겨내어 아름다운 시를 쓰는 것이 곧 그의 운명이다. 그는 「한여름 밤의 노래」란 시에서 자기에게 지워진 운명을 이렇게 노래했다. 즉 "앵두꽃 매만지던/나의 꿈은/셋방살이 창살에 갇히었다."고 한탄하면서도 "별빛이 떨어져 오는/슬픈 이 밤./애써 그리움 감추지 말고/걸맞는 노래를 부르라."고 했다. 이것이야말로 그가 가야 할 길이다.

공자는 가난 속에서도 제 길을 잃지 않고 살아가는 수제자 안회(顔回)를 보고 다음과 같이 평했는데, 이것은 정세훈의 경우에도 합당한 말인 것 같다.

'어질도다, 회(回)는. 한 그릇의 밥, 한 쪽박의 물로 가난한 마을에 살면서도, 남은 근심이 되어 못 견디는데 회는 그 즐거움이 변치 않는다.
어질구나, 회는!'
　『논어』에 보이는 말이다.

소박하고 올곧은 규수 시인의 시

안금자 시집 『우회전하고 싶다』, 산과들, 2005.

1

옛 비류 백제의 도읍지 미추홀(인천)에서 태어난 안금자 시인은 더 없이 소박하고 올곧은, 이 고장 사람들이 두루 아끼고 사랑하는 문학 적 재원이다. 이런 안금자 씨를 처음 만난 것은 몇 년 전에 내가 부천 대학교 사회교육원에서 시를 강의할 때였다. 조금은 지루하고 까다로 웠을 원론적인 이야기를 누구보다도 열심히 들어주어 강연하는 사람 에게 고마움을 느끼게 한 여성이 바로 그였다.

안금자 씨는 이때 청강생 자격으로 그 자리에 나왔으나, 후에 안 일 이지만 그는 이미 한 권의 시집을 내고 복사골문학회에서 동인 활동 을 하고 있는 어엿한 시인이었다. 그럼에도 문학을 좀 더 깊이 알려는 소망으로 그 자리에 나와서 열심히 귀기울이고 있었던 것이다. 이 무 렵에 나에게 준 그녀의 첫 시집 『아버님의 잣나무』(1996)를 읽고 나는 이 수줍은 듯한 여성의 문학에 대한 열의와 적공이 남다르다는 것을

알게 되었다. 여러 말을 하기 전에 그 시집에 든 시 한 편을 읽어보기
로 하자.

산 사람이
죽은 사람을 위로하러 간다
먼저 간 길
외롭지 않느냐고
이승의 일은 염려 놓고
후일 만날 약속 잊지나 말라고
돌아가는 날 곱게 입혀준
삼베옷 한 벌은
잘 썩어지라는 무언의 말씀이니
봉분 위 파릇한 금잔디 서럽더라도
찌꺼기 하나도 남기지 말고
썩어져 물이 되라고
물이 되어 바다에 이르라고

수평선 끝에서
하늘 열리고 닫혀 하나되니
우리 다시 만날 때는
순결한 영혼으로 만나자고.

―「성묘」 전문

　한세상 살다보면 먼저 가는 사람이 있고 나중 가는 사람이 있다. 시
「성묘」는 시인보다 먼저 세상을 떠난, 그래서 슬픔의 대상이 된 이에게
보내는 진혼의 노래다. 그가 누구인지 시인과의 관계가 묘사되어 있지
않아 알 수 없지만, 시인은 그에게 "먼저 간 길/외롭지 않느냐고" 물은
다음 이승의 일은 염려하지 말고 후일 만날 약속이나 잊지 말라고 다
짐을 둔다. 또 두 사람이 다시 만날 때는 '순결한 영혼'으로 만나자고

언약한다.

　이와 같이 삶과 죽음이 하나로 이어진 생사일여의 인생관은 불교에서 온 것이지만, 이 시를 읽은 후에 나는 문득 저 신라 경덕왕 때의 승려 시인 월명사(月明師)의 「제망매가(祭亡妹歌)」를 떠올렸다.

<blockquote>
생사의 길은 여기 있으매 두려워져
나는 간다 말도 못 다 이르고 갔느냐
어느 가을 이른 바람에 여기저기 떨어지는 잎처럼
한 가지에 나고도 가는 곳을 모르는구나
아으, 미타찰에 만날 나는 도 닦아 기다리련다.

— 월명사의 「제망매가」 전문
</blockquote>

　다시 말하면 안금자 시인의 시 속에는, 의식하고 있었는지 모르지만 우리 고전 시가(향가)의 정신과 가락이 스며 있었던 것이다. 그리고 이것이 첫 시집의, 조금 어설픈 솜씨로 쓰여진 시임에도 불구하고 독자의 눈에 낯설지 않았던 이유이기도 하다. 그리고 이러한 병들어 아픈 자에 대한 연민과 사랑은 「강 같은 평화」, 「먼 길」 같은 시편에도 잘 나타나 있으며, 시인의 유년시절을 그린 「골목」, 「기억 저 편 그리운 곳」과 같은 시와 더불어 생명 존중의 휴머니즘을 보여주고 있다.

2

　안금자 시인은 첫 시집의 머리글에서 그동안 옆에서 지켜 보아준 "여러 선배와 벗들을 위해 좀 더 새롭게 나은 글을 쓸 수 있도록 노력하겠다"는 다짐을 두었다. 그 약속을 지키려는 듯이 2000년 9월에 상재한 두 번째 시집 『꿈꾸는 휴화산』에서는 첫 시집의 소박한 시점에서 한 걸음 나아가 매우 신선한 현실에 밀착된 생활의 시들을 보여주었다.

그중에서 어머니의 교훈을 빌려 내비친 「3월」이라는 시 한 편을 예로
들어 보겠다.

> 나는 무디어지고 싶은 칼입니다. 쓰일 데 없어 세월만 베다 스스로 낡아빠
> 진 그런 칼. 사십 넘은 나이에 칼날을 세울 일이 뭐 있으랴, 용서 못할 일이란
> 게 뭐 있으랴 주문처럼 외우며 삽니다. 그러나 어머니 날 키우실 때 거짓과
> 교만과 불의를 베어내라 하셨습니다. 그 중 거짓은 칡넝쿨 같아서 청솔의 목
> 을 감아 오르니 그 꽃에 속지 말라 하셨습니다.
>
> ―「3월」 부분

어쩌면 시가 이렇게 달라질 수 있을까 놀랄 만큼 두 번째 시집의 내
용은 현실성이 강한 힘찬 서정을 보여주고 있다. 이것은 오랫동안 가
정에서 아이들을 키우느라 칩거하던 시인이 직업전선에 뛰어든 무렵
에 쓰여진 글인 듯한데, 미처 몰랐던 우리 사회의 어두운 면과 망가진
인심을 보고 문득 어머니가 예전에 가르쳐 주신 인간의 도리를 상기하
며 노래한 비판의 글이다. 시의 모습도 운문체에서 산문체로 바꾸어
새로운 형태를 시도하려는 노력을 보여주고 있다.

나는 안금자 시인이 이처럼 생활 속으로 뛰어든 때가 언제인지 모르
지만, 아마 우리나라가 경제파탄에 직면에 1990년대 말의 언제쯤일 것
으로 추측하고 있다.

갑자기 밀려온 IMF 한파로 서민들의 생활은 나락으로 떨어졌고, 일
터에서 쫓겨난 슬픈 가장들이 거리로 내몰려 노숙자가 되었다. 그럼에
도 가진 자들의 오만은 한껏 고조되어 "독일식 목조주택 미국식 스틸
하우스/핀란드식 지붕에 캐나다식 정원"(「기우」)으로 꾸민 졸부나라의
신도시가 뽐을 내는가 하면, "산다는 일은/누군가를 밟고 일어서는
일"이라고 "폐업한 사람의/눈물 젖은 지폐로" 호주머니를 가득 채운
자들이 "승전의 깃발을 마구 휘두르는"(이상 「무한 경쟁 시대」에서) 세

상이 되었다. 이런 시대에 시인이 슬퍼하거나 분노하지 않는다면 그는 죽은 시인이요, 그의 시는 거짓과 교만으로 얼룩진 허황된 말장난일 것이다. 앞에서 예시한 시 「3월」의 뒷부분은 이렇게 이어진다.

> 거짓의 꽃일수록 크고 화려하다고 하셨습니다. 한눈팔면 어느새 질기게 손을 뻗는 오랏줄 같은 칡. 병약한 나는 칡넝쿨 끊어내며 가는 길이 너무 힘겨워 그만 순하게 길들여진 길로 내려서고 싶습니다. 어머니, 베어내야 할 것이 많다는 건 되짚어 보면 마음에 무수히 상처를 내는 일이므로 나는 차라리 귀먹고 눈멀어 무디어진 칼이고 싶습니다. 하지만 지금은 3월, 청솔의 허리로 곧게 서기 위해 봄날이어도 봄노래를 부를 수 없었던 머리 허연 내 어머니. 아직 그 슬픔 씻기지 않았기에 목이 메이는 아아, 지금은 3월입니다.

3

인용이 좀 길어진 듯하나 이제 우리는 안금자 시인이 지향하는 바가 무엇이고, 시를 힘차고 올곧게 꾸며내는 솜씨가 어디에서 오는지 알 것 같다, 그럼에도 그의 세 번째 시집에 실을 글을 써달라는 부탁과 함께 새로운 원고를 넘겨받았을 때 나는 처음부터 당황하지 않을 수 없었다. 시집 제목이 『우회전하고 싶다』로 되어 있었기 때문이다.

'우회전하고 싶다'. —이게 무슨 말일까? 설마 좌파에서 우파로 넘어가고 싶다는 뜻은 아닐 테지? 그래서 황급히 원고 뭉치 속에 숨은 같은 제목의 시를 찾아서 읽어 봤으나 짐작이 가지 않았다. 할 수 없이 시인에게 전화를 걸어 무슨 말이냐고 물어보았다.

"그건 자동차 운전자만이 아는 메카니즘이예요. 속도만 추구하는 도로 위에서 사람 사는 곳으로 돌아가려면 핸들을 오른쪽으로 꺾어야 하죠. 왼쪽으로 돌리면 중앙선을 넘어서 사고를 치게 된답니다."

아하, 차가 없는 나는 무릎을 쳤다. 그래서 다시 한번 시를 읽어보았다.

굉음을 내며 대로를 달려가는
자동차, 핸들 살짝 꺾어
우당탕 비포장도로에 불시착하면
샛길 어딘가에
목마름 적실 샘물 하나 있을지 몰라

무릎 꿇고 물가에 엎드려
서늘한 숫물 한모금 꿀꺽 넘기며
언제부터 직진! 직진 깃발을 앞세우고
허공에 채찍 휘둘렸나 후회할지 몰라

눈 돌려 저 산 넘으면
자운영 흐드러진 마을이 있다는데
청보리 물결치는 언덕도 있다는데
핸들 살짝 꺾어
우회전하면 된다는데 된다는데

대책없이 앞으로만 달려가는
브레이크 없는 오늘,
우회전하고 싶다!

—「우회전하고 싶다」 전문

　언젠가 나는 고속도로 주변의 풍경에 변화가 없으면 운전자는 속도 감각이 둔화되어 과속을 하게 된다는 이야기를 들은 적이 있다. 그러고 보면 이 시는 직진하는 속도에 마비되어 "자운영 흐드러진 마을"이나 "청보리 물결치는 언덕"에는 눈도 주지 않고 달려가는 현대인과 현대문명을 비꼰 비판의 글임을 알게 되었다. 시인은 이런 말까지 했다.

　"그동안 저는 앞만 보고 달려왔습니다. 아이들을 교육시키고 돈을 벌고, 남에게 뒤지지 않으려고 열심히 실아왔지요. 그런네 한 고개를 넘고 보니 얻은 것도 있지만 잃은 것이 더 많다는 느낌이 들었습니다. 그중의 하나가 자연에 대한 사랑이지요. 핸들을 살짝 오른쪽으로 꺾기만 하면 아름다운 자연과 그 속에 숨은 조물주의 선의를 느낄 수 있는데 전혀 그럴 수가 없었거든요."

그래서인지 이 시집에는 자연에 관한 소박한 아름다움을 노래한 시와 병들고 지친 마음을 부처의 자비에 의존하려는 종교적인 상념을 노래한 시가 많다. 그중에서 한 편, 시인의 전생까지를 훤히 내다보이게 하는 시를 읽어보기로 하자.

> 대웅전 벗어나
> 마을로 내려오신
> 부처님, 저 낯익은 미소
> 어디서 보았더라
>
> 전생에 나는
> 백제 어느 고을의 아낙이었을 터
> 인연의 실 끝 따라가며
> 산머루빛 그리움에 젖을 때
>
> 바라보는 것만으로
> 보살이 되는 그리움
> 보살의 걸음으로 살짝 다가가
> 슬몃 옆구리에 팔을 끼우고
> 가시는 곳 어디든 따라간다 하면
>
> 내치지 않을 듯한
> 햇물결 저 미소
> 어디서 보았더라

— 「서산 마애삼존불」 전문

사람이 부처를 보고 회심하는 것은 부처의 모습에서 제 얼굴을 찾아
보기 위해서라고 한다. 그러므로 부처는 그 얼굴을 보는 사람의 마음
과 모습에 따라 수만 가지로 변할 수 있으며, 마침내 그것은 바다에 비
친 달빛이 된다. 그것이 해인(海印)이다. 안금자 시인은 어디서 본 듯한
그 부처의 미소를 찾기 위해서 시를 쓰고 있는데, 그것은 다름 아닌 보
살이 되기를 바라는 그 자신의 미소이기도 하다. 전생에 백제의 아낙
이었던······.

끝으로 한 편, 이 시집 제3부의 '황청리' 연작 중에서 「섬」이란 시를
소개하며 이 글을 마칠까 한다.

> 지상에 따스한 방 한 칸
> 그리워 쓸쓸한 날
> 황청리에 가면
> 눈부시지 않은 바다가 있습니다
> 바깥 세상으로 떠나려던 거룻배
> 물가를 서성이고 있습니다
> 잔물결 위에
> 하늘빛 詩라도 한 줄 띄우면
> 흘러가다 뒤돌아보고
> 머뭇대다 다시 흐르며
> 섬이 되고 또다시
> 섬, 섬이 됩니다
> 냉이꽃처럼 작고 따스한
> 그리움이 됩니다.

천형(天刑)의 시인 한하운의 시세계

1

한하운의 시와 생애를 얘기할 때 꼭 따라다니는 말 하나가 있다. 천형(天刑)이란 단어다. 천형이 무엇인가? 천형은 문자 그대로 '하늘이 인간에게 내린 형벌'을 뜻하며, 이것은 또 나병(문둥병)을 일컫는 말이기도 하다.

한하운은 1919년 함경남도 함주군 동천면 쌍봉리에서 태어났다. 본명은 '태영'이지만, 몸에 나병의 징후인 분홍색 반점이 나기 시작한 20세 중반부터 하운(何雲)이란 이름을 썼다. 후에 그는 이때의 심정을 다음과 같이 노래했다.

> 썩은 육체 언저리에
> 내 혊과 균과 悲와 哀와 愛를 엮어
> 뗏목처럼 창공으로 흘러 보고파진다.
> 아 구름이 되고파 바람이 되고파……
>
> ─「何雲」 부분

그의 고향 함주는 원산에서 북쪽으로 뻗어 올라간 등고선이 함남의 대도시 함흥에 이르러 멈춰서며 펼쳐진 함흥평야, 그 위쪽에서 내려온 장진호와 부전호의 강물을 이어받아 흐르는 성천강이 동해로 유입되는 곳에 있는 풍요로운 농업지대다. 이 기름진 땅의 유복한 가정(아마도 지주의 집안인 것 같다)에서 태어난 한하운의 어린 시절은 남부러울 게 없었을 것 같으며, 고향에서 초급학교를 마치고 전라북도 이리 농림학교로 유학을 떠난다. 당시에 이리농림은 전국에서 손꼽히는 명문이었다고 한다.

그 후 한하운은 1936년에 일본으로 건너가 동경에 있는 세이케이(成蹊)고등학교를 다니다가 중일전쟁이 한창이던 시절에 중국으로 가 북경대학교 농학원에서 자연과학을 공부하는데, 이것으로 미루어 그의 집안은 고향에서 매우 넉넉한 가문이었음을 알 수 있다.

그러나 한하운에게 주어진 하늘의 복은 이쯤에서 바닥이 난 것 같다. 북경에서 갑자기 그의 몸에 분홍색 반점이 나타났기 때문이다. 1949년에 한하운의 시를 모아 『한하운 시초』를 내는 데 힘쓴 시인 이병철(李秉哲)은 저간의 사정을 다음과 같은 글로 말해주고 있다.

> "일찍이 북경대학 농학원에서 자연과학을 연학 수업타가 도색(桃色) 반점이 육체의 양역(陽域)에 나타나자 그날부터 사지 오초(五梢)의 예리함을 잃어버린 문둥이가 되었다고 한다. 이 천작(天作)의 심판 앞에서 청운의 뜻을 잃고 돌아온 하운(何雲)은 남못지 않던 가세(家勢)를 병약에 탕진하고 나머지, 오늘 이 유리(遊離)의 가두(街頭)에 서게 된 것이다."[1]

황급히 고향으로 돌아온 한하운은 잠시 함남도청에 근무했으며, 병이 재발되자 고치려고 갖은 노력을 다하다가 기울어진 집안과 흩어진

---

1 『한하운 시초』(1949, 정음사 간) 후기.

가족들을 보다 못해서 뛰쳐나와 유리 걸식의 길로 나섰다.

이건 참 어처구니없는 벌이올시다
아무 法文의 어느 조항에도 없는
내 죄를 변호할 길이 없다.

— 「罪」 부분

이제 하늘이 내린 어처구니없는 벌 때문에 세상 밖으로 쫓겨난 그에게 남은 것이라고는 고독과 자학, 저주뿐이었다. 어떤 법조문에도 없고, 자기에게 주어진 죄를 변호할 길도 없는 한하운은 울다 지친 몸을 이끌고 38선을 넘어서 남쪽으로 내려오니 그것이 1948년의 일이다. 이 무렵에 쓴 것으로 보이는 시 한 편에 그의 쓰라리고 아픈 심정이 담겨 있다.

지나가버린 것은
모두가 다 아름다웠다.

여기 있는 것 남은 것은
辱이다 罰이다 문둥이다.

옛날에 서서
우러러보던 하늘은
아직도 푸르기만 하다만은.

아 꽃과 같던 삶과
꽃일 수 없는 삶과의
葛藤 사잇길에 쩔룩거리며 섰다.

잠깐이라도 이 낯선 집

추녀 밑에 서서 우는 것은
辱이다 罰이다 문둥이다.

—「삶」 전문

이때 그가 찾아온 곳은 분단된 조국의 남쪽 수도 서울이었다. 그러나 문둥이는 인간의 반열에 끼여들 수 없는 존재이기에 시인은 안주할 수가 없었다. 그가 저 남쪽 고흥반도 끝에 있는 소록도(小鹿島)를 찾아간 것도 이 무렵인 듯한데, 이 섬에는 왜정 때 만들어진 나병 환자의 요양원(수용소)이 있기 때문이었다. 거기서 그는 나병 치유에 효험이 있다는 대풍자유 주사를 맞았는지 모르지만, 육지와 격리된 섬에서 그가 할 수 있는 일이라곤 아무것도 없었다. 한하운이 어떤 수단을 써서 이 유형(流刑)의 섬을 탈출했는지 모르지만, 결국 그는 대표작이라고 할 시 「전라도 길」만을 얻은 채 서울로 돌아온다. 이 「전라도 길」에 '소록도 가는 길에'라는 부제가 붙어 있다.

해방 이후 미군에 의해서 점령된 서울은 "본적도 주소도 없는 사생아들의 고향"이었고, "간음과 유혹과 횡령과 싸움으로 밑천을 하는 商街"(이상 「명동거리」 일부)였다. 제2차 세계대전이 끝나자 이 도시에는 이북에서 월남한 피란민들과 해외에서 돌아온 귀환동포들로 넘쳐났으며, 모리배와 정상배들이 활개치고 다니는 사이로 미군이 탄 지프차가 양갈보를 태우고 달려갔다. 한하운의 시 「명동거리」에는 그 무렵의 서울 풍경이 이렇게 묘사되어 있다.

眞價를 잃어버린 상품들이 진열장 속에 귀양 산다……
사람들은 모두 덤과 에누리로 화류병을 사고 판다.

본적도 주소도 없는 사생아들의 고향……
간음과 유혹과 횡령과 싸움으로 밑전을 하는 商街

신사 숙녀들의 영양을 충당시키기 위해서는
날마다 갈아 붙는 메뉴 위에 비타민 광고가 식욕을 현혹한다.

캄플 주사 대신 교수형을 요리하는 집집의 쓰레기통 속에는
닭의 모가지 생선대강이들이 방사하는 燐光 燐光.

— 「명동거리」 전문

한하운은 이때부터 우리의 현실에 눈을 뜨고 정치적 비판의식을 갖게 된 것 같은데, 서울 거리에서 매일같이 벌어지는 데모 행렬을 쫓아다니면서도 자신과 시위하는 군중들 사이에는 끝내 건너지 못할 어쩔 수 없는 길이 놓여 있음을 깨닫는다.

뛰어들고 싶어라
뛰어들고 싶어라.

풍덩실 저 강물 속으로
물굽이 파도소리와 함께
만세소리와 함께 흐르고 싶어라.

물굽이 제일 앞서 핏빛 깃발이 간다.
뒤에 뒤를 줄대어
목쉰 조선사람들이 간다.

모두들 성한 사람들 저이끼리만
쌀을 달라! 자유를 달라!는
아우성소리 바다소리.

아 바다소리와 함께 부서지고 싶어라
죽고 싶어라 죽고 싶어라
문둥이는 서서 울고 데모는 가고.

— 「데모」 전문

이 무슨 함성이냐? 거대한 강물처럼 굽이치며 흘러가는 군중들이 "쌀을 달라, 자유를 달라"고 외치는 아우성. 그러나 한하운이 그 속에서 아무리 외친들 핏빛 깃발을 앞세우고 달려가는 '성한 사람들'은 그를 끼워주지 않을 뿐만 아니라 인정하지도 않는다. 그는 사람이 아닌 문둥이이기 때문이다. 그 어쩔 수 없는 아픔과 슬픔이 마지막 3행 "바다소리와 함께 부서지고 싶어라/죽고 싶어라"로 압축되지만, 이 도도한 역사의 강물은 그를 무시한 채 내팽개치고 흘러간다. 그것이 "문둥이는 서서 울고 데모는 가고"인 것이다.

2

이렇듯 뼛속 깊이 스며든 고독과 소외를 짓씹으며 서울 거리를 헤매고 다니던 한하운이 당시의 이름난 시인 이병철(李秉哲, 1918~?)을 만난 것이 언제였을까? 1949년 5월에 나온 『한하운 시초』(정음사)에는 이병철이 쓴 후기가 실려 있는데, 그 속에서 이병철은 한하운의 시를 모아 책으로 내게 된 사연을 이렇게 적고 있다.

> "그러나 불우(不遇)의 시인 한하운은 오늘 시를 쓰고 싶어도 쓰지 못하게 되었다. 손가락이 떨어져버렸다. 지난 겨울의 추위에 시력마저 잃어버렸다. 시를 쓰지 못하는 반면에 시를 각설이조로 구송(口誦)하고 다니는 바람찬 그의 길머리에서 이따금 만나는 대로 받아둔 원고를 엮어서 자랑삼아 여기에 소개하는 바이다.
>
> ──『한하운 시초를 엮으면서』

또 이병철은 그 글 앞부분에서 한하운의 문학을 1930년대 일본 문단에서 활약한 호죠 타미오(北條民雄)란 나병작가의 문학과 비교하면서 호죠의 소설 「생명의 초야」, 「나병원 일기」는 "한때 이 땅의 창백한 문학

청년으로서 센티멘탈을 생리(生理)하던 내가 탐독한 바 있으나, 그 문학과는 달리 오늘 여기에 소개하는 한하운의 문학은 모름지기 그 문학적 제네레이션을 달리하고 있을 뿐만 아니라, 근본적으로 지향하는 문학정신의 차이에서 나는 감히 한하운의 문학을 호죠 타미오에 비해 훨씬 더 높이 평가하고 싶다."고 극찬하고 있다. 이어서 그는 "호죠 타미오의 문학이 자몰(自沒)과 염세와 병리(病理)에 대한 수긍으로써 어떤 지배성 앞에 굴복한 것"이라면, 한하운의 문학정신은 "항상 자기를 부정하고 그 부정을 또 부정함으로써 냉엄한 객관성 위에 리얼리즘의 문학세계를 자약(自若)하고 있다."고 평가했다.

　여기서 잠깐 『한하운 시초』를 엮은 이병철에 대해 말할 필요가 있을 것 같다. 1918년 경상북도 영양에서 태어난 이병철은 1943년 잡지 『조광(朝光)』에 시 「낙향 소식」을 발표하고 등단했으며, 해방 후 조선문학가동맹에 가입하여 활약하다가 6·25사변 때 월북한 좌익 시인이다. 그의 대표작으로는 「나막신」이란 단시가 있는데, 그 시는 한때 국어 교과서에도 실렸을 만큼 서정성이 뛰어난 낭만주의 경향의 시였다.

은하 푸른 물에 머리 좀 감아 빗고
달 뜨걸랑 나는 가련다
목숨 壽자 박힌 정한 그릇으로
체할라 버들잎 띄워 물 좀 먹고
달 뜨걸랑 나는 가련다
삽삽개 앞세우곤 좀 쓸쓸하다만
고운 밤에 딸그락 딸그락
달 뜨걸랑 나는 가련다

—「나막신」 전문

1950년 6월 25일 북조선 인민군이 소련제 탱크를 앞세우고 남쪽으로 쳐들어왔을 때 보수 우익에 속한 남한의 문인들은 목숨을 부지하기 위해 피란을 떠났다. 그러나 서울에 잔류한 좌익 문학인들은 문학가동맹의 기치 아래 모여서 때가 왔다고 환호하며 활동을 재개했다. 이런 역사의 벼랑길에서 한하운과 이병철은 각기 어떤 길을 걸어갔을까?

이병철은 당연히 서울에서 문학가동맹의 깃발 밑으로 달려갔지만, 한하운은 그 후 행방이 묘연해져서 아는 사람이 없었다. 어쩌면 병든 몸을 이끌고 헤매 다니다가 굶어 죽었는지도 모르고, 남으로 가는 피란 행렬을 따라가다 폭격을 맞고 죽었을지도 모른다. 어떻든 인공(人共) 치하 3개월 동안 한하운은 어느 다리 밑이나 토굴 속에 숨어서 살아왔는지 모르나, 전쟁이 소강상태에 접어든 1955년에 제2시집 『보리피리』(인간사)를 상재하며 화려하게 나타났다.

한하운의 간략한 연보에 의하면 그는 이때 경기도 부평에 있는 나병 환자 수용소 '성계원'에 숨어 있었던 것 같은데, 그곳을 나와서는 전쟁 고아들을 위한 보육원을 창설하고 1954년에는 대한한센연합 위원장이 되어 나환자들의 구제운동에 헌신했다고 한다. 그리고 이 무렵부터 서서히 그의 숙환인 문둥병도 양성에서 음성으로 바뀌어 건강이 좋아졌다고 한다.

시집 『보리피리』는 이렇게 병이 호전된 직후에 나왔는데, 이 무렵부터 한하운은 근원을 알 수 없는 이상한 소문에 휘말려 곤욕을 치르게 된다. 그가 시 「보리피리」를 발표한 것은 1953년 10월 『서울신문』인데, 모 신문 사설에 한하운의 첫 시집 발간 시기가 6·25 남침을 예고하는 구실을 했다면서 그가 북한의 간첩이 아닌가 하는 의혹이 제기된 것이다. 급기야 이 문제는 국회에서까지 논의되어 세상을 시끄럽게 만들었고, 시인은 간첩 혐의로 사직당국의 조사를 받기에 이른다.

물론 이 혐의에 진혀 근서가 없는 것은 아니다. 첫째는 그가 월북한 시인 이병철의 도움으로 첫 시집 『한하운 시초』를 냈다는 것과, 이병철이 북으로 갔음에도 한하운은 남쪽에 남아서 두 번째 시집 『보리피리』가 나올 때까지 정체를 드러내지 않고 숨어 살았다는 점. 그리고 첫 시집에 수록된 작품 중에 남쪽 현실을 비판한 것(예컨대 「명동거리」)이 들어 있었다는 것도 혐의가 될 수 있을 것이다.

그래서인지 「데모」라는 시가 1991년 11월에 다시 나온 『보리피리(미래사)』에는 다음과 같이 수정되어 실려 있다. (이것은 아마 1955년에 출판된 인간사 판 『보리피리』에도 그렇게 되었을 것 같은데, 지금 내 곁에는 그 책이 없어서 확인할 길이 없다.)

데모
  ― 함흥학생사건에 바치는 노래

뛰어들고 싶어라
뛰어들고 싶어라.

풍덩실 저 강물 속으로
물굽이 파도 소리와 함께
만세 소리와 함께 흐르고 싶어라.

모두들 성한 사람들 저이끼리만
아우성 소리 바다 소리.

아 바다 소리와 함께 부서지고 싶어라
죽고 싶어라 죽고 싶어라
문둥이는 서서 울고 데모는 가고.

아 문둥이는 죽고 싶어라.

이 개작된 시와 앞에서 예시한 시 「데모」를 비교할 때 맞춤법이 현재처럼 바뀐 것을 알 수 있다. 그러나 그것보다 더 중요한 것은 제3연의 "물구비 제일 앞서 핏빛 깃발이 간다／뒤에 뒤를 줄대어／목쉰 조선사람들이 간다"는 시행이 송두리째 빠진 것과, 제4연 중의 가운데 1행 "쌀을 달라! 자유를 달라!"는 구절이 삭제되었다는 사실이다. 그 대신 원전에는 없는 "아 문둥이는 죽고 싶어라."는 구절이 제일 끝에 삽입된 것인데, 그것보다 더 두드러진 사례는 「데모」라는 제목 밑에 '함흥학생사건에 바치는 노래' 라는 드림말이 새로 추가된 것이다.

그렇다면 원시는 미래사 판의 것이 맞는데 『한하운 시초』에 수록된 시행은 편자인 이병철이 한하운의 의사를 무시하고 자의로 삽입한 것일까? 하기야 미래사 판 『보리피리』의 연보에 한하운이 1946년에 "함흥학생의거사건으로 소련군에 체포되어 함흥형무소에 수감"되었다는 조항이 보이니 그럴 수도 있겠지만, 이 문제가 『한하운 시초』가 간행된 1949년에는 논의의 대상이 되지 않다가 그로부터 6년이 지나서 『보리피리』 때 수정되었다는 것은 이해가 되지 않는다.

추측컨대 이것은 한하운 스스로가 남쪽에서 살아남기 위해 개작한 혐의가 짙다. 지금과는 달리 1955년 당시만 하더라도 빨갱이 또는 좌익이란 혐의는 남한에서 살아가려면 도저히 어찌할 도리가 없는 절체절명의 악조건이었기 때문이다. 결국 이 사건은 혐의 없음이 밝혀져 풀려났지만, 한하운은 이 사건 때문에 오래도록 마음고생을 하지 않을 수 없었을 것이다.

한하운은 이 두 번째 시집이 나온 후 20년을 더 살다가 1975년에 세상을 떠났는데, 그의 말년은 비교적 평온하고 무사했던 것 같다. 사후에는 소록도에 시 「보리피리」를 돌에 새긴 위용 있는 시비가 세워졌으며, 문둥병 걸린 몸을 이끌고 이 나라 방방곡곡을 떠돌아다니며 쓴 뼈저린 회포가 담긴 그의 시편들은 지금도 독자들의 심금을 울려주고 있다. 이제야 그는 모질고 질긴 병고와 세상 사람들로부터 받은 곱지 않은 시선을 떨쳐버리고 "푸른 하늘 푸른 들"이 열린 곳으로 자유의 '파랑새'가 되어 날아간 것일까?

전쟁의 수레바퀴 밑에서

부산은 만원이었다. 전쟁의 불길을 피해 북쪽에서 내려온 피난열차가 부산역 광장에 승객들을 쏟아낼 때마다 그 넓은 역전은 한동안 몸살을 앓아야만 했다. 세간살이라고는 이불 하나와 밥그릇 몇 개밖에 가지고 온 것이 없는 피난민이지만 그들의 몸에서는 화약 냄새가 났다. 마중 나온 사람도 손 흔드는 사람도 없었다. 한참을 그곳에서 멈칫대던 사람도 정거장 주변에 어둠이 내리자 어디론가 사라지고 말았다. 그들이 어디로 갔는지는 아무도 몰랐다.

나도 그 속에 끼여 있었다. 엄밀히 말하면 열여섯 살짜리 소년과 쉰 살이 훨씬 넘은 어머니, 우리는 단 두 식구였다. 부산에는 아는 사람이 하나도 없으니 어디로 가야 하지? 어머니와 나는 무작정 걸었고, 거의 지쳐서 쓰러질 무렵에 한 부산 아주머니의 도움으로 그 댁에 가서 하루 저녁을 묵을 수 있었다. 지금의 구덕운동장 뒷산에서 채소농사를 짓고 있는 농부의 아내 덕분이었다.

그후 잠자리는 해결되었으나 먹고사는 일이 문제였다. 이 도시의 인구가 갑자기 늘었으니 일자리가 있을 턱이 없었다. 그래서 어머니와 나는 아침을 먹고 나면 거리로 나와 아는 사람이 있을까 하고 유심히 살피며 다녔다. '돗데기시장'이라 불리는 국제시장과 자갈치시장에도 자주 갔다. 그러다가 어떤 사람으로부터 부산역 뒤에 있는 부두로 가면 일자리를 찾을 수 있을지도 모른다는 말을 들었다. 나의 부두노동은 그렇게 해서 시작되었다.

부산역 뒤의 제1부두와 그 아래쪽에 있는 제3부두에는 하루에도 여러 척의 배가 닻을 내렸다. 모두가 몸체가 큰 군용 수송선인데, 전쟁 물자를 잔뜩 싣고 온 미국 배의 짐을 풀기 위해서는 꽤 많은 하역작업 일꾼이 필요했다. 부두 밖에서 노무원을 모집하던 중년의 반장은 내가 몸이 가냘픈 소년인데도 괘념치 않았다. 일꾼의 머릿수만 채워서 부두 안으로 데리고 들어가면 자기 몫의 수당은 나오니 염려할 필요가 없었던 것이다.

· 노동은 저녁부터 시작되었다. 수송선에 실려 온 레이션 박스, 타이어, 목재, 탄약상자 따위를 기중기로 들어올려서 육지에 있는 트럭이나 수송선 옆에 바싹 붙여 세운 거룻배('덴마선'이라고 불렀다)에 옮겨 싣는 일인데, 밤새도록 이 일을 하고 나면 온몸의 힘이 쭉 빠져나가는 것 같았다. 그럼에도 부두노동은 부산으로 피란 온 무직자들에겐 인기 있는 직업이었다. 일할 수 있는 체력 외에는 기술이나 지식, 아무것도 필요 없는 단순노동이었기 때문이다.

그러나 이 부두노동은 몸이 약하고 나이가 어린 나에게는 오래 할 수 있는 일이 아니었다. 밤을 낮 삼아서 하는 철야작업이었기 때문이다. 수면부족으로 몸이 점점 쇠약해지고 코피를 자주 흘렸다. 그래서 석 달 만에 부두노동을 그만둔 나는 신문을 팔기 시작했다. 새벽같이 신문사로 찾아가서 타블로이드판 『동아일보』 50부를 받아가지고는 "조간 동아일보 나왔습니다!" 하고 가정집들이 오밀조밀 모여 있는 곳으로 달려가는 것이었다. 그때는 전시라 배달되는 신문이 없고, 모두가 이 가판 신문을 사 보던 때였기에 꽤 잘 팔렸다.

나는 특히 영도 쪽을 도맡아서 팔았는데, 영도는 그때 내가 사는 섬 동네이기도 했다.

새벽바람을 맞으며 "조간 동아일보!"하고 달려가면 이제 겨우 잠자리에서 깨어난 사람들이 "어이, 신문!"하고 부른다. 그런 손님들 중에서는 "젊은 학생이 수고가 많군."하고 격려의 말을 해주는 사람도 있었다.

어머니와 나, 우리 식구가 세 들어 사는 집은 영도 산중턱에 있었다. 작은 부엌이 딸린 한 평 남짓한 방이지만 부산에서는 이만한 셋방을 얻기도 쉽지 않았다. 우리 집 뒤편 언덕 위에는 서울에서 피난 온 경복고등학교가 있었는데, 그 천막학교에는 내 고향 친구인 '우현'이 다니고 있어서 좋았다. 문학소년인 우현은 학교공부가 끝나고 보수동에 있는 집으로 돌아갈 때마다 우리 집에 잠시 들러서는 나와 문학이야기를 주고받았으며, 나는 그를 통해서 우리나라의 고전문학에 관한 지식을 전수받기도 했다. 내가 이렇다 할 학교공부를 하지 못했음에도 신라의 향가나 고려가사, 조선시대 사대부들이 읊은 시조에 관한 지식을 얻게 된 것은 모두가 그때 우현이 되짚어서 가르쳐준 공부 때문에 가능했다. 우현은 시인 박용철 선생의 처남이다.

이렇게 이야기가 끝나면 우리는 영도 산꼭대기에 올라가서 바다를 바라보며 시를 낭송했다. 마을 근처에서도 할 수 있었지만 그러면 남들에게 폐를 끼칠 것 같아서 산 위에 올라가 맘껏 소리 지르며 시를 읊었던 것이다. 그때 우리가 곧잘 낭송한 시로는 소월의 「진달래꽃」「초혼」, 상화의 「빼앗긴 들에도 봄은 오는가」 등이 있었는데, 그 후 이 레퍼토리는 점점 늘어나서 이육사, 정지용, 김영랑, 박용철, 유치환, 조지훈, 박목월까지 확대되었다. 그러나 거의 텍스트(시집)를 구하지 못한 채 입에서 입으로, 기억에만 의존하여 전수된 것이기에 우리는 이 무렵 앞에 든 시인 외에도 백석, 오장환, 임화 같은 훌륭한 시인이 있다는 사실을 몰랐다. 그들은 모두가 북에 있는, 또는 남쪽에서 북으로 올라간 시인이었기 때문이다.

나는 이때부터 시를 쓰기 시작했으나 그것은 아직 남에게 보여줄 만한 것이 되지 못했다. 그래서 시를 썼다가는 찢어버리고 그런 짓을 수없이 하고 나서야 몇 줄의 금싸라기 같은 글을 얻어서 노트에 베껴 숨겨두곤 했었다. 그리고 그 글은 내 친구 우현에게만 살짝 보여주고 1957년 미당 서정주 선생의 추천으로 『현대문학』을 통해 문단에 나올 때까지 발표하지 않았다.

이제 서서히 문학에 대한 뜨거운 불이 가슴속에서 타올랐지만 그때의 내 형편은 너무나 가난하여 그것을 성취할 길이 없었다. 신문을 팔려고 뛰어다녀서 신이 나긴 했지만 거기서 나온 수입으로는 어머니와 내가 세 끼의 끼니를 잇기도 어려웠다. 이때부터 나는 이런 날품을 파는 장사보다 매일 일정한 시간에 일을 하고 정해진 수입을 받는 월급쟁이가 되기를 원했다.

그 무렵에 한 친구가 내 곁으로 다가왔다. 내가 늘 바지 뒷주머니에 책을 꽂고 다니는 것을 보고 그 친구가 물었다.

"너, 그거 무슨 책이니?"

"음, 소설책이야."

친구가 손을 내밀어서 책을 쑥 빼들었다.

"야, 이거 소설가 김동리의 『황토기』로구나. 너 이런 책을 좋아하니?"

"응, 재미있는 소설이야. 빌려줄 테니 읽어봐."

이렇게 해서 이규석이란 그 소년과 나 사이에 우정이 생겨났다. 문학으로 인해서 생긴 문학적인 우정. 그때 이규석은 인쇄소에 다니고

있었다. 중앙우체국 뒤에 있는 대한체신협회 인쇄부란 곳인데, 이렇다
할 기업체가 별로 없는 부산에서 그 인쇄소는 매우 괜찮은 직장이었
다. 그 후 얼마 안 되어 나는 이규석의 소개로 그 인쇄소 해판공으로
들어갔는데, '해판'이란 납 활자와 나뭇조각(인테르)으로 짠 인쇄용 판
을 인쇄를 마친 후에 해체하는 작업이었다. 일은 재미있고 무엇보다도
고정수입이 생겨서 좋았다. 어머니도 이때부터 거리에 나가 힘든 장사
를 하지 않아도 되기에 기뻐하셨다.

그리고 나는 금세 회사 안에서 많은 직원들이 알아주는 소년공이 되
었다. 1·4후퇴 때 이북에서 넘어온 공장장님도 문학공부를 한다는 나
와 이규석을 무척 대견해하셨다. 그 분도 젊었을 때 시를 공부하다가
일제의 징병을 피하려고 청진에 있는 해군 인쇄창으로 들어갔다가 해
방을 맞이한 분이었기 때문이다. 그런 사정 때문에 시는 더 이상 쓰지
못했다고 한다.

인쇄소에 취직한 지 석 달쯤 됐을 때 귀가 번쩍 뜨이는 소식이 들려
왔다. 부산시청 회의실에서 '전시 문예대학'이란 문학강좌가 열린다는
것이었다. 강사진은 소설에 김동리, 시에 김용호, 평론에 조연현 외에
황순원, 왕학수 등 몇 사람의 이름이 더 첨기(添記)되어 있었다. 강의는
일주일에 한번 토요일 오후에 한다기에 나는 공장장께 말씀드리고 허
락을 받았다. 당시에는 토요일에도 다섯 시까지 일을 했지만 조금 일
찍 보내줄 테니 "가서 열심히 공부해라!" 하고 말씀하셨다.

그 첫날이 언제였는지 날짜는 기억하지 못한다. 4월의 어느 날 같은
데 등록을 하고 찾아간 부산시청 회의실은 강의를 들으러 온 청강생들
로 만원이었다. 학생이라지만 모두가 30세가 넘은 듯한 청, 장년들이
었고, 그 밑에 스물 대여섯 살짜리 젊은이가 너댓 명, 소위 10대라고
할 열일곱 살짜리 소년은 나 하나밖에 없었다. 갑자기 가슴이 뛰고 자
랑스러운 마음이 들었으나 과연 그 강의를 다 알아들을 수 있을까 하

는 두려움이 앞서기도 했다. 나는 그때까지 학교라고는 만주에서 소학교 5학년을 다니다 만 것 외에는 공부한 것이 없었기 때문이다.

이윽고 여러 선생님의 창작 강의가 시작되었다. 내가 이해하기에 힘든 것도 있었지만 대체로 알아들을 수 있는 내용이었다. 특히 시를 강의하는 김용호 선생(그 분은 후에 건국대학교 교수를 지내다 돌아가셨다)의 말씀은 어찌나 귀에 잘 들어오는지 많은 도움이 되었다.

그런데 이 문예강좌에서 특기할 만한 것은 미당 서정주 선생을 만난 일이었다. 그것이 몇 번째 강의 날이었는지는 기억에 없지만 그날 우리는 뭔가 중대한 사건이 일어날 것처럼 문학평론가 조연현 선생이 강의실 밖으로 나갔다 들어왔다 하시는 것을 보았다. 그러더니 이윽고 "전주에서 서정주 선생님이 오셨습니다!"하며 귀빈을 안내하듯이 앞에서 손을 펼치고 들어왔다. 그 뒤를 검은 머리카락을 올백으로 빗어 넘기고 하얀 줄이 쳐진 감색 양복에 붉은색 넥타이를 맨 신사 한 분이 들어왔다. 미당 서정주 선생이었다. 팔에는 마디가 여러 개 새겨진 오죽 지팡이를 걸고 계셨다.

시집 『화사』와 『귀촉도』의 저자인 서정주 선생은 그 무렵 문학을 하려는 젊은 시인 지망생들에게는 우상과도 같은 존재였다. 우리는 미당의 시 중에서 「자화상」, 「화사」, 「귀촉도」, 「부활」, 「석굴암 관세음의 노래」 같은 명편을 책을 안 보고도 줄줄 외고 있었다.

그런 미당 선생을 여기서 만나 뵙게 되다니 조연현 선생이 아닌 우리도 크게 감격하고 당황했던 것이다.

서정주 선생은 천천히 연단으로 올라가셨다. 그 분의 멋진 옷차림이 다시 한번 우리들의 시선을 끌었다. 전쟁 중이라 거의 모두가 염색한 군복이나 낡은 구호물자 양복을 입고 있을 때인데 미당의 하얀 줄무늬가 든 감색 세루 양복은 눈길을 끌 만했다. 그러나 미당께서 이날 말씀하신 강의는 나 같은 초심자에겐 내용이 좀 어려워서 마음에 닿아오지 않았다. 그 내용이 보들레르나 말라르메, 랭보 등 프랑스 상징파 시인들의 이야기였기 때문이다.

이 문예강좌의 가장 큰 수확은 강의를 듣고 그것을 이해하여 지식을 늘리는데 있었지만, 그것 못지않게 마음에 맞는 좋은 친구를 사귀어서 문학적인 동지로 만드는 일이었다. 연령 차이가 많이 나서 나에게 꼭 맞는 친구를 사귀진 못했지만 인천에서 피난을 왔다는 마상철 형을 알게 된 것은 큰 수확이 아닐 수 없었다. 마형은 그때 군대를 나와서 대학에 다니는 복학생이었다. 그와 나는 열 살 이상 차이가 났지만 소탈한 인품이라 형, 아우로 지낼 수 있었다. 사실 마형은 시인보다는 철학자가 되고 싶어 하는 사람이었다. 그래서인지 시도 소월이나 미당의 것보다 청마 유치환 선생의 작품을 좋아했다. 덕분에 나도 청마의 남성적인 의지와 철학적인 사유가 담긴 시를 좋아하게 되었다. 그 무렵에 우리가 즐겨 읽은 유치환의 종군시집 『보병과 더불어』에서 한 편만 들어보기로 한다.

악몽이었던 듯
어젯밤 전투가 걷혀 간 자리에
쓰러져 남은 적의 검은 시체 하나
호젓하기 차라리 한 떨기 들꽃 같아.

외곬으로 외곬으로 짐승처럼 너를 쫓아
드디어 이 문으로 몰아다 넣은 것.
그 악착스런 삶의 폭풍이 스쳐간 이제
이렇게 누운 자리가 얼마나 안식이랴.

이제는 귀도 열렸으리
영혼의 귀 열렸기에
묘막(渺漠)히 영원으로 울림하는

동해의 푸른 구빗물 소리도 은은히 들리리.

— 「들꽃과 같이」 전문

　경상남도 통영 출신인 유치환은 한국전쟁 때 종군작가의 일원으로 전쟁터로 달려간 시인이다. 생명력 넘치는 정열과 강한 의지, 철학적인 사유로 쓰여진 「깃발」, 「광야에 와서」, 「바위」, 「그리움」, 「울릉도」 같은 그의 명시들은 많은 독자들의 심금을 울려주고 있었는데, 비운의 조국에 대한 아픔을 누르지 못하고 최일선으로 달려가서 이 시를 썼다고 한다. 북진하는 군을 따라가다가 강원도 장전에서 아군과 적군 사이에 벌어진 전투를 목격하고, 그 싸움이 끝난 뒤 전사한 적군(인민군)의 시체를 보고 쓴 시다. 비록 적군이라지만 같은 피를 나눈 배달민족의 후예가 아닌가! 어찌 가슴이 찢어지는 듯한 아픔이 없을 수 있으랴. 그런 젊은이를 외곬으로 몰아넣어 죽게 만든 민족분단의 비극을 보고 "호젓하기 한 떨기 들꽃 같다"고 애달파한데서 시인의 마음을 엿볼 수 있다.

　마형과의 우정은 문예강좌가 끝날 때까지 이어졌다. 그날의 강의를 듣고 난 후에 마형과 나는 형제처럼 손을 잡고 광복동 거리와 바닷가를 산책하며 문학 이야기를 나누었고, 가끔은 우리 둘이서 알고 있는 선배 시인들의 시를 읊조리거나 노래로 부르곤 했었다. 채동선이 작곡한 지용의 「고향」과 김동진이 작곡한 노산의 「가고파」 같은 것이 그때 우리가 자주 부른 애창곡이었다.

　어느덧 3개월 동안 계속된 강좌는 끝날 때가 되었고 우리는 헤어지지 않을 수 없었다. 마형은 서울이 수복되면 일단 그곳으로 갔다가 인천 앞바다에 있는 섬마을 초등학교의 선생님이 되어 거기서 글을 쓰며 지내겠다고 말했다. 우리는 그후 다시 만나지 못했는데, 마형은 지금도 그 섬에서 아이들을 가르치며 시를 쓰고 있는 것일까?

부산의 중심은 광복동과 남포동이다. 지금도 예전과 같을지 모르겠으나 그곳에는 수많은 찻집와 음식점, 술집, 극장, 양품점 따위의 세련된 가게들이 즐비했다. 그래서인지 부산에 닻을 내린 문인과 화가, 음악가, 배우들은 날만 새면 모두 이곳으로 모여들었다. 마치 전쟁 전에 서울 명동거리에 예술가들이 모여들었듯이.

찻집으로 유명한 곳은 광복동의 ‘밀다원’과 ‘금강다방’, 그리고 대청동에 있는 ‘르네상스’였다. 문인들의 아지트가 된 밀다원에는 소설가 김동리 선생이 좌장으로 앉아 계셨고, 광복동에서 대청동으로 올라가는 길 옆에 있는 금강다방에는 조연현 선생과 그를 따르는 몇몇 문인들이 자주 나왔다. 나는 거기서 시인 김구용 씨와 소설가 최정희 여사, 그리고 문단에 나온 지 얼마 안 되는 천상병 시인을 만난 적이 있다. 또 대청동 르네상스는 고전음악만을 들려주는 소위 음악다방인데, 거기서 나는 소설가 허윤석 씨와 최태웅 씨, 화가 정규 씨 등을 만나 뵐 수 있었다.

사실 이때 부산은 서울에서 내려간 예술가들로 때아닌 성황을 이루고 있었다. 연극만 하는 부산극장에서는 이해랑, 김동원, 장민호, 최은희, 황정순 같은 명배우들이 소속된 극단 〈신협(新協)〉이 거의 달마다 세계적인 명작이라고 할 『햄릿』, 『맥베드』 등 셰익스피어의 희곡과 유치진의 『원술랑』, 사르트르의 『더러운 손』(『붉은 손』으로 개명), 중국의 희곡 작가 조우의 『뇌우(雷雨)』를 상연했다. 또 시민회관에서는 임원식, 김생려 등 이름난 지휘자가 베토벤과 브람스, 슈베르트의 교향곡을 연주하고 김동진, 현재명 등 우리나라 작곡가들의 아름다운 가곡을 들려주기도 했다. 또 거리의 화랑(화랑이래야 창고를 빌려서 마포로 벽을 하얗게 발라 급히 만든 전시장이지만)이나 공간이 넓은 찻집에서는 김환기, 장욱진, 이준, 전혁림, 한묵 등 후에 대가의 반열에 오른 화가들이 그룹전을 열곤 했다. 참으로 한때 문화의 불모지에 가까웠던 이 해안도시가 전쟁 때문에 찬란한 문예부흥기를 맞이했으니 아이러니컬한 사건이라 아니할 수 없다.

나는 회사가 일찍 파하는 토요일 오후나 일요일 낮에는 이런 구경거리를 보러 다녔다. 연극 공연이나 음악회는 입장권을 사야 했기에 조금 부담스러웠지만 그림 구경만은 공짜였다. 지금도 기억하는 것은 광복동 뒷골목의 어느 당방 벽에 그림을 걸어놓고 차를 마시고 있던 박고석 화백을 찾아가서 그 분의 그림을 본 소감을 말씀드리고 칭찬을 받은 일, 남포동 국제구락부에서 열린 천경자 여사의 전람회에서 원색적이고 원초적인 욕망으로 꿈틀거리는 수많은 뱀을 보고 크게 놀란 일, 김환기 화백 전시장에서 달과 항아리, 꽃, 나무 등을 그린 그 동양적인 화풍을 보고 깊은 감동을 받은 일은 지금도 잊혀지지 않는 추억이다.

그때가 언제일까? 중동부 전선에서는 우리 국군과 인민군이, 서부전선에서는 미군과 중공군 사이에 치열한 전투가 벌어지고 있을 때 어디선가 결말이 나지 않는 이 전쟁을 멈추고 휴전을 해야 한다는 뉴스가 들려왔다. 그 소문의 시초는 소련의 유엔대표 말리크의 입에서 나왔다. 미국도 이익보다는 손해가 많은 싸움이기에 즉시 소련의 휴전협정 제의에 응했으며, 처음에는 개성이었다가 후에 북한의 투정으로 장소가 옮겨진 판문점에서 휴전회담이 열렸다. 그러나 평화의 나팔이 울려퍼지기 직전인 1952년 가을에 일선에서는 단 한 조각의 땅을 지키거나 빼앗기 위해서 피가 튀는 전투가 계속되고 있었다.

최전방의 병사들이 목숨을 내놓고 싸울 때인데도 벌써부터 평화의 바람에 노출된 후방의 수도(부산)에서는 남보다 많이 가진 사람들과 탐욕스러운 정치가들에 의해서 추악한 다툼이 벌어지고 있었다. 그리하여 남해안 일대의 항구는 홍콩과 마카오에서 들여오는 밀수품의 수입기지가 되었고, 5월에 일어난 정치파동의 와중에서는 이승만 박사의 재선과 영구 집권을 노리는 세력들이 독재를 반대하는 야당 인사들을 탄압하고 경찰에 연행하여 가두는 일까지 생겼다. 이것이 소위 '국제 구락부 사건'과 '사사오입 발췌 개헌안 사건'이다.

세상은 어수선했으나 이런 가운데서도 문학의 불꽃은 피어나기 시작했다. 부산이 생긴 이래 최대 규모의 '문학의 밤'이 열린 것이다. 장소는 대청동에서 곧바로 큰길을 따라 올라가면 앞을 가로막는 산언덕에 세워진 이화여자대학교 강당이었다. 피난지에 세운 가건물이라 벽은 두꺼운 판목으로 두르고, 지붕에는 베니어판을 깔고 루핑을 씌운 엉성한 집이었다. 그러나 광고를 잘했는지 문학적인 감동에 목마른 사람들이 많아서였던지, 그 넓은 강당에 청중이 꽉 차고도 남아서 날씨가 쌀쌀한 늦가을 저녁인데도 마이크를 통해 밖에서 듣는 사람이 많았다고 한다. 레퍼토리는 시낭송과 단편소설 낭독, 그리고 원로작가들의 문학에 대한 체험담이었다.

이때 부산에는 많은 시인, 소설가들이 내려와 있었지만, '문학의 밤'을 위하여 주최측에서는 경상북도 대구에 있는 작가들까지 초대하여 정말 호화스러운 출연진을 만들어냈다. 또 이때는 한국 시단을 지배해온 전통 서정주의의 안이한 가락과 상투성에 싫증이 난 젊은 시인들이 '후반기(後半期)'라는 문학 써클을 조직하고 새로운 목소리를 내기 시작하던 때였다. 그 동인들의 이름을 거론하면 후에 그 서클에서 탈퇴하여 독자적인 길을 걸은 김수영 시인을 비롯하여 조향, 박인환, 김경린, 김규동 같은 분을 들 수 있다. 모두가 후에 개성 있는 유명한 시인이 된 사람들이다.

저녁 7시부터 시작된 '문학의 밤'은 밤 10시에 막이 내렸는데, 이날 무엇보다도 멋진 낭송을 청중들에게 선사한 시인은 후에 『나비와 광장』(1955)이라는 모더니즘 시집을 낸 김규동 선생이었다. 그때 한창 젊은 나이었던 김규동 시인은 얌전하게 또는 성의껏 시를 낭독하고 퇴장

하는 여느 시인들과는 달리, 처음부터 그 자리에 모인 사람들을 놀라게 하려는 일종의 퍼포먼스적인 의도가 깃든 낭송법을 시도했다. 시의 제목도 「보일러 사건의 진상」인가 하는 좀 낯선 느낌이 드는 것이었지만, 낭송자의 뜻밖의 연기가 청중을 놀라게 하고 큰 박수를 이끌어냈다. 그럼 어떤 공연이 벌어졌을까?

짙은 감색 양복을 입은 키가 자그마한 시인이 오른편 막 뒤에서 무대 중앙으로 걸어 나왔다. 시인은 조용히 고개 숙여 인사를 한 다음 호주머니에서 원고지를 꺼내어 시를 낭독했다. 목소리가 큰 편은 아니지만 전달이 잘되게끔 또박또박 정확하게 읽어 내려갔다. 그럼에도 이 작품 속에 숨겨진 난해한 의미는 보편적인 독자(청중)들의 귀에 낯설고 새로웠다.

낭독을 마친 시인이 잠시 눈길을 앞으로 돌려서 사람들을 응시하는가 싶더니, 호주머니에서 뭔가를 꺼내어 방금 읽은 시의 원고지 아래 갖다 대고 탁! 켰다. 라이터였다. 종이 타는 불꽃이 보이고 매캐한 냄새가 사람들의 코를 자극했다. 일을 마치자 시인은 다시 인사를 하고 무대 뒤로 사라졌다.

지금이라면 이런 정도의 낭독과 퍼포먼스가 새로운 느낌을 주지 않을지도 모르지만 50여 년 전에 일어난 이 별난 연기는 청중들의 넋을 빼앗고 우레와 같은 박수를 유도하기에 모자람이 없었다. 그로부터 30여 년이 지나서 김규동 선생과 많이 가까워졌을 때, 그때 있었던 '문학의 밤' 이야기를 말씀드렸더니, "아 그래, 민형이 그때 그것을 보셨구려. 그후 아무도 그 「보일러 사건의 진상」을 말해주는 사람이 없기에 '됐다, 다 잊어버린 모양이다!' 라고 안심하고 있었는데, 이제 그 사건의 목격자가 내 앞에 나타났으니 꼼짝없이 잡혔구려. 그때는 내가 서른 살도 되기 전이었거든. 젊은 패기로 휘갈려 쓴 모더니즘 계통의 시였지. 하지만 잘 익혀서 쓴 좋은 글은 아니었어. 아, 그때 생각만 하면…"하고 조금 계면쩍어하셨다. 후반기 동인들의 모더니즘 운동은 그 후 우리 시단의 젊은 시인들에게 큰 영향을 끼쳤지만, 모든 문학운동이 다 그러하듯이 그 뒤끝은 만족스럽지 않았다. 그 문학의 원류가 영국이나 프랑스에서 직수입되지 않고 일본이란 문학 창구를 통해서 중역으로 수입된 탓도 있었지만, 무엇보다도 그것이 이 땅에 뿌리를 내리기 위해서는 그들이 한때 업신여겼던 민족문학의 전통과 어우러지는 작업과 고뇌가 뒤따라야 했기 때문이다.

이 성황리에 마친 '문학의 밤' 행사는 또 밤늦도록 바깥에서 듣는 청중들에 의해 시끄러운 장난이 저질러진 요란한 밤이기도 했다. 참을성 없는 젊은이들이 건물 바깥에 있는 작은 돌을 집어서 루핑 지붕 위로 던졌기 때문이다. 그때마다 '탁! 떼그루루!' 하는 소리가 지붕 위에서 들려와 안에서 낭송을 듣는 청중들을 깜짝 놀라게 만들었다.

그럼에도 50년이란 세월을 지내놓고 보니, 의자도 없이 짚으로 만든 가마니를 깐 강당바닥에 3시간 동안이나 주저앉아 시낭송과 소설낭독을 듣던 그때의 문학적인 정열과 집념이 새삼 그리워진다. 지금도 그런 불타오르는 듯한 열정이 가슴 한구석에 용솟음치고 있다면 나는 결코 후회하지 않는 생의 길을 걸어갈 수 있을 것이다. 그런 아쉬움이 지금도 느껴진다.

이 '문학의 밤' 행사가 있은 후부터 부산에서 가끔 규모가 작은 낭독회가 열리곤 했는데, 그중에서 공초 오상순 선생과 배우 최은희 씨가 참석한 문학모임 이야기를 하고 나에게 주어진 이 무거운 글빚을 내려놓을까 한다.

'소월의 시를 낭독하는 밤'이란 부제가 붙은 그 모임은 광복동에서 국제시장 쪽으로 올라가는 옆골목 2층짜리 다방에서 열렸다. '고향다방'이었던가? 아마 그런 이름이지 싶다. 그 다방의 주인이 소월의 시를 애독하는 열렬한 팬이라, 그날 소용되는 경비 일체를 자부담하고 원로시인과 아름다운 여배우를 주빈으로 모시고 소월시를 사랑하는 사람들에게 공개한다는 갸륵한 뜻이 담긴 자리였다.

찻집은 테이블이 한 열 개 정도 되는 작은 공간이었다. 한 테이블에 4명씩 앉는다 해도 40명밖에 못 앉는다. 자연히 늦게 온 사람들은 벽이나 창틀을 의지하여 뒤에 서서 들을 수밖에 없는데, 가벼운 세미클래식 음악이 전축에서 울려나와 그다지 피로하지는 않았을 것이다. 그 정도로 분위기가 아늑하고 좋았다.

당시의 젊은 시인 몇 사람이 「산유화」, 「접동새」, 「왕십리」 같은 시를 낭독하고 나자 초대된 최은희씨가 「진달래꽃」과 「초혼」을 연달아 낭송했다. 아, 우리는 그 아름다운 목소리와 한복을 곱게 차려입은 최은희 여사의 단아한 모습에 완전히 혼을 앗기고 말았다. 저절로 감탄의 소리가 나오고 장내가 떠나갈 듯한 박수가 터져 나왔으며, 오상순 선생까지 감동을 받으셨는지 의자에서 선뜻 일어나 "나는 이제 최은희 여사를 한국 시단의 명예시인으로 추대하렵니다."하고 당신이 가슴에 달고 계시던 장미꽃 한 송이를 최은희 씨의 한복 저고리에 달아주셨다.

행사가 끝나자 주최측에서 다과와 차를 대접해 주었는데, 그제야 이 다방의 주인이 나와서 짧게 인사를 했다. 고향이 평안도인 그는 1·4 후퇴 때 국군을 따라 대동강 철교를 건너왔으며 고향에는 노모와 젊은 아내, 그리고 아빠의 얼굴도 모르는 어린 딸이 있다고 했다. 그래서 두고 온 식구들과 고향이 그리울 때면 소월의 시를 읊조리며 마음을 달랜다고 했다. 그날 저녁 손님들의 간청에 못 이겨 고향다방 주인이 낭독한 시는 소월의 「가는 길」이었다.

그립다
말을 할까
하니 그리워

그냥 갈까
그래도
다시 더 한 번…

저 산에도 가마귀, 들에 가마귀
서산에는 해 진다고
지저귑니다.

앞 강물, 뒷 강물
흐르는 물은
어서 따라오라고 따라가자고
흘러도 연달아 흐릅디다려.

제4부

초정 김상옥의 시에 나타난 가족 사랑

『불과 얼음의 시혼』, 태학사, 2007.

　가족은 인간이 살아가는 데 최소 단위의 공동체다. 인간의 생활은 이 공동체에서 비롯되며 그것은 마침내 나라와 겨레에 대한 사랑, 인류에 대한 보편적인 사랑으로까지 확대된다.

　초정 김상옥 선생의 시집을 읽으면서 크게 공명했던 것은 그에게 가족에 대한 사랑을 노래한 시(시조)가 많다는 것이었다. 시인은 일제 강점기인 1920년에 경상남도 통영에서 태어나 2004년 10월에 서울에서 세상을 떠나기까지 이 동양적이고 유교적인 가르침을 당신의 시 속에 꽃피우려고 했으며, 또한 그것을 실천하고자 애썼다.

　김상옥 시에서 가족에 대한 사랑이 맨 먼저 나타난 것은 1947년 발간된 시조집 『초적(草笛)』에서였다. 「어무님」이란 3행 단수로 된 시조가 그것인데, 그 글에서 아버지를 일찍 여의고(8살 때) 편모 슬하에서 자란 시인의 어머니에 대한 간절한 사랑이 미묘한 심리를 동반한 채 묘사되어 있다.

이 아닌 밤중에 홀연히 마음 어리어져
잠든 그의 품에 가만히 안겨보다
깨시면 나를 어찌나 손아프게 여기실꼬!

　이것은 어머니에 대한 단순한 사랑이 아니다. 한밤중에 눈을 뜨고, 잠드신 어머니의 품을 더듬다 가만히 안겨보는 무의식적인 행위 속에는 어머니가 혹시 저를 놔두고 다른 데로 가시면 어쩌나 하는 기우가 담겨 있는 것이다. 결코 그럴 리가 없다고 생각하면서도 "아닌 밤중에 홀연 마음이 어리어져" 살그머니 엄마 품에 안겨보는 소년의 기우와 고독, 이 시에 나오는 '어리어져'란 낱말이 '어리어지다'와 정신이 '어지러워'의 합성어라고 생각하면 이 소년의 심리를 이해할 수 있을 것이다. 또한 마지막 행의 "깨시면 나를 얼마나 손아프게 여기실꼬!"의 '손아프게'가 '손이 아프다'는 본래의 뜻에서 한발 나아가 '손(성)가시지만 마음 아프다'란 심리적 은유로 전이된다면, 그리고 그 끝에 '!'란 감탄 부호까지 찍은 것을 생각한다면 이 낱말에 대한 시인의 심적 그늘(해석)이 심상치 않았음을 느낄 수 있다.

　이러한 기우는 1949년에 나온 시집 『이단의 시(詩)』에 수록된 또 한 편의 「어무님」에서 다시 한번 반복되는데, 그 나중의 시에서는 험난한 시대를 맞이하여 가슴에 푸른 꿈과 비수를 품고 유랑하던 아들이 고향에 돌아와서 늙은 어머니를 찾아뵙고 가슴 아파하는 사연이 담겨 있다. 그런데 이 시 제4연에 또 다시 '손아프게'란 심리적인 형용사가 등장한다.

어느새 어머님은 저렇듯 늙으시고
나 또한 어디서 홀로 떨어져온 불량(不良)처럼
나를 낳으신 어무님은 날 외려 손아프게 두려워하시도다. (방점 필자)

앞에 든 「어무님」이란 시에서 뒤에 든 「어무님」까지 시간이 얼마나 지났는지 모르지만, 이제 모자간의 입장이 바뀐 것이다. 시인이 어렸을 때는 어머니가 저를 놔두고 떠나지 않을까 하는 고아 의식(?)으로 괴로워했었는데, 이제는 "이미 쉰을 밑자리 까신"(제1연 첫행에 보이는 구절) 어머니가 아들을 손아프게 두려워하고 계시다. 멀리 떠돌아다니다 돌아온 아들, 그 훌쩍 커 버린 아들이 자기를 서운하게 대할까 보아서다. 이 시의 모든 장면은 객관적으로 쓰여진 것이 아니라 시인의 내적인 고백처럼 서술되어 있다. 그러므로 이런 상황 설정이 반드시 그렇다고 단정할 순 없지만 이러한 심리적인 음영이 깔릴 수는 있다고 생각한다.

어머니에 대한 안쓰러운 사랑을 노래한 후에 나타난 것은 아내에 대한 조심스러운 애정이다. 시인은 스물네 살에 결혼했다. 열대여섯 살에 장가를 드는 당시의 조혼 풍습에 비하면 늦장가를 든 셈이요, 아내 김정자 여사는 그보다 세 살이 아래였으니 더없이 귀엽고 소중했을 것이다.

> 내 앓고 누웠으면 밖에도 안 나가고
> 기침이 좀 늘어도 참새처럼 재재기고
> 남남이 겨운 그 정은 내게 이러하도다.
>
> — 「안해」 전문

「안해」 전문이다. 시인은 결혼할 무렵 자신이 경영하는 서점에 애국지사 낭산(朗山)의 우국시를 걸어놓았다가 통영 경찰서에 잡혀가서 구금된 일이 있었는데, 유치장에서 나온 후 삼천포로 피신하여 도장포를 냈지만 또다시 체포되어 6개월 동안 수감 생활을 했다. 그가 결혼한 것은 이 틈새에 생긴 일인 듯한데, 결국 시인은 수감 중에 얻은 병(폐결핵) 때문에 미신에 있는 요양원에 들어가게 된다. 신혼 초부터 병약한 몸을 이끌고 쫓겨다니는 남편, 그런 남편을 직심스럽게 간호하는 손아래 누이 같은 아내. 그 아내에 대한 미안함과 측은지심이 아무렇지도 않은 듯이 쓴 이 작품 속에 잘 나타나 있다.

그러나 이런 아내에 대한 시인의 사랑도 그 사이에 고부간의 문제가 끼여들면 이상하게 굴절되어 읽는 사람을 안타깝게 만든다. 「어무님」 다음에 보이는 「가정」이란 시에 그런 정황이 묘사되어 있다.

> 늙으신 어무님은 나만 보고 언정하고
> 안해는 그 사정을 내게 와 속삭이다
> 어쩌누 그는 남으로 나를 따라 살거니.
>
> 외로신 어무님은 글안해도 서럽거늘
> 안해를 가진 맘이 금 갈까 삼가로워
> 이 밤을 어서 새우고 그를 가서 뵈리라.

이제 당신이 보살피던 살림살이를 새로 맞이한 젊은 며느리에게 맡긴 노모는 무슨 일이 있어도 나서지 않으려고 하며 아들에게만 살짝 그동안에 있었던 일을 '언정' 한다. 그리고 아내는 그 사정을 다시 남편에게 속삭이니 새중간에 낀 시인의 입장이 편치 않다. 며느리가 들어온 후부터 갑자기 외롭고 서러워진 노모를 편들기도 무엇하고, 자기 하나만 믿고 따라와 사는 아내와의 연에 금이 갈까 보아 조심스럽기도 하다. 이처럼 어머니와 아내 사이에서 마음을 죄며 살아가는 남편의 이야기가 새삼스럽지는 않을 것이다. 그런 묘한 인연은 오늘의 우리 가정에서도 흔히 찾아볼 수 있으니까.

『초적』에는 이 밖에도 먼 곳으로 시집간 누님에 대한 아픈 기억이 읊어진 애달픈 시가 있다. 그 누이의 이름이 부금(富今)인 것 같은데, 시인은 열여덟 살 때인 1937년 함경북도 웅기, 두만강변의 마을로 시집간

누나를 찾아서 간 일이 있다. 조선을 짓밟고 대륙 침략의 야욕을 부리
는 일제의 감시를 피하기 위해서 떠난 길이었다. 시인은 그것이 계기
가 되어 함경북도 청진으로 나가 직장을 다녔다. 시인이 서울에서 나
오는 『문장(文章)』에 시조 「봉선화」를 투고하여 가람 이병기 선생으로
부터 추천을 받은 것도 이 무렵의 일이다. 시인은 이 누나가 세상을 떠
나자 고향으로 돌아온다. 우선 누님의 슬픈 임종을 노래한 「누님의 죽
음」이란 시조부터 보기로 하자.

    고이 젖은 눈썹 불빛에 깜작이며
    떨리는 손을 들어 가슴 위에 짚으시고
    고향에 늙은 어무니 뵙고 싶어하더이다.

    그 밤에 맑은 혼은 고향으로 가셨든지
    하그리 그린 이들 이름을 부르시고
    입술만 달싹거리며 헛소리를 하더이다.

    마지막 지는 숨결 온갖 것을 갈랐건만
    어린것 품에 안고 젖꼭지 쥐여 준 채
    새도록 눈을 쓸어도 감지 않고 가더이다.

  시의 내용으로 보아 시인은 이때 '누님의 죽음'을 옆에서 지켜본 듯
하다. 시인에게는 이 부금이 누나 말고도 손위 누나가 몇 사람 더 있었
다고 하는데, 이 병약한 누나만이 무슨 까닭에 남도 땅에서 그 머나먼
한만(韓滿) 국경까지 시집을 갔는지는 알려진 것이 없다. 또 이 누나가
시인의 출세작인 「봉선화」에 나오는 그 여인인지도 알 길이 없다.
  「봉선화」에서 시인은 "해마다 피는 꽃을 나만 두고 볼 것인가/세세
한 사연을 적어 누님께로 보내자"고 노래했는데, 양지쪽에 마주 앉아
이린 님동생의 하얀 손톱에 봉선화를 들여 주고 실을 매어 주던 여인,

그 누님에 대한 회상이기에 이 「누님의 죽음」이 그토록 애절하고 슬픈 것이었는지도 모른다.

죽음을 눈앞에 두고 떨리는 손으로 가슴을 짚으며 고향에 계신 어머니를 뵙고 싶다고 하던 말. 마지막 운명하는 순간까지 어린것(시인의 조카)을 품에 안고 젖꼭지를 손에 쥐어 주던 슬픈 모정. 기가 막혀서 울음조차 안 나오는 이런 누나의 마지막 가는 길을 지켜봐야 했던 시인의 마음이 어떠했을까? 비록 공허한 '아, 오!' 따위 감탄사를 생략한 간결한 글이지만 우리 문학사에서 가족의 비극을 노래한 작품 중에 이보다 더 슬프고 아름다운 시가 있다면 나와 보라고 외치고 싶은 심정이다.

이렇게 초정의 시에 자주 보이던 육친에 대한 사랑이 다시 나타난 것은 그로부터 20년이 훨씬 지난 1973년에 나온 『삼행시 육십오 편』이란 시집에서였다. 그 20년 사이에 세상이 크게 변해서 일제가 패망하고 조국이 해방되어 이제는 아무 일 없이 잘 살게 되나 보다 생각했더니, 다시 남북이 가로막혀 대립하다가 동족상잔의 전쟁이 일어났다. 1950년 6월의 일이다.

이때 시인은 고향인 통영과 부산을 오가며 문학 활동을 하고 있었는데, 전쟁이 소강상태에 접어들고 남쪽으로 피란 갔던 서울의 문인들이 귀환하자 시인도 활동 무대를 서울로 옮겨서 인사동에 아자방이란 표구점을 열고 정착한다. 1963년 시인의 나이 마흔다섯 살 때의 일이다.

그리고 시인은 이때부터 시뿐만 아니라 그림을 그리고 붓글씨를 쓰는 등 다양한 예술 작업을 선보이는데, 그 결과가 1973년에 간행된 시집 『삼행시 육십오 편』에 모아진다. 다 자란 딸에 대한 사랑을 노래한 「어느날」이란 시가 그 속에 들어 있는데, 이제 필자는 더 할 말이 없다.

구두를 새로 지어 딸에게 신겨 주고
저만치 가는 양을 물끄러미 바라보다
한 생애 사무치던 일도 저리 쉽게 가것네.

이제야 서서히 노경에 접어든 시인은 새로 지은 구두를 딸에게 신겨
주고 그 걸어가는 모습을 물끄러미 바라본다. 새 구두를 신은 딸은 가
다가 한 번쯤 돌아보고 웃었으면 좋으련만 모르는 척하고 바람같이 지
나간다. 한 생애의 사무친 일들이 물결처럼 흘러가듯이…….

지뢰꽃 마을의 시인들

『강원작가』, 창간호, 실천문학사, 2000.

예전에는 자주 가지 않던 고향을 몇 년 전부터 자주 가게 되었다. 자주라고 했지만 일 년에 서너 번이 고작인데, 예전의 한 번에 비하면 그래도 몇 곱이 된 셈이다. 내 고향 철원은 서울에서 2백여 리, 시외버스를 타고 가도 두 시간 남짓이면 닿는 곳이다. 그런데 왜 그토록 오랫동안 찾아보지 않았을까? 심사가 편치 않다.

무엇보다도 주된 원인은 거기에 마음 붙일 것이 없었다는 데 있다. 어렸을 때 뛰놀던 마을도 없고, 대말을 함께 타던 동무도 없고, 학교도 없고, 정거장도 없고, 골목길도 없고, 동산도 없다. 모두가 저 동족상잔의 전쟁 때 불타고, 죽고, 허물어지고, 멀리 떠나고, 잿더미 속에 묻혀버렸으니 그 무엇, 그 누구에게 마음과 몸을 의지하고 찾아갈 수 있으랴.

그래서 모처럼 고향엘 가도 나는 하루 이상을 그곳에 머문 적이 없었다. 조상님 제사를 모시러 가도 사촌 형님 집에서 하룻밤을 잔 후에 아침 일찍이 서울로 돌아왔다. 어렸을 때는 그토록 정다웠던 향교 앞마당도, 역전 거리도, 우시장도, 금강산으로 가는 철길도, 한다리 밑으로 흐르는 해가마 개울도 모두가 눈설고 슬퍼 보였다.

그리던 고향엘 지난 사오 년 전부터 '고자 처갓집 드나들 듯' 드나들게 된 것이다. 그렇다면 혹자는 이렇게 말할지도 모른다. "그 사람 그곳에 가슴 빵빵하게 예쁜 색시라도 숨겨둔 게 아닐까?" 하기야 이런 의혹을 받기에는 조금 늦은 감이 있지만 색시보다 이쁜, 마음 든든한 친구들이 있기에 자주 드나들게 된 것만은 분명하다.

그들이 바로 철원문학회 동인들이다. 지금은 인원이 23명으로 늘었지만 첫 번째 동인지 『가을 강』을 냈을 때는 불과 5, 6명밖에 되지 않았다고 한다. 그 이후 철원문학회는 해마다 한 권씩 동인시선을 출판했으며, 지난 1999년 11월에 발행한 『43번 국도에서』가 여섯 번째 동인지다. 여기서 그 동인지에 발표된 작품 몇 편을 들어보면 다음과 같다.

> 월하리를 지나
> 대마리로 가는 길
> 철조망 지뢰밭에서는
> 가을꽃이 피고 있다.
>
> 지천으로 흔한
> 지뢰를 지긋이 밟고
> 제 이념에 맞는 얼굴로 피고 지는
> 이름 없는 꽃
>
> 꺾으면 발밑의
> 뇌관이 일시에 터져
> 화약 냄새를 풍길 것 같은 꽃들
>
> 저 꽃의 씨앗들은
> 어떤 지뢰 위에서 뿌리내리고

가시철망에 찢긴 가슴으로
꽃을 피워야 하는 걸까

흘낏 스쳐가는 병사들 몸에서도
꽃 냄새가 난다.

— 정춘근, 「지뢰꽃」 전문

정춘근은 지금 철원군 갈말읍 신철원에 살고 있는 시인이다. 작년에
『실천문학』에 시가 실림으로써 등단했다. 지금 철원문학회 회장직을
맡고 있다.

정춘근은 수복 후 철원에서 태어났지만 그의 본 고향은 황해도이다.
전쟁 때 피난을 떠난 부모가 남쪽으로 내려갔다가 돌아와서 정착한 곳
이 철원이고, 그의 시에는 이 가난하고 힘들었던 분단의 땅에서 어린
날에 겪어야 했던 슬픈 일들이 지워지지 않는 선혈처럼 묻어 있다.

철원에는 이렇게 뿌리 뽑혔다가 주저앉아 고향으로 삼고 사는 사람
들이 많다. 평안도, 황해도, 전라도, 경상도, 심지어는 서울이나 강원
도의 오지에서 이곳으로 옮겨와 뿌리내린 망향초 같은 사람들도 있다.
철원군 동송읍 오지리에 사는 민경환 시인도 그렇게 고향을 떠나와 뿌
리내린 사람이다. 그의 본 고향은 조선시대에 유배의 땅이었던 강원도
영월이다.

이미 그 꽹매기 동네를 떠나
표표히 살았던 병연이 아직도 살아 다니네
늙지도 않네
나 어릴 적 그이가 지금도 그 볼썽일세

명줄도 길으시네
단천 춘향 못 잊어 그러는가

북망산천에 적을 둔 이라
北으로만 거니는가
부랑자 그 입성에 주변 없이 자본주의 팔러 다니네

케이비에스 라디오 사회교육방송이여
벗어나 흐르며 살다 간 이를
이제 그만 욕되게 하시압
살아보니 그닥 권할 만한 것도 아닌 것 같구만.

— 민경환 「김삿갓」 전문

조선 후기의 풍자시인 김삿갓(본명 김병연)의 무덤이 영월 어디에 있다는 것을 모르는 사람도 많을 것이다. 그러나 여기서 노래되고 있는 것은 몰락한 양반의 자제인 김삿갓이 아니라, KBS 라디오 방송이 이북으로 보내는 프로그램 속에 끼워 넣은 〈김삿갓 북한 방랑기〉의 김삿갓이다. 이 프로는 대단히 장수 프로인데, 그 원고의 취재원이 어딘지 모르지만 1960년대 이후 세상이 바뀌고 또 바뀌었는데도 그 내용이 아직 반공 일변도이다. 시인의 노래는 아마 김삿갓을 욕되게 하지 말고, 이제 모든 규격화된 멍에에서 '벗어나 흐르며 살다 간' 그를 자본주의의 이념이나 팔러 다니는 장돌뱅이로 만들지 말라는 항의일 것이다.

안수양은 경기도 포천군 관인면에서 목장을 하고 있는 젊은이이다. 소 너덧 마리 길러서는 먹고 살 길이 없어서 요즘에는 도시로 나가 노동을 하고 있다는 소식을 들었다. 옛날 부족국가 시대에 태어났다면 한 고을의 족장쯤 너끈히 해낼 멋진 외모와 힘을 가졌지만, 마음이 하도 여리고 수줍어서 시 또한 착하고 아름답다. 2000년 5, 6월호 『녹색평론』에 시가 실림으로써 나왔다.

가을바람 앞에 서면

엄마의 젖을 찾아 목놓아 우는
아이가 돼

나 좀 도와줘
나 좀 도와줘

목젖에 걸려 나오지 않는
피울음
바람이
지우고 가

— 안수양, 「가을바람 앞에 서면」 전문

　이승호는 경기도 고양에서 초등학교 교사로 있는 시인이다. 직장 때문에 서울 변두리에서 살고 있지만 철원문학회 모임에는 빠지지 않고 참석하는 열성파다. 한때 모더니즘의 세례를 받아 시가 가벼워 보인 적도 있지만 날이 갈수록 탄탄한 기량이 뒷받침되어 읽을 만한 시를 써내고 있다. 오래 전에 『창작과비평』지에 투고한 시가 최종심에까지 오른 적이 있다.

담은 알고 있네
몽둥이를 든 청년들이 후다닥 달려가고
총을 든 군인들이 행진하고
세발자전거를 타는 아이
모자가 지나가고
깃발이 지나가고
죽창이 지나가고
무등 탄 아이의 토르소가 지나가고
어제의 구름이 모양을 바꿔

구름의 먼 여행을 시작하네
실제로 저들은 얼마나 빠를까?
주춤거리는 먼, 山
나는 쪽마루에서 책을 읽었네
가끔 담벼락이 말을 걸지
수군, 수군거리며 말을 걸어오지.

— 이승호, 「담 너머」 전문

　어떤 역사적 사건의 순간을 포착한 시다. 그럼에도 이 시는 소리치거나 주장하지 않는다. 담 하나를 사이에 두고 전혀 다른 풍경이 전개된다. 나(시적 화자)는 쪽마루에서 책을 읽고 있다. 담벼락이 뭘 하고 있느냐고 말을 걸어오지만 대답하지 않는다. 절규하기보다 냉철한 눈으로 묘사할 따름이다.

　철원문학회에는 시 쓰는 여자들이 많다. 밥 짓고 빨래하고 아이 기르면서 시를 쓰는 것이 쉬운 일이 아닐 텐데, 이 황진이와 허난설헌의 후예들은 만난을 무릅쓰고 문학을 하고 있다. 문경실, 서호란, 양영남, 오필례, 이선미, 임영희, 박승덕 씨가 그들이다. 그중에서 한 편만 소개하겠다.

아들 낙타가 아빠 낙타에게 물었습니다.
아빠, 우리는 왜 혹이 두 개야?
아빠 낙타가 대답했습니다.
으응, 그건 사막 생활에 편리하기 때문이란다.
아들 낙타가 아빠 낙타에게 물었습니다.
아빠, 우리는 왜 넓적한 발톱이 두 개야?
아빠 낙타가 대답했습니다.
으응, 그건 사막을 걷는 데 편리하기 때문이란다.
아들 낙타가 아빠 낙타에게 또 물었습니다.
아빠, 나 낙타 맞아?

아빠 낙타가 대답했습니다.
그럼, 틀림없는 낙타구 말구.

아빠, 그런데 왜 우리는 동물원에 있어?

— 서호란, 「낙타의 슬픔」 전문

이 여성 시인의 시에도 뿌리 뽑힌 자의 서러움이 들어 있다. 사막에 살게끔 진화된 낙타가 사막이 아닌 동물원에 갇혀 사는 슬픔, 그 슬픔이 낙타 부자의 대화 속에서 노래되고 있다. 그것도 동시와 같은 공간에서. 우리는 모두 생각보다 자유롭지 못한 삶을 살고 있는 것은 아닐까?

철원문학회 회원들의 직업은 다양하다. 농사짓는 사람도 있고 장사하는 사람도 있고, 공무원도 있고 교사도 있다. 모두가 눈코 뜰 새 없이 열심히 살아간다. 문학보다도 소중한 것이 살아가는 일임을 알고 있기 때문일까? 그중에서도 노총각 조광태 시인은 농사를 짓다가 지금은 산판에서 일용직 노동자로 일하고 있다. 그의 시에는 노동의 땀 냄새가 짙게 배어 있으며, 이북 실향민의 자식으로 태어나서 겪게 된 가난의 추억과 통일에 대한 염원도 뜨겁게 노래되어 있다. 2000년 3, 4월호 『시와 혁명』에 그의 시 3편이 실렸다.

바람소리만 들어도
손끝이 얼어붙는 겨울밤

연탄불 갈아넣는 어머니는
연탄가스 냄새에 된기침을 하며
남들은 다 기름보일러인데
리모콘만 누르면 방이 쩔쩔 끓는데
언제까지 집게 들고 연탄불 가느냐며

혼자 중얼거리시는 말들이 묵직하게
가슴으로 내려앉는 겨울밤입니다.

연탄재 버리러 골목길 빠져나가시는
어머니 둔탁한 발소리마다
죄송한 마음이 따라 나서지만
연탄불로 데워진 온돌방에 누운
등허리는 왜 이렇게 시려만 오는지.
— 조광태, 「연탄불을 갈아넣는 어머니」 전문

　우선 눈에 띄는 시인들의 작품만 들어보았다. 언젠가는 나머지 열심히 쓰고 있는 분들에 대해서도 말하게 될 것이다.

　철원문학회에서는 일 년에 한 번씩 동인지를 내고 해마다 6월이면 이곳 출신이자 '한국 단편소설의 완성자' 였던 상허 이태준 선생의 추모제를 열고 있다. 올 6월 24일에는 한국전쟁 50주년을 기념하기 위해서 전쟁 때 폐허가 된 노동당사에서 시 낭송회를 가졌다. 아마도 휴전선 밑 최북단에서 열린 분단문학 모임이었을 것이다. 철원문학회 회원뿐만 아니라 경향 각지에서 젊은 시인들이 모였었다. 물론 필자도 참석했다. 그곳은 내 어린 날의 꿈의 요람이니까!

하늘로 날아간 「새」의 시인 천상병

외롭게 살다 외롭게 죽을
내 영혼의 빈터에
새날이 와, 새가 울고 꽃이 필 때는
내가 죽은 날
그 다음 날

천상병의 시 「새」의 앞부분이다. 천상병 시인이 하늘로 날아간 지도 어느덧 10년 세월이 지나갔다. 살아생전에 새처럼 훨훨 자유롭게 살기를 바랐던 이 영원한 떠돌이는 그가 남긴 시처럼 '외롭게 살다 영혼의 빈터에 새날이 와, 새가 울고 꽃이 필 때' 미련 없이 저 세상으로 돌아간 것이다.

괴짜 시인과의 인상적인 첫 만남

이런 천상병을 처음 만난 것은 1953년 부산 피난 시절이었다. 전쟁의 대포 소리에 놀란 서울 사람들이 기차를 타고 남쪽으로 내려갔을 때 부산 광복동에 있는 금강다방에서 만난 것이다. 그는 이때 신출내기 시인이었음에도 당대의 유명한 문인들과 나란히 앉아 있었다. 의자가 몇 안 되는 좁은 공간이라 그랬겠지만 소설가 김동리, 평론가 조연현, 시인 김구용 등과 마주앉은 그의 모습은 아주 그럴 듯해 보여서 젊은 우리들에게는 선망의 대상이었다. 사실 천상병은 빵떡모자를 쓴 중학생 때 문단에 나온 귀재였다. 이 무렵 『문예』에 추천을 받은 「강물」이란 시는 그가 얼마나 조숙한 문학청년인지를 말해주고 있다.

강물이 모두 바다로 흐르는 까닭은
언덕에 서서 내가
온종일 울었다는 그 까닭만은 아니다
밤새 언덕에 서서
해바라기처럼 그리움에 피던
그 까닭만은 아니다

— 「강물」 부분

　지금 읽으면 문학청년의 낭만적인 감상과 치기 같은 것이 느껴지기도 하는 시지만, 천상병처럼 한창 젊은 나이였던 우리에게는 이 시가 무척 마음에 들고 아름다워 보여 그 자리에서 외워버렸던 것이다. 그런데 시도 좋지만 천상병의 매력은 뭣보다도 그의 거침없는 말과 행동에 있었다. 마산중학을 나와 서울대학교 상대를 다니다 말았다는 이 괴짜 시인은 왜 대학공부를 그만두었느냐는 물음에 "뭐 배울 게 없어요. 배울 것이 있어야 다니지요." 했던 것이다. 정말인지 아닌지는 모르겠으나 매우 멋지고 신선하게 들렸다.
　천상병의 '동가식 서가숙' 하는 버릇도 이때부터 생긴 걸로 알고 있다. 워낙 떠돌아다니길 좋아하는 그는 일정한 거처 없이 이 집에서 얻어먹고 저 집에서 자는 일을 반복했다. 그리고 호주머니 속에 돈이 없으면 선배든 친구든 가리지 않고 서슴없이 손을 내밀어 "백 원만 주시오!" 했던 것이다. 백 원은 당시에 막걸리 한 잔 값이었다.

어쩌면 천상병은 이 골치 아픈 통속적인 세상과는 도저히 화해할 수 없는 품성과 용모를 가진 사람처럼 보였다. 그의 진흙빛 얼굴은 도공이 그릇을 빚다가 내던진 흙덩이 같았고(이 표현에 내가 사랑하는 천상병 시인이 상처입지 말기를…), 그의 몸뚱이는 한쪽으로 약간 기운 것이 균형이 안 잡힌 절구공이 같았다. 만년에는 휘어진 지팡이처럼 오른쪽으로 기우뚱하고 인사동 길을 걸어 다녔으니까. 그러나 우리는 시인을 이 세상에서 내보내신 조물주의 뜻을 잘 살펴야 한다. 시인의 모습은 결코 얼굴만 반주그레하게 잘 생긴 삼류 배우여서는 안 된다. 그런 개성 없는 속물적인 용모로는 위대한 시인이 되지 못한다. 독일의 시인 니체를 보라. 『차라투스트라』를 쓴 그의 얼굴은 미남은 커녕 추남의 전형 같지 않았는가?

천상병은 모든 사람이 싫어하고 두려워하는 '가난'을 천직으로 여기고 살다 갔다. 나는 그가 돈을 모아 은행에 저축했다는 얘기를 들은 적이 없고, 주머니 속에 술 한 잔 마실 돈, 담배 한 갑 살 돈만 있으면 언제나 껄껄 웃으면서 다녔다는 말을 들었다. 그는 적은 것만으로도 만족할 줄 아는 미덕을 가진 천성의 낙천주의자였던 것이다. 그런 돈도 친구나 이웃들에게 손을 내밀어 구걸한 것이지만, 주위에 자기보다 못한 사람이 있으면 거침없이 "너 가져!"하고 내주었단다. 그래선지 그에게는 가난을 노래한 시가 여러 편이 있다. 그중에서 맛보기로 몇 편만 추려보겠다

골목에서 골목으로
거기 조그만 주막집
할머니 한 잔 더 주세요.

저녁 어스름은 가난한 시인의 보람인 것을…
몽롱하다는 것은 장엄하다.

—「주막에서」 부분

점심을 얻어먹고 배부른 내가
배고팠던 나에게 편지를 쓴다.
옛날에도 더러 있었던 일,
그다지 섭섭하진 않겠지?

—「편지」 부분

앞의 것은 뒷골목 주막집에서 술을 마시는 제 모습을 읊은 것이고, 뒤의 것은 모처럼 남한테 점심을 얻어먹고 행복해진 시인이 배고팠던 '나'에게 옛날에도 이렇게 배고픈 적이 있었으니 섭섭해하지 말라고 달래는 내용이다. 이 얼마나 순진무구한 발상인가!

살과 뼈가 기억하는 진실과 고통

한데, 날벼락 같은 재앙이 떨어졌다. 소위 '동백림 학생 간첩단 사건'에 연루되어 중앙정보부로 끌려간 것이다. 죄목은 북한 간첩의 보조원. 김형욱이란 사람이 정보부장으로 있을 때이니 1960년대 후반의 어느 날로 기억되는데, 동독 여행을 한 서독 유학생들의 사진과 함께 천상병의 얼굴이 찍혀서 신문에 난 것이다. 어처구니가 없었다. 저 철없는 떠돌이 모주꾼이 간첩이라니! 그럼에도 이문동으로 잡혀간 천상병은 모진 고문을 당했다는 것이다. 하기야 그것을 내 눈으로 보지 않았으니 단정할 순 없지만, 당시의 정치적 상황으로 봐서 이 섬약한 시인이 몹쓸 일을 당한 것만은 분명하다.

이젠 몇 년이었는가
아이론 밑 와이셔츠 같이
당한 그날은…

이젠 몇 년이었는가
무서운 집 뒷창가에 여름 곤충 한 마리
땀 흘리는 나에게 악수를 청한 그날은…

내 살과 뼈는 알고 있다
진실과 고통
그 어느 쪽이 강자인가를…

내 마음 하늘
한편 가에서
새는 소스라치게 날개 편다.

이 역시 '새'라는 부제가 붙은 「그날은」이란 시다. 중앙정보부 독방에 갇혀 있을 때 쓴 것인 듯한데, 무서운 집 창가에 날아와 앉은 곤충(귀뚜라미가 아니었을까?)에게 다리미 밑에 깔린 와이셔츠처럼 당한 날의 이야기를 말해주고 위안을 청한다. 귀뚜라미가 뭐라고 했는지는 시에 쓰여 있지 않아 모르지만, 그 뒤에 이어진 시인의 결의가 우리의 옷깃을 여미게 한다. "내 살과 뼈는 진실과 고통/그 어느 쪽이 강자인지를" 알고 있다는 것이다. 이것은 보통 무서운 말이 아니다. 사건의 진상(진실)은 이러하다.

천상병이 상과대학에 다닐 때 K라는 동창생이 있었는데, 부잣집 아들인 K가 독일 유학을 다녀왔다. K는 가난한 시인이 된 친구를 위해서 명동으로 나올 때마다 용돈(술값)을 주었는데, 그것이 포섭 자금이었다는 것이다. K가 서독에 있을 때 경계선을 넘어 관광차 동베를린을

구경하고 온 일이 있는데, 유럽에서는 죄가 되지 않는 그 여행이 KCIA
의 그물에 잡혀서 북한대사관 사람과 접선한 간첩으로 낙인이 찍혔던
것이다. 간첩 혐의자에게 돈을 받았으니 천상병도 영락없이 간첩보조
원이 되었고, 꽤 오랫동안 정보부에서 고초를 겪지 않을 수 없었다. 우
리는 이 조작된 사건을 절대로 믿지 않았다. 혐의 없음이 밝혀진 천상
병도 얼마 후에 풀려났지만 이때부터 시인은 말수가 적은 우울한 사람
이 되고 말았다. 그토록 명랑하던 사람이…. 그의 시에 '죽음'에 대한
생각이 내비치기 시작한 것도 이 무렵부터의 일이다.

> 나 하늘로 돌아가리라
> 새벽빛 와 닿으면 스러지는
> 이슬 더불어 손에 손을 잡고,
>
> 나 하늘로 돌아가리라
> 노을빛 함께 단 둘이서
> 기슭에서 놀다가 구름 손짓하며는,
>
> 나 하늘로 돌아가리라
> 아름다운 이 세상 소풍 끝내는 날,
> 가서, 아름다웠다고 말하리라…

—「귀천」 전문

어떠한가? 더없이 아름답지 않은가! 평생을 가난하게 업신여김을 당
하며(돈이 없으니까) 살아왔고, 심지어는 돈 몇푼 받은 죄로 간첩으로
몰려서 혹독한 고문을 당하고 나온 시인인데 어떻게 "이 세상 소풍 끝
내는 날/가서, 아름다웠다고" 하느님께 말할 수 있단 말인가.

세상에서 제일 평화로웠던 임종

천상병이 세상을 떠나던 해 봄에 인사동 귀천 찻집에 들른 나보고 그의 아내 목순옥 여사가 주소를 가르쳐달라고 말한 일이 있다. "주소는 알아서 뭣 하려우?"하고 물었더니, "우리 천 선생이 민 선생한테 편지를 보내겠대요."하고 대답했다. "그것 참 희한한 일도 다 있군."하고 찻집을 나왔지만, 뭔가 찜찜해서 견딜 수가 없었다. 그는 이제까지 40년 동안 나에게 엽서 한 장 보낸 일이 없었는데, 사람의 마음이 갑자기 달라지면 이상한 일이 생긴다는데… 하는 생각이 들었던 것이다.

결국 나는 천상병의 마지막 편지(유서)를 받아보지 못한 채 미국 여행을 떠났으며, 로스앤젤레스에 있는 친구의 집에서 국제전화로 부음을 들었다. 얼마 동안은 가슴이 아리듯 서운하고 아뜩한 느낌이 들었다. 그러나 나는 곧 시인의 임종이 더없이 평화로웠다는 얘기를 듣고는 벌떡 일어나서 미친 듯이 소리쳤다. "괜찮아, 괜찮아, 다 괜찮아!" 이것은 천상병의 산문집 제목인데, 그의 아름답고 당당했던 낙천주의가 그 밑에 깔려 있는 말이었던 것이다.

시인, 그리고 고향

"토지문학관 문학 강연", 『숨소리』, 2003. 여름.

제가 오늘 여러분에게 말씀드릴 것은 고향 이야기입니다. 여기 서울에서 오신 분들 계실지 모르지만 고향이란…… 누구든지 고향 없는 사람 없겠지요. 하지만 특히, 시인에게는 고향이 어떤 곳인가, 이런 생각을 해보고 주제로 삼았습니다. 사실 고향이 무엇이냐고 말했을 때 아무리 생각해도 주제는 잡아놓고도 고향이 무엇인지 딱 한마디로 정의할 수 있는 말이 생각나지 않았습니다. 고향은 누구나 가지고 있고 고향 없는 사람은 없겠지만, 과연 고향이 무엇일까? 이런 생각을 두루두루 한 끝에 고향은 아마 '어머니'일 것이다, 이런 생각을 하게 되었습니다. 고향이 어머니가 아니라면 한때 떠났던 고향을 다시 찾아갈 마음이 나지 않겠지요. 그러나 고향을 멀리 떠났던 사람도, 어쩌면 고향을 떠날 때 '나는 다시는 오지 않아' 하고 발길로 차고 나갔던 사람도 언젠가는, 그게 언제일지는 모르겠지만 시간이 지나면 다부지게 마음먹었던 사람도 다시 고향을 찾아오게 됩니다.

또 고향은 모든 시인에게는 문학의 출발점이기도 합니다. 우리가 시를 쓰기 시작할 때 그중 시의 소재로 잡기 쉬운 것이 고향에 대한 그리움입니다. 비록 몸은 고향에 살지 않고 수백 리, 수천 리 심지어는 수만 리 타향에 가서 살더라도 글을 써야 한다고 했을 때 제일 먼저 생각나는 것이 고향이지요. 그래서 고향에 대한 시를 갖고 있지 않은 시인은 거의 없습니다. 시를 잘 썼느냐 못 썼느냐를 제쳐두고라도 그가 참으로 시인이라면 그가 두고 온 고향에 대한, 그가 버리고 온 고향에 대한, 또는 그가 등지고 온 고향에 대한, 또 어쩌면 그를 쫓아낸 고향에 대한 생각을 하고 그 어렸을 적 동무들과 뛰어놀던 고향에 대한 그리움을 시로 써서 남기게 됩니다.

그런데, 고향을 떠나지 않고 고향에서 한평생 사는 사람도 있지요. 강연 전에 문화관에 와서 저 안쪽 동네로 가 보았습니다. 거기 여러 집이 있는데, 그 여러 집 중에 외지에서 들어온 사람들도 있겠지만 그중에는 자기가 태어난 이곳에서 여태껏 머리가 하얗도록 농사를 짓고 가축을 기르고 하시는 분들도 계실 겁니다. 그런데 제가 알기로 시인들은 열이면 아홉이 아니라, 백이면 아흔아홉은 고향을 떠나서 사는 사람이 많았습니다. 제 주변에 있는 친구들을 봐도 거의가 고향을 떠나 도시에 와서 사는, 말씨를 들어보면 저 사람은 충청도, 저 사람은 경상도, 저 사람은 전라도라고 금방 알지만 고향에서 살지 못하고 고향을 떠나서 도시로 와서 살고 있어요. 물론 서울만이 아니겠지요. 이렇게 고향을 떠나서 고향에 대한 그리움을 시로 쓰는 시인들이 많았습니다.

저는 생각했습니다. 제 자신도 고향을 떠난 사람이지만 저 사람들은 왜 고향에서 살지 못하고, 고향을 떠나와서 고향의 아름다움과 고향의 추억을 노래하는가? 어쩌면 거짓말일 수도 있겠다. 고향이 좋다면 고향에서 살아야지 왜 떠나서 고향 타령을 하고 있느냐 하는 생각을 해 봤습니다. 물론 고향을 떠나는 이유는 여러 가지가 있습니다. 젊은 사람은 새로운 세계와의 관계에 관심을 갖습니다. 교육이라든지 경제라든지 이런 것이 도시에 집중되어 있으니까 그것을 좇아가는 것일 수도 있지만, 젊은이가 고향을 떠나 먼 타향을 떠돌게 되는 것은 자기의 운명을 개척하고 인생에 대한 새로운 그림을 그리고자 시험정신, 모험정신, 이러한 것이 고향을 떠나게 하는 원인인 것 같습니다. 그중에는 공부를 잘하여 고시라도 쳐서 남보다 높은 자리에 오르고 싶은 마음을 가지고 교육의 기회가 많은 도시로 가는 사람도 있을 것이고, 또는 고향에서 찌들고 가난하게 살아서 돈을 벌기 위한 목적으로 고향을 떠나는 사람도 있을 것입니다. 또, 자기가 예술가가 되고자 하는 사람은 그런 예술적인 야망과 충동을 성취하기 위해서 보다 넓은 세계에 나가 제 예술적인 능력과 용기를 시험해보고자 고향을 떠나는 것이라고 생각합니다.

사실 지난날 우리가 살아온 고향은, 지금은 예전처럼 그렇지는 않지만 너무나 가난하고 힘들었습니다. 또 고향은 긍정적 의미이건 부정적 의미이건 보수성이 강한 곳입니다. 고루한 인습과 보수성도 있고 고향의식, 여기에는 좋은 면도 있지만 향당(鄕黨)의식, 즉 고향 사람은 고향 사람끼리라는 배타적인 면도 있고 해서 이러한 것은 그가 시인적인 기질을 가졌다면 고향에서 살지 못하게 하는 요인이 될 수도 있겠습니다. 이런 다소 폐쇄적이고 보수적인 곳에서 나와 보다 넓은 세상에서 진취적인 삶을 살고 싶다는 시인들이 고향을 떠나는 것 같습니다.

그런데 이렇게 고향을 떠나는 사람은 한국 사람이나 한국의 시인만이 그런 줄 알았더니 그게 아니에요. 서양에도 그렇고, 가령 제가 젊었을 때 읽은 헤르만 헤세 같은 시인도 일찍이 고향을 떠나서 타향에서 고향의 노래를 불렀습니다. 요즘 당시(唐詩)를 번역하고 있습니다만, 중국 사람도 일찍이 고향을 떠나서, 물론 중국은 국토의 넓이가 우리나라에 비할 수 없을 만큼 크지만 사천성이나 하북성 같은 산골에서 당나라의 서울인 장안으로 떠나와 그때부터 시를 쓰기 시작해서 이름을 날리는 예를 보았습니다.

　여기 성당(盛唐) 때 시인 왕지환(王之煥)이 쓴 「관작루에 올라」라는 시가 있습니다. 제가 여기에 소개해보겠습니다.

　　登鸛鵲樓

　　白日依山盡　해는 서산에 지고
　　黃河入海流　황하는 바다로 흐른다.
　　欲窮千里目　누각을 한층 더 오르는 것은
　　更上一層樓　보다 먼 곳을 내다보기 위해.

— 「관작루에 올라」

　이 시에는 젊은이가 넓은 세상을 보기 위한 마음이 담겨 있습니다. 이것이 젊은이의 마음입니다. 비록 고향이 좋다고 해도 그는 고향만이 갖는 한계성에서 벗어나 보다 먼 곳을, 보다 멀리 있는 세상을 내다보고 싶어 하는 것이 청년의 마음입니다. 이런 청년의 마음을, 이 젊은이의 용솟음치는 마음을 갖지 못하면 그는 결국 평생을 고향에서 지내야 합니다. 고향에서 한평생 지내는 것이 나쁘다는 것은 아닙니다. 하지만 그렇게 한평생을 지내면 그의 운명이 달라지지 않습니다. 그의 운명을 새로운 것에 대응하기 위해서 바꾸려면 그의 운명을 보다 넓게 확산시키고, 모든 가능성에 대하여 도전하려면 적어도 한번쯤은 고향이 주는 모든 편안함과 포근함을 떠나서 젊음이 가진 재능과 용기를 실험해봐야 합니다.

　그렇게 떠나는 것은 잘 먹고 잘살기 위해서가 아닙니다. 오히려 섶을 지고 불 속으로 들어가는 고생을 자초하는 짓입니다. 맹수는 새끼를 벼랑에서 떨어뜨려 새끼의 운명을 실험해본다고 합니다. TV에서 이런 장면을 보신 적이 있을 겁니다. 어미새가 벼랑에 둥지를 틀고 새끼를 기르다가 새끼가 다 자라면 먹이를 물어다주지 않고 새끼가 스스로 벼랑을 내려와 먹이를 찾기를 바랍니다. 아직 약해서 파닥거리기도 힘든 새끼새는 벼랑 밑으로 떨어지는 것이 겁나고 진짜로 죽을 것 같지만, 어미는 벼랑에서 조금 떨어진 곳에서 새끼가 벼랑 아래로 떨어지기를 기다립니다. 그렇게 한번 떨어지지 않으면 새끼의 날개는 공중에서 바람을 가를 수 없습니다. 공중에서 기류를 타고 바다를 가로질러 날아가려면 벼랑에서 떨어지는 공부부터 해야 합니다.

얼마나 무섭겠습니까? 날개도 잘 파닥거리지 못하는 새가 벼랑에서 떨어진다는 것은 죽는 거나 마찬가지인데, 어미는 그 건너 나뭇가지에 앉아 먹이도 가져다주지 않고 '얼른 내려와. 어서 떨어져. 떨어져서 네 능력과 운명을 실험해봐!' 하고 기다리고 있습니다. 그래서 새끼는 두려움과 망설임으로 움츠려 있다가 어느 순간에 아무것도 기대할 것이 없으니까 그 벼랑에서 서툰 날갯짓을 하며 내려옵니다. 그러면 그 밑에 흐르는 바람의 기류가 새끼를 가볍게 떠받쳐서 날아가게 해줍니다. 이것이 바로 자연의 섭리입니다.

그렇게 한번 바람을 탄 새는 멀리멀리 날아갑니다. 처음에는 멀리 날아갈 힘이 없어서 나뭇가지에 앉았다가 다시 날개를 퍼덕이고 날아갑니다. 그러고는 어미새가 기다리고 있는 곳은 쳐다보지도 않고 자기 스스로의 삶을 살아가게 되는 것입니다. 우리 사람이 산다는 것도 바로 이러합니다. 여러분, 멀리 내다보십시오. 야망을 가지십시오. 그래야 뭔가가 될 수 있는 여러분의 운명을 개척할 수 있습니다. 그러지 않고서는 제자리걸음만 하다가 인생이 끝나고 맙니다.

그래서 저는 영민한 두뇌와 확고한 의지가 있는 젊은이들에게 말합니다. "멀리 날아가라, 머뭇거리지 말아라, 두려워하지 말아라. 너희들이 가야 할 세상은 여기가 아니라 먼 곳에 있다. 저 산 너머, 어쩌면 저 바다 건너에 있다. 우리의 과거 역사를 보면 멀리 날아가는 것을 당시의 위정자들은 좋아하지 않았습니다. 멀리 날아간다는 것은 어쩌면 이 땅에 대한 반역이라고도 생각했고, 당시 유교적인 관념으론 그저 땅 파고 말없이 사는 것이 당연했습니다. 바다를 건너간다는 것은 꿈도 꾸지 못했습니다. 물론, 운이 좋아 중국으로 공부하러 간 사람도 있고, 인도로 간 사람도 있지만 그것은 소수의 선택된 학자나 승려들뿐이었고 대개는 이 땅에서 바작거리다가 이 땅에서 사라졌습니다.

먼 곳으로 가지 못하는 사람만이 사는 나라는 역사가 앞으로 뻗어나가지 못하고 안으로 휘어들어 정체가 됩니다. 안에서는 당파(黨派)를 가르며 싸우고, 서로 헐뜯으며 싸우고, 그러다 보니 역사상 병자호란이나 임진왜란 같은 외침을 당한 것입니다. 이미 그쪽에서는 일본이나 중국이 서양 문물을 받아들이고 군사적으로 발전하며 달라지고 있었는데, 우리는 그것도 모르고 '공자 왈 맹자 왈'만 하다가 혹독한 시련을 겪은 것입니다.

우리나라 시인들도 이렇게 고향을 떠난 사람이 많고 고향을 떠나면서 고향에 대한 그리움을 노래했습니다. 그런데 그 시인이 그대로 고향에 살았다면 자기 고향에 대한 시를 왜 썼을까요? 요즘 들어와 한두 분 정도 고향에 그대로 살면서 좋은 시를 쓰는 분이 계십니다. 김용택 시인 같은 분도 있지만, 대부분의 시인들이 고향을 떠나 시를 썼습니다. 그중에서 한두 분의 시를 읽어드리고 내용을 제 나름대로 해석해 드리겠습니다. 이렇게 고향을 등지고 시를 쓰신 분 가운데는 한용운 시인, 이상화 시인, 김동환 시인, 정지용 시인, 오장환 시인, 이용악 시인 등 많은 시인이 있지만, 그중에서 제 마음에 든 것이 정지용 시인의 「고향」과 미당 서정주 시인의 「수대동시(水帶洞詩)」였습니다. 이 시는 여러분도 다 아시겠지요? 우선 정지용 시인의 고향을 읽어보겠습니다.

고향

고향에 고향에 돌아와도
그리던 고향은 아니러뇨

산꿩이 알을 품고
뻐꾸기 제 철에 울건만

마음은 제 고향 지니지 않고
머언 항구로 떠도는 구름.

오늘도 메 끝에 홀로 오르니
흰점 꽃이 인정스레 웃고

어린 시절에 불던 풀피리 소리 아니 나고
메마른 입술에 쓰디쓰다.

고향에 고향에 돌아와도
그리운 하늘만이 높푸르구나.

　정지용 시인은 충청북도 옥천 분입니다. 아마 학교를 다니러 서울로 올라오신 것 같습니다. 그리고 제가 알기로는 제사 때나 경조사가 있을 때에 옥천에 내려가신 적은 있을지 모르지만 다시 고향에 돌아가지는 못하고, 한때는 일본에 가서 공부도 하고 서울에 살면서 시를 쓰셨습니다. 결국 6·25 때 북으로 납치되어 돌아가셨다는 얘기는 들었지만 돌아가신 것을 확인할 길이 없습니다.
　이 시에서 가장 중요한 것은 '마음은 제 고향 지니지 않고 먼 항구로 떠도는 구름' 이란 뜻입니다. 고향을 지니지 않는다는 것은 고향이 그립고 가고 싶어도 마음에서 고향이 떠났다는 뜻입니다. 갖지 않는다는 것입니다. 지금 자신의 신세는 고향을 떠나서 먼 항구를 떠도는 구름이라고 노래했습니다.

이 말이 무엇인가 하면 우리가 떠나온 고향이 언제까지나 그 모습 그대로 남아 있지 않다는 뜻입니다. 고향을 떠나온 자기 자신의 모습도 점점 달라지고 있을 테지만, 두고 온 고향도 결코 온전한 모습으로 남아 있지 않습니다. 물론 이 「고향」을 쓸 때는 적어도 일제 때 쓰신 거니까 아무래도 변화의 속도가 느린 시대임에도 불구하고, 이미 고향은 시인 자신이 돌아가기에는 너무나 많이 변화되고 낯선 곳이 되어버렸단 말이지요. 그러니까 이 시 속에는 고향이 그립다는 말은 있지만 그런 고향에 다시 돌아가야겠다는 말은 하지 않았습니다. 정지용 시인이 지금 살아 계시다면 그분도 고향에 돌아가실 마음이 생기셨겠죠. 그러나 북으로 가실 때는 불과 40세 전후였기 때문에 이 시를 쓰실 때는 고향이 그립기는 하나 돌아가고 싶은 곳은 아니었을지도 모르겠습니다. 1932년에 써서 『동방평론』에 내신 걸로 알고 있습니다.

그 다음에 고향을 주제로 쓴 시 중에 마음에 꼭 드는 시가 있습니다. 서정주 시인의 「수대동시」라는 작품입니다. 수대동은 마을의 이름입니다. 저는 서정주 선생의 고향을 돌아가시고 나서 장례 행렬을 따라 처음 가보았습니다. 선생님은 내 고향이 선운사 근처의 동네라 말씀하시고 고창이라고 하셨습니다. 사실 저는 미당 선생의 추천을 받아 문단에 나온 시인임에도 불구하고, 선운사 동백꽃과 그 아래 주막집 여자가 부르는 육자배기를 노래한 시를 읊고 있으면서도 선생님의 고향에 가보질 못했습니다. 선생님의 영구를 모신 차를 타고 처음 선생님의 고향에 다녀온 것입니다. 선생님의 영구를 안치하고 그 마을 쪽을 차를 타고 돌아보니까 바로 그 뒤쪽에 장수강이 있었습니다. 꽤 큰 개울인데 마을을 쭉 둘러서 서해로 드는 강이 띠처럼 흐르는 것을 보았습니다. 물이 띠처럼 흘러서 수대동이라고 하는 것 같습니다. 아! 여기가

미당 선생의 「수대동시」의 무대로구나 하고 생각했습니다. 한번 들어
보세요.

수대동시

흰 무명옷 갈아입고 난 마음
싸늘한 돌담에 기대어 서면
·사뭇 쑥스러워지는 생각, 고구려에 사는 듯
아스럼 눈감았던 내 넋의 시골
별 생각나듯 돌아오는 사투리.

등잔불 벌써 키어지는데……
오랫동안 나는 잘못 살았구나.
샤알 보오드레―르처럼 섧고 괴로운 서울 여자를
아주 아주 인제는 잊어버려.

선왕산 그늘 수대동 십사 번지
장수강 뻘밭에 소금 구워 먹던
증조 할아버지 적 흙으로 지은 집
어매는 남보다 조개를 잘 줍고
아버지는 등짐 서른 말 졌느니,

여기는 바로 십년 전 옛날
초록 저고리 입었던 금녀, 꽃각시 비녀하여 웃던 삼월의
금녀, 나와 둘이 있던 곳.

머잖아 봄은 다시 오리니
금녀 동생을 나는 얻으리.
눈썹이 검은 금녀 동생
언어선 새로 수대동 살리.

이 시도 고향에서 쓴 것이 아니라 서울에 와서 쓴 시 같습니다. 저 고창의 산 깊고 물 맑은 곳에서 살다가 청운의 꿈을 안고 서울로 올라와 여기저기 방랑하시고, 학교도 다니다 그만두시고, 그러면서 약주도 많이 드시고, 여자도 좋아하시고 그러셨다고 합니다. 자기 자신이 정신적으로 많이 고단하고 또 육체적으로 많이 힘들었을 때 아마 '아! 나에게도 고향이 있는데 서울에 와서 이 고생을 하고 있구나. 참 나는 너무나 잘못 살아오지 않았나? 어쩌면 고향에 있는 예쁜 색시를 두고 샤알 보오들레르 같은 서울 여자를 사랑하고 서울 여자들 꿈이나 꾸고 살아왔나? 그러나 이제는 다 잊어버리고 고향으로 돌아가야겠다.' 라는 시입니다.

아마도 미당 선생이 사셨던 곳이 수대동 14번지였던 것 같습니다. 확인은 안 해봤습니다. 그리고 집안이 가난해 어머니는 조개를 줍고 아버지는 기운이 장사여서 남의 집 소작을 해야 하니 등짐을 서른 말씩 지는 장사였다는 말인 것 같습니다. 그리고 여기는 내가 고향을 떠나서 오기 10년 전에 초록 저고리를 입은 금녀, 꽃각시 비녀하여 웃던 삼월에 금녀, 나와 둘이 있던 곳입니다. 꼭 금녀라는 인물이 있었다기보다는 미당 선생의 고향에 대한 상징적인 의미가 있었을지 모릅니다. 그래서 머지않아 봄이 오게 되면 내가 서울 온 지 10년이나 지났으니 금녀는 시집갔겠지. 할 수 없지. 금녀에게도 동생이 있을 테니 눈썹이 검은 금녀 동생과 수대동에서 살아야지 하는 내용인 것 같습니다. 여기서 가장 중요한 것은 등잔불 벌써 키어지는데…… 오랫동안 나는 잘못 살았구나. 샤알 보오들레르처럼 섧고 괴로운 서울 여자를 아주 이제는 잊어버립니다.

그러나 제가 듣기로는 미당 선생도 어머니가 거기 살고 계시기에 나중에 모시고 올라왔는데 다시는 고향에 가지 않은 걸로 알고 있습니다. 고향은 어쩌면 멀리 두고 그리워하고 애타하는 곳이지, 이미 떠나온 사람이 고향에 돌아가 살기에는 고향 자체가 변하고 자기 자신도 변해서 고향의 문이 잘 열리지 않는다는 그런 얘기가 있습니다. 고향이라는 것은 마음의 문이라는 것인데, 마음의 문이 열리는 것이 쉽지 않다는 것을 더러 들은 적이 있지요.

그러나 이렇게 고향을 떠나온 시인도 고향을 버리고 떠나올 수도 있고, 발길로 차여서 나온 경우도 있지만, 어찌 됐든 고향을 떠나온 시인은 어느 나이가 되면 고향에 다시 가고 싶어집니다. 우리가 더러 이런 것을 봅니다. 고아가 되어 고아원에 맡겨져 해외로 입양을 가서 양부모 밑에서 키워지다 별안간 '내가 누구지? 내 어머니가 어디 계시지?' 하는 생각을 가지고 한국으로 찾아오는 것을 봅니다. 전상국 소설가가 쓴 『아베의 가족』이라는 소설도 그렇습니다. 전쟁 때 동두천에서 고아가 된 주인공이 뉴욕에서 성공을 하여 한국말도 못하면서 고향을 찾아나서는 이야기입니다. 외국에서는 그런 일이 있는지 모르겠습니다. 우리나라 사람들같이 고향에 대한 애착이 많은 국민도 없을 것 같습니다. 조그만 나라인데도 추석 때만 되면 고향에 갑니다. 요즘은 덜하지만 예전에는 서울역에 가서 며칠씩 줄을 서서 기차표를 예매하곤 했습니다. 추석 같은 명절이 되면 전국의 고속도로와 국도가 고향을 찾아가는 차들로 꽉꽉 찹니다. 고향에 가봐야 별일도 없을 텐데, 늙은 부모가 계시면 모르지만 안 계시면 친구들도 다 떠나고 반겨주는 사람도 없는데 말입니다. 그래도 고향을 찾아갑니다. 사실은 TV에서 그런 것이 나오면 나는 눈물이 나와서 못 견딥니다.

이런 귀소 본능은 한국사람, 크게 말하면 동양 문화권에만 있는 것 같습니다. 서양 사람은 그렇게까지는 않는다고 합니다. 중국 사람들은 지금도 그렇답니다. 설 때가 되면 한 달 전에 기차표를 예매하고 짐을 싸서 고향에 갑니다. 가령 북경에서 청해성 같은 곳으로 가려면 며칠씩 딱딱한 의자에 앉아 가야 하고, 자리가 없으면 아무 곳에나 앉아서라도 가야 한답니다. 이런 말을 들었을 때 동양 사람들이 갖는 고향에 대한 어떤 감정이라는 것을 느낍니다. 동양 문화를 이해하지 못하면 이해가 가지 않는 일이 아닌가 하는 생각도 듭니다. 중국인들이 수십 년만에 고향에 돌아가면 동네 사람들이 뭐라고 하나 하고 생각하다 보니, 문득 당나라 때 하지장(賀知章)이란 시인이 쓴 「회향우서」라는 시가 생각났습니다. 우리나라와 똑같습니다. 한번 들어보세요.

回鄉偶書

少小離家老大回　　　젊어서 집을 떠나 늙어서 돌아왔네
鄉音無改鬢毛催　　　고향 사투리 여전하건만 귀밑머리는 희끗희끗.
兒童相見不相識　　　집안 아이들도 나를 알아보지 못하고
笑問客從何處來　　　어디서 온 뉘시냐고 웃으면서 묻는다네.

아주 짧은 시입니다. 하지장 같은 시인도, 중국의 두보나 이백 같은 시인들은 그 이름이 높고 하지만 그들이 살아가는 동안에는 고생을 많이 하고 살았습니다. 그러나 하지장은 당나라 현종 때 예부시랑, 집현전 학사라는 높은 벼슬을 지낸 사람입니다. 이미 살아 있는 당대에 문학적인 이름이 높아서 당나라 사람이라면 두보, 이백, 하지장을 모르는 사람이 없을 정도였습니다. 이분의 고향은 소흥(절강성 회계), 그곳은 소흥주라는 술이 유명한 곳입니다. 그러므로 하지장의 경우는 금의환향일 것입니다. 말하자면, 비단 옷을 입고 말 타고 고향엘 갔는데, 어른들은 누구든지 알아보고 대단하게 생각했으나 조카뻘 되는 아이들이 누구냐고 물어보는 거예요. 그것이 이 시의 내용이지요. 아무리 몰라도 이렇게 유명한 사람을 몰라보는 고향이 있겠습니까? 그러니까 이런 시를 썼습니다. 고향을 오래 떠나면 타향이 되는 모양입니다. 물론 지금 이 시에는 비장함보다는 유머러스한 느낌이 있습니다. 지금까지의 고향은 한 시대 전의 모습입니다.

이제는 세계화 시대, 글로벌 시대라고 하는데, 이런 시대의 고향은 또 다른 모습으로 달라지는 것입니다. 물론 나라 안에서 계속 사는 사람들도 있지만, 교통이 발달되어가지고 예전에는 서울에서 전라도나 경상도를 가려면 열 시간이 넘게 걸리고 했었는데, 이제는 서너 시간밖에 걸리지 않습니다. 전국이 하루면 왔다 갔다 할 수 있는 1일 생활권으로 바뀌었습니다. 그러나 이제는 나라 안에서만 사는 사람이 아니라 멀리 떨어져서 살아갑니다. 미국, 중국, 러시아 등 세계 각지 어느 곳을 가도 한국 사람들이 살고 있습니다.

제가 한 7, 8년 전에 미국에 있는 친구가 하도 놀러오라고 해서 LA를 다녀온 적이 있습니다. 친구는 1960년대에 이민을 가서 터를 잡은 사람입니다. 몇 번이나 초청을 했으나 제가 하는 일도 있고 해서 계속 못 갔었는데, 마침 일도 끝나고 해서 비행기표 한 장 들고 다녀왔습니다. 친구가 사막 여행을 좋아해서 애리조나와 뉴멕시코 주의 사막을 친구와 봉고차를 타고 18일 동안 먹고 자고 하면서 여행을 했습니다. 그곳은 한국 사람들이 좀처럼 오지 않는 곳입니다. 그런데 깊은 오지의 광야에 집을 세운 소읍인데 거기서 '금룡'이라는 중국집을 하고 있는 한국 사람을 만났습니다. 한 집 딱 있었습니다. 부인은 한국 사람이고 남편은 중국 사람이었습니다. 차가 고장 나서 고치기 위해서 그 마을로 들어갔는데 그 집이 있었습니다. 미국의 그 깊은 오지에도 한국 사람들이 살고 있더라고요. 이 사람들에게 '고향은 무엇일까?' 라는 생각을 해보았습니다.

이 사람들에게 있어서 고향은 작은 마을 단위의 고향이 아니라 커다랗게 '고국' 이란 의미가 아닌가 싶었습니다. 며칠 전에 미국에 있는 친구에게서 전화가 왔습니다. 지금 미국에서는 한국에서 전쟁이 일어난다고, 난리라고 아무 일 없느냐고 전화가 왔습니다. 서울에는 아무 걱정 없다고, 잘 모른다고 하니까 그러면 물이랑 라면이라도 사다 놓으라고 하더군요.

그러면 이제부터는 내 고향 이야기를 하겠습니다. 내 고향은 강원도 철원, 6·25전쟁 이전에는 38선 이북이었던 곳입니다. 그런데 그 철원이 전쟁 때 미군의 폭격으로 쑥대밭이 됐습니다. 온 시가지가 불타 없어지고 철근 콘크리트를 넣어 만든 건물의 잔해만이 몇 개 남았습니다. 여러분도 철원에 가보시면 노동당사를 볼 수 있을 겁니다. 처음에는 군청 건물도 벽돌로 만든 것이라 남아 있었는데 모두 없어지고, 금융조합 건물이 튼튼해서 그 건물의 잔해가 남아 있었는데 이제는 그것조차 남지 않았습니다. 철원교회라고 화강암으로 지은 집이 조금 있었는데 지금은 그것도 없어졌습니다. 유일하게 남아 있는 전쟁의 상흔은 노동당사인데, 그 건물은 소련 사람들이 와서 지은 건물입니다. 해방 후 강원도 철원은 북강원도의 도청 소재지였습니다. 소련 사람들이 앞으로 나온 테라스가 있고 계단이 있는 러시아식 건물을 지었습니다. 소련 사람들이 철원에 있는 북한 사람들을 동원해서 지진에도 무너지지 않을 만큼 튼튼하게 지어 노동당사만이 남아 있습니다.

그런데 나이 40세가 지나니까 나도 모르게 자꾸만 고향 생각이 납니다. 그때까지 내 눈에 비친 고향은 현재의 고향이 아니라 전쟁이 나기 전인 열서너 살 때의 고향이지요. 나도 명색이 시인인데 내 고향을 생각하는 노래를 써야 하는 것이 아닌가 하는 생각이 들더라고요. 그런데 고향 생각이 아득하니까 카메라의 초점이 안 잡히듯이 뿌옇고 조리개도 안 맞는 것 같았습니다. 그래서 그 무렵에 신경림 시인과 함께 민요연구회라는 것을 했습니다. 그때가 1980년대 초반인데, 전두환 정권이 들어와 암흑화한 시대였고, 언론이고 모든 것이 탄압받고 숨죽이고 있던 시대였습니다. 서울대학교 국악과 학생들도 있고, 학교에서 쫓겨난 학생들이죠. 물론 나중에 복학을 했습니다. 그 학생들과 신경림, 정희성, 하종오 시인 등 시인 몇 명과 민요를 연구해서 신경림 시인이 민요기행도 썼지요. 민요가 좋은 것이 많으니까 수집을 해야 한다고 해서 학생들과 전국을 돌아다니며 민요를 수집해 서울로 가지고 와서 연주도 하고 노래도 하고 그랬습니다. 또한 YMCA, 흥사단 건물 같은 곳에서 민요발표회도 했습니다.

또 시인들의 시를, 예를 들면 정희성의 「저문 강에 삽을 씻고」라든지 신경림의 「남한강」 같은 것을 가지고, 말하자면 민중시인데 이런 것을 작곡해서 민요를 한다니까 경찰들도 손을 못 댔지요. 앞에서 대놓고 군사정권에 대해 비판하지는 못했지만 민요를 한다는 핑계로 군사정권을 놀리곤 했습니다. 연극 비슷한 것도 하곤 했습니다. 그런데 하루는 항상 전통 민요만 하면 재미가 없으니까 시인들이 시를 한 편씩 써서 내면 학생들이 작곡을 하겠다고 하는 것입니다. 첫 번째로 쓰라고 해서 쓴다고는 했는데, 뭐를 써야 하나 가만히 생각하다가 우리 고향에 전쟁 때 남편은 끌려가고 홀로 아이들 서넛 데리고 고생하는 과수댁이 있었는데, 그분에 대한 이야기를 쓰자고 생각했어요. 그렇게 시상이 잡히니까 단숨에 쫙 써버렸지요. 그런데 곧 이것이 시가 되나 하고 자신이 없어요. 시가 조금은 까다로워야 하는데 너무 쉬운 것이 아닌가 생각을 하고 있는데, 하종오 시인이 왔기에 보여주었더니 좋다고 하더군요. 단숨에 쓰고 손 안 댄 시니까 여러분 한번 들어보세요. 「엉경퀴꽃」이라는 시입니다.

　　엉경퀴꽃

　　엉경퀴야 엉경퀴야
　　철원평야 엉경퀴야
　　난리통에 서방잃고
　　홀로사는 엉경퀴야

갈퀴손에 호미잡고
머리위에 수건쓰고
콩밭머리 주저앉아
부르느니 님의이름

엉겅퀴야 엉겅퀴야
한탄강변 엉겅퀴야
나를두고 어디갔소
쑥국소리 목이메네

　　이런 시를 썼는데 바로 작곡이 되어 젊은이들 사이에서 널리 불려졌
습니다. 시 한 편만 더 읽고 저에게 주어진 말빚을 갚으려고 합니다.
「고향 생각」이라는 시를 읽겠습니다.

　　고향 생각

여기서 북쪽으로 천 리를 가면
검은 강물 한 줄기 소리 없이 흐르고
우뚝우뚝 거친 산 솟아 있는 곳
그 산 밑이 내 고향 마을이라네.

참솔같던 젊은이들 총 맞아 죽고
꽃다운 홀어미들 지쳐 잠든 곳
불에 탄 집터마다 쑥대풀 서걱이고
도채비불 밤이면 펄럭인다네.

잿더미에 흩어진 뼈 벌레 되어 우나니
예 살던 살붙이들 어디로 가나?
내가 자라 길 떠난 뿌리의 고살
이 세상일 마치거든 돌아가려네.

| 발표지 목록 |

제1부

「시와 인간의 구제」, 『창작과비평』, 1978. 가을.
「안으로 닫힌 시정신」, 『창작과비평』, 1979. 겨울.
「생활 속에서 찾아낸 삶의 진실」, 『창작과비평』, 1990. 가을.
「두 권의 노동시와 두 권의 아리랑」, 『창작과비평』, 1991. 가을.
「시대를 초월하는 서정의 힘」, 『창작과비평』, 1991. 겨울.
「삶의 진실과 시의 진실」, 『창작과비평』, 1992. 봄.
「살아남은 자의 부끄러움과 소망」, 『창작과비평』, 1992. 여름.

제2부

「1950년대 시의 물길」, 『창작과비평』, 1989. 봄.
「1920년대의 시인과 시」, 『현대한국대표시선 Ⅰ』 해설, 창작과비평사, 1990.
「1950년대 전기의 시인과 시」, 『현대한국대표시선 Ⅱ』 해설, 창작과비평사, 1992.
「1970년대 전기의 시인과 시」, 『현대한국대표시선 Ⅲ』 해설, 창작과비평사, 1992.

제3부

「그 겸허한 노년의 세계」, 서정주 시집 『늙은 떠돌이의 시』, 『창작과비평』, 1994. 봄.
「혁명적 로맨티스트의 자서적 수필」, 『창작과비평』, 1994. 봄.
「뒤돌아보는 자의 희망과 사랑」, 양성우 시집 『물고기 한 마리』, 문학동네, 2003.
「희망을 지키는 파수꾼의 노래」, 이선관 시집 『지금 우리들의 손에는』, 도서출판 STAR, 2003.
「가난을 이긴 영롱한 시」, 정세훈 시집 『끝내 술잔을 비우지 못하였습니다』, 은금나라, 1984.

「소박하고 올곧은 규수 시인의 시」, 안금자 시집 『우회전하고 싶다』, 산과들, 2005.
「天刑의 시인 한하운의 시세계」, 『창작21』, 2008. 봄.
「전쟁의 수레바퀴 밑에서」, 『작가와사회』, 2005. 여름.

제4부

「초정 김상옥의 시에 나타난 가족 사랑」, 『불과 얼음의 시혼』, 태학사, 2007. 5.
「지뢰꽃 마을의 시인들」, 『강원작가』, 창간호, 실천문학사, 2000.
「하늘로 날아간 『새』의 시인 천상병」, 『CLUB RICHE』, 2003. 10.
「시인, 그리고 고향」, 『숨소리』, 2003. 여름.

저자 소개

1934년 강원도 철원 출생
1957년 『현대문학』에 시 「동원(童願)」이 추천되어 등단
1983년 한국평론가협회 문학상 수상
1991년 제6회 만해문학상 수상

주요 저서 목록

시집 『단장(斷章)』(유진문화사, 1972)
시집 『용인(龍仁) 지나는 길에』(창작과비평사, 1977)
시집 『냉이를 캐며』(창원사, 1983)
시집 『엉경퀴꽃』(창작사, 1987)
시집 『바람 부는 날』(한길사, 1991)
시집 『유사를 바라보며』(창작과비평사, 1996)
시집 『해지기 전의 사랑』(시와시학사, 2001)
역저 『비단 버선 신은 발이 밤새도록 시립니다』(동학사, 2003)
시선집 『달밤』(창작과비평사, 2004)
시집 『방울새에게』(실천문학사, 2007)

푸른사상 비평선 6

격변의 시대의 문학

인쇄 2012년 6월 20일 | 발행 2012년 6월 30일

지은이 · 민　영
펴낸이 · 한봉숙
펴낸곳 · 푸른사상사
주간 · 맹문재 | 편집 · 지순이 | 마케팅 · 박강태

등록　제2-2876호
주소　서울시 중구 초동 42번지 아시아미디어타워 502호
대표전화　02) 2268-8706(7) | 팩시밀리　02) 2268-8708
이메일　prun21c@yahoo.co.kr / prun21c@hanmail.net
홈페이지　www.prun21c.com

ⓒ 민영, 2012

ISBN 978-89-5640-930-6 93810
　값 22,000원

☞ 저자와의 합의에 의해 인지는 생략합니다.
　이 책의 전부 또는 일부 내용을 재사용하려면 사전에 저작권자와 푸른사상사의
　서면에 의한 동의를 받아야 합니다.
　e-CIP 홈페이지(http://www.nl.go.kr/cip.php)에서 이용하실 수 있습니다.
　(CIP제어번호 : CIP2012002932)